Frances Cha a été rédactrice voyages et culture à CNN, à Séoul. Elle a grandi entre les États-Unis, Hong Kong, et la Corée du Sud. Diplômée de l'université de Dartmouth et titulaire d'un master en écriture de Columbia, elle a écrit pour *The Atlantic*, *The Believer*, et l'agence de presse Yonhap News Agency, entre autres. Elle a également enseigné dans différentes universités : Columbia, Ewha Womans University, Seoul National University, et Yonsei University. Elle vit à Brooklyn.

Ce livre est également disponible
au format numérique

www.editions-hauteville.fr

Frances Cha

SI J'AVAIS TON VISAGE

Traduit de l'anglais (États-Unis) par Claire Allouch

Hauteville

Hauteville est un label des éditions Bragelonne

Titre original : *If I Had Your Face*

Si j'avais ton visage est une œuvre de fiction. Les personnages et les situations décrits dans ce livre sont purement imaginaires : toute ressemblance avec des personnages ou des événements existants ou ayant existé ne serait que pure coïncidence.

Publié pour la première fois aux États-Unis par Ballantine Books, un label de Random House, un département de Penguin Random House LLC, New York.

ISBN : 978-2-38122-420-6

Bragelonne – Hauteville
60-62, rue d'Hauteville – 75010 Paris

Email : infos@editions-hauteville.fr
Site Internet : www.editions-hauteville.fr

Pour ma mère, qui m'a appris comment
m'accrocher à un rêve.

Ara

Sujin veut à tout prix devenir hôtesse dans un bar. Elle a invité Kyuri, de l'appartement d'en face, dans notre minuscule logement, et nous sommes assises par terre toutes les trois, en un petit triangle, à regarder par la fenêtre notre rue émaillée de bars. Des hommes ivres en costume passent en titubant. Ils se demandent où ils iront prendre leur prochaine tournée. Il est tard et nous buvons du *soju* dans de petits gobelets en carton.

Kyuri travaille à l'*Ajax*, le bar à hôtesses le plus cher de Nonhyeon. Les hommes y amènent leurs clients pour parler affaires dans des salons sombres, tout en longueur, avec des tables en marbre. Sujin m'a raconté combien ces hommes sont prêts à payer par soirée pour que des filles comme Kyuri s'asseyent à leurs côtés et leur servent à boire. Il a fallu du temps pour que je la croie.

Avant de rencontrer Kyuri, je n'avais jamais entendu parler des bars à hôtesses, mais, maintenant que je sais comment les repérer, j'en vois un dans chaque petite rue. De l'extérieur, ils sont presque invisibles. Des enseignes banales pendent au-dessus d'escaliers noircis, menant à des mondes souterrains où les hommes paient le privilège de se comporter en rois boursouflés.

Sujin veut entrer dans ce monde, pour l'argent. En cet instant, elle est en train de demander à Kyuri où elle s'est fait refaire les yeux.

— Moi, je l'ai fait à Cheongju, explique tristement Sujin à Kyuri. Quelle erreur ! Je veux dire, regarde-moi…

Elle écarquille les yeux. Et c'est vrai, le pli de sa paupière droite a été cousu un tout petit peu trop haut, ce qui lui donne un regard rusé, oblique. Malheureusement, on ne peut nier que, même sans ses paupières dissymétriques, le visage de Sujin est bien trop carré pour qu'elle puisse être considérée comme jolie à la vraie façon coréenne. Et elle a aussi la mâchoire inférieure trop proéminente.

Kyuri, à l'inverse, est l'une de ces filles à la beauté électrique. Les points sur ses doubles paupières paraissent naturels, et on lui a relevé le nez, effilé les pommettes, et réaligné et raboté toute la mâchoire en un V très fin. Elle s'est fait implanter des cils longs comme des plumes sur ses paupières tatouées d'un trait d'eye-liner, et elle applique chaque jour des produits blanchissants sur sa peau, qui étincelle d'un éclat nacré, comme du lait écrémé. Plus tôt, elle ne tarissait pas d'éloges sur les vertus des masques à la feuille de lotus et sur les compléments aux céramides pour la beauté du décolleté. La seule partie de son être qu'elle n'ait pas retouchée est, étonnamment, sa chevelure, qui se déroule telle une rivière aux eaux sombres le long de son dos.

— J'ai été tellement idiote. J'aurais mieux fait d'attendre d'être plus âgée.

Avec un nouveau regard envieux aux traits parfaits de Kyuri, Sujin soupire et contemple une fois de plus ses yeux dans un petit miroir de poche.

— De l'argent jeté par les fenêtres, maugrée-t-elle.

Cela fait maintenant trois ans que nous partageons un appartement, Sujin et moi. On était ensemble au collège et au lycée, à Cheongju. C'était un lycée professionnel, et les études ne duraient donc que deux ans, mais Sujin n'est même pas allée au bout. Ça l'a toujours démangée de déménager à Séoul, pour échapper à l'orphelinat dans lequel elle avait grandi, et après notre première année de lycée elle est partie tenter sa chance dans une école de coiffure. Mais, comme elle était godiche avec les ciseaux et que ça revient cher de massacrer les perruques, elle a également laissé tomber. Toutefois, avant de rendre son tablier, elle m'a appelée pour que je prenne sa place.

À présent, je suis coiffeuse à part entière, et Sujin vient plusieurs fois par semaine dans le salon où je travaille, à 10 heures tapantes. Je lui lave les cheveux et lui fais un brushing avant qu'elle parte travailler dans son salon de manucure. Il y a quelques semaines, elle m'a amené Kyuri comme nouvelle cliente. Ce n'est pas rien, pour un petit salon, de décrocher la clientèle d'une hôtesse, car ces filles-là se font coiffer et maquiller par des professionnels tous les jours, et rapportent beaucoup d'argent.

La seule chose qui m'agace avec Kyuri est que, parfois, elle parle trop fort lorsqu'elle s'adresse à moi, bien que Sujin lui ait expliqué que mon ouïe est parfaite. De plus, je l'entends souvent chuchoter sur ma « maladie » dans le salon, quand j'ai le dos tourné.

Mais je ne crois pas qu'elle pense à mal.

Sujin n'a pas fini de se lamenter sur ses paupières. Depuis que je la connais, elle a presque toujours été mécontente à leur sujet – avant et après les avoir fait modifier. Le médecin qui l'a opérée était le mari de l'une de nos enseignantes, et il tenait un petit cabinet de chirurgie plastique à Cheongju. Environ la moitié de notre lycée s'est fait refaire les yeux cette année-là parce que l'enseignante nous avait offert une remise de cinquante pour cent. L'autre moitié, moi comprise, n'avait même pas les moyens de payer ça.

— Je suis bien contente de ne pas avoir besoin de retouches, déclare Kyuri. La clinique où je vais est la meilleure. C'est la plus ancienne de la Beauty Belt à Apgujeong, et des chanteuses et actrices comme Yoon Minji sont des habituées.

— Yoon Minji ! Je suis trop fan ! Elle est tellement belle ! Et super gentille, apparemment.

Émerveillée, Sujin dévore Kyuri des yeux.

— Eh, rétorque Kyuri, légèrement agacée. Elle est correcte. Je crois qu'elle se faisait juste faire un peu de laser, à cause de toutes les taches de rousseur qu'elle attrape sur sa nouvelle émission. Celle qui est tournée à la campagne, avec tout ce soleil, vous savez ?

— Oh oui, on est fan ! s'écrie Sujin avec un coup de coude. Surtout Ara. Elle est complètement dingue de ce gamin du groupe Crown, le plus jeune de l'émission. Tu devrais la voir se pâmer dans tout l'appartement chaque semaine après la fin de la diffusion.

Je fais semblant de lui donner une tape et secoue la tête.

— Taein ? Moi aussi, je le trouve mignon.

Une fois de plus, Kyuri parle très fort. Sujin la regarde d'un air peiné avant de me jeter un coup d'œil.

— Son manager vient parfois à l'*Ajax*, avec des hommes en costume super moulant. Sans doute des investisseurs, parce que le manager n'arrête pas de leur répéter que Taein est incroyablement populaire en Chine.

— C'est dingue ! La prochaine fois, il faut absolument que tu nous envoies un texto ! Ara va tout laisser tomber pour courir te rejoindre ! s'esclaffe Sujin avec un grand sourire.

Je fronce les sourcils et sors mon calepin et mon stylo. C'est plus agréable pour moi que de taper sur mon téléphone. Écrire à la main s'apparente davantage à la parole.

*Taein est trop jeune pour aller dans un endroit comme l'*Ajax, écris-je.

Kyuri se penche pour voir ce que j'ai noté.

— Chung Taein ? Il a notre âge. Vingt-deux, dit-elle.

Le surnom que me donne Sujin est *ineogongju*, « petite sirène ». Elle dit que c'est parce que la Petite Sirène a perdu sa voix, mais l'a retrouvée par la suite et a vécu une longue vie heureuse. Je m'abstiens de lui expliquer que, ça, c'est dans le dessin animé américain. Dans la vraie version, elle se suicide.

Sujin et moi, on s'est rencontrées pendant notre première année de collège, quand on a été désignées pour travailler ensemble avec la même charrette de patates douces. Beaucoup d'adolescents se faisaient un peu d'argent comme ça l'hiver à Cheongju : on s'installait à un coin de rue dans la neige, et on rôtissait des patates douces sur les braises dans de petits barils de fer-blanc. On les vendait deux mille wons pièce. Bien sûr, seuls les mauvais élèves faisaient ça, ceux qui appartenaient aux *iljin* – les gangs de chaque école –, et pas les intellos, occupés à préparer leurs examens d'entrée et à manger de mignons petits repas dans des boîtes que leurs mamans leur préparaient tous les matins. D'un autre côté, ceux qui tenaient les charrettes de patates douces étaient les *bons* mauvais élèves. Au moins, nous donnions quelque chose aux gens en échange de leur argent. Les vrais mauvais se contentaient de prendre l'argent.

Comme de dangereuses batailles prenaient place pour attribuer les meilleurs coins, j'avais de la chance d'avoir été mise en tandem avec Sujin, qui savait être téméraire quand la situation l'exigeait.

La première chose que m'a enseignée Sujin était comment me servir de mes ongles. « Tu peux crever les yeux à quelqu'un, ou lui transpercer la gorge, si tu veux. Mais il faut que tu aies les ongles de la bonne taille et de la bonne forme, et bien épais, pour éviter qu'ils se cassent au moment critique. »

Elle m'avait examiné les doigts en secouant la tête. « Ouais, comme ça, ça va pas », avait-elle dit en me conseillant des vitamines fortifiantes et une marque bien spécifique de vernis durcisseur.

C'était quand je parlais encore. Avec Sujin, nous plaisantions et nous chantions tout en nous occupant de notre charrette, et nous hélions les passants à pleins poumons. « Les patates douces, c'est bon pour la peau ! Ça apporte santé *et* beauté ! Et c'est tellement délicieux ! » hurlions-nous.

Plusieurs fois par mois, Nana, la fille plus âgée qui nous avait donné son coin si convoité, s'arrêtait pour ramasser ses bénéfices. Elle était bien connue pour être membre d'un *iljin*, et avait conquis tout le district local par une série de combats légendaires. Cependant, elle s'était cassé le petit doigt lors du dernier, et nous avait confié son territoire pendant sa convalescence.

Même si elle donnait des gifles aux autres gamines dans les toilettes du collège, Nana m'aimait bien parce que j'étais la seule fille de notre gang à ne pas avoir de petit ami. « Toi, tu sais ce qui est important dans la vie, me disait-elle. Et tu as un air innocent, ce qui est super. » Je la remerciais avec une profonde courbette, puis elle m'envoyait acheter des cigarettes. L'homme au magasin du coin refusait de lui en vendre parce que sa tête ne lui revenait pas.

Je crois que je sais pourquoi Sujin est tellement obsédée par son apparence. Elle a grandi au Loring Center, que tout le monde à Cheongju considérait comme un cirque. En plus d'accueillir un orphelinat, le centre était un foyer pour les handicapés et les estropiés. Sujin m'a dit que ses parents étaient morts quand elle était bébé, mais récemment l'idée m'a effleurée qu'elle avait dû être abandonnée par une fille encore plus jeune que nous. Peut-être que la mère de Sujin était hôtesse, elle aussi.

Je racontais à Sujin que j'aimais lui rendre visite au Center parce qu'il n'y avait personne là-bas pour nous surveiller. Nous pouvions boire toutes les boissons périmées données par les épiceries, et garer notre charrette à patates douces sans qu'on nous pose de questions. Mais, en vérité, j'avais parfois peur en voyant les handicapés traîner dans la propriété, avec leurs soignants qui leur parlaient d'une voix chantante.

— Ça m'embête de te dire ça, mais Taein aussi a fait de grosses opérations dans ma clinique. C'est la directrice qui me l'a raconté.

Kyuri me regarde d'un air narquois et hausse les épaules quand je lui lance un regard noir.

— Je veux dire, ils ont le meilleur personnel médical du monde. Ce serait vraiment stupide de ne pas se faire refaire le visage chez eux si tu veux devenir une star.

Elle se lève lentement et s'étire comme un chat.

On la regarde, Sujin et moi, et on se met à bâiller aussi, même si au fond de moi je lui en veux de son attaque contre le visage de Taein. Je suis certaine qu'il n'a rien fait d'autre que des blanchiments dentaires. Il n'a même pas de doubles paupières.

— Attends, tu n'es pas en train de parler de la Cinderella Clinic, si ? demande Sujin, les yeux plissés.

Kyuri acquiesce.

— J'ai entendu dire que tous les médecins de chez eux étaient sortis majors de promo du Seoul National ! s'exclame Sujin.

— Ouais, ils ont un mur recouvert de photos des médecins et dans chaque bio tu trouves le Seoul National. Les magazines l'appellent la Fabrique à Beauté.

— Et le médecin en chef, il est vraiment célèbre, non ? Le docteur Shin, ou quelque chose comme ça...

— Le docteur Shim Hyuk Sang, répond Kyuri. Il faut patienter *des mois* pour avoir une consultation. Il devine les tendances beauté avant même qu'elles apparaissent, et il comprend vraiment à quoi les filles veulent ressembler. C'est tellement important, tu sais.

— C'est lui ! J'ai lu des tas de choses sur lui dans *BeautyHacker*. Ils ont fait un gros article la semaine dernière.

— Il est très gentil. Et doué, la preuve.

Kyuri passe une main devant son visage et nous adresse un clin d'œil. Elle se balance un peu, et ce n'est qu'en l'observant attentivement que je prends conscience qu'elle est complètement soûle.

— C'est vraiment lui, ton médecin ? questionne Sujin, penchée en avant.

Je sais où tout cela nous mène.

— Oui. J'ai persuadé une de mes amies de me faire entrer à la clinique sans payer le tarif premium qu'il facture normalement. Elle s'est fait faire la naissance des cheveux, et les mollets.

— C'est fantastique ! s'écrie Sujin en se levant comme un diable jaillissant de sa boîte. Tu peux me recommander ? Il faut *vraiment* que je me fasse arranger la mâchoire, et dans l'article ils disaient que la mâchoire, c'est sa spécialité.

Je suis la seule à savoir qu'elle manigance de demander cela à Kyuri depuis des semaines – en réalité, sans doute depuis leur première rencontre. Sujin m'a souvent répété que Kyuri a la plus jolie mâchoire qu'elle ait jamais vue.

Kyuri contemple Sujin un long moment. Il y a un silence gêné. Elle fait un geste pour redemander du *soju*. Je lui sers un nouveau gobelet et y ajoute du Yakult bien frais et sucré. Elle m'adresse une grimace en me voyant diluer ainsi l'alcool dans le yaourt à boire.

— Écoute, je ne vais pas te dire que je regrette de m'être fait refaire la mâchoire. Ça a marqué un grand tournant dans ma vie. Et je ne te dis pas que ça ne changerait pas la tienne… en réalité, je suis convaincue que si. Pourtant, je ne te le recommande pas. En plus, le docteur Shim est très demandé et cette clinique est très chère. Très, très chère, même sans le tarif premium. Il n'accepte que le cash. Ils disent qu'ils prennent la carte, mais ils t'appâtent avec une telle réduction si tu paies en liquide que c'est impossible de faire autrement. C'est juste hors de prix, sauf pour une actrice qui aurait signé avec une agence super haut de gamme, et dans ce cas il te parraine.

Kyuri descend le reste de son *soju* et bat de ses cils longs comme des plumes.

— Sans ça, tu devras emprunter l'argent ailleurs. Et alors tu devras rembourser des intérêts indéfiniment…

— Bon, ce sera le plus gros investissement de ma vie, et ça fait un moment que j'économise, maintenant.

Sujin secoue la tête et me lance un regard furtif en prononçant ces mots. Je la coiffe gratis pour qu'elle puisse mettre de l'argent de côté pour son opération. C'est le moins que je puisse faire.

—Je ne sais pas combien tu as sous le coude, mais tu seras surprise du coût total. Au final, tu ne repars jamais avec juste l'opération pour laquelle tu es venue, lui confie Kyuri.

Plus tard, on discutera, Sujin et moi, des raisons supposées pour lesquelles Kyuri ne veut pas qu'elle fasse cette opération. Est-ce qu'elle est gênée de demander une faveur au docteur Shim ? Ou bien craint-elle que Sujin se retrouve à trop lui ressembler ? Pourquoi serait-elle réticente à ce que Sujin change de vie ?

Kyuri soupire et ajoute qu'elle voudrait bien pouvoir économiser, elle aussi. Sujin m'a raconté que c'est difficile pour les filles des bars à hôtesses d'épargner parce qu'elles souscrivent sans cesse de nouvelles dettes et passent leur temps dans les « ho bars », à dépenser de l'argent en gigolos, pour décompresser de leur travail.

« Je pourrais me payer deux opérations rien qu'avec les sommes que la plupart des hôtesses dépensent pour l'alcool en une seule soirée, m'a dit Sujin un jour. Tu n'as pas idée des montants qu'elles gagnent et qu'elles gaspillent chaque semaine. Il *faut* que je décroche un job comme ça. Il le faut. » Elle dit qu'elle continuera à économiser jusqu'à ne plus avoir à se soucier de la façon dont elle va finir la journée, le mois.

Et chaque fois qu'elle dit ce genre de choses, je hoche la tête en souriant, pour qu'elle sache que je la crois.

Parfois, quand les gens me demandent comment c'est arrivé, je leur raconte que c'était à cause d'un garçon. *Il m'a volé mon cœur et j'ai perdu ma voix.* Romantique, non ?

J'ai envisagé de taper la réponse et d'avoir un petit papier imprimé toujours sous la main, au lieu de devoir l'écrire chaque fois. Puis je me suis rendu compte que ça ferait trop penser aux mendiants dans les rames du métro.

Une fois de temps en temps, je mens et j'écris que je suis née comme ça. Mais quand j'ai une nouvelle cliente qui me plaît bien, je lui dis la vérité.

C'est la rançon pour avoir survécu. La vie en dehors de Séoul, ce n'est pas comme ici…

En réalité, ça aurait eu plus de sens de devenir sourde. J'ai pris la plupart des coups au niveau des oreilles. J'ai eu les tympans déchirés sur le moment, mais je n'ai presque pas de séquelles de ce côté-là, et j'entends très bien. Parfois je me demande même si je n'entends pas mieux qu'avant. Le vent, par exemple. Je ne me souviens pas qu'il avait tant de nuances.

Le lundi, Kyuri arrive au salon un peu en retard. Elle a l'air fatiguée, mais m'adresse un signe de la main depuis le fauteuil de maquillage alors que je prépare mon coin pour son brushing. La fille qui travaille au fauteuil à côté du mien utilise beaucoup trop de laque, et je lui ai écrit de nombreux petits mots pour lui demander de limiter sa consommation de produits parce que l'odeur écœurante et le brouillard de laque me donnent mal à la tête. Elle se contente de cligner des yeux d'un air placide et ne change rien à ses méthodes.

Après avoir lavé les cheveux de Kyuri, je lui apporte du thé *yuja* glacé. Elle s'enfonce dans le siège.

— Comme d'habitude, s'il te plaît, Ara.

Elle s'observe dans le miroir et prend une gorgée.

— Oh, mon Dieu, regarde mes cernes… J'ai l'air d'un monstre, ce matin. J'ai trop bu, hier soir.

Je prends le fer à lisser et le lui montre, sourcils levés.

— Non, juste des ondulations, s'il te plaît, répond-elle en se passant les doigts dans les cheveux d'un air absent. Je crois que je ne te l'ai pas dit, mais en fait c'est une règle à l'*Ajax*, on ne peut pas être trop nombreuses avec la même coiffure, alors on nous fixe un look pour la saison. J'ai de la chance, j'ai les ondulations. C'est ce qu'aiment les hommes, tu sais.

Je lui souris et hoche la tête dans le miroir, puis je range le fer à lisser avant de sortir celui à friser.

— Je mets un point d'honneur à poser la question à tous les hommes. Juste pour être sûre. Et ils disent tous qu'ils aiment les longs cheveux ondulés. Je suis certaine que c'est à cause de Cho Sehee dans le film *My Dove.* Elle était tellement belle dans celui-là, tu sais ? Et ses cheveux sont complètement naturels, tu étais au courant ? Elle n'a pas fait de teinture ni de permanente depuis dix ans à cause de son contrat avec Shampureen.

Kyuri continue à jacasser, les yeux fermés, pendant que je divise ses cheveux en petites bandes et les lui remonte sur le crâne. Je commence à boucler les sections sur le côté gauche d'abord, en partant de l'intérieur.

— Les autres filles doivent faire tellement d'efforts pour leur coiffure. C'est vraiment tragique, de vieillir. Je regarde notre tenancière, et c'est la créature la plus laide que j'aie jamais vue. Je crois que je me tuerais si j'étais si hideuse. Mais tu sais quoi ? Je pense qu'on est le seul bar à hôtesses avec une tenancière laide. Ça distingue carrément l'*Ajax*. Et je crois que ça nous fait paraître plus jolies, nous les filles, qu'elle soit si horrifiante.

Elle frissonne.

— Parfois, je ne peux pas m'arrêter de penser à sa laideur. Tu vois, pourquoi elle ne se fait pas opérer, tout simplement ? Pourquoi ? Je ne comprends vraiment pas les gens moches. Surtout s'ils ont de l'argent. Ils sont idiots, ou quoi ?

Elle se regarde dans le miroir, penchant la tête de côté jusqu'au moment où je la lui redresse.

— Ils sont pervers ?

À la maison, les seuls moments où je traîne avec Sujin sont les dimanches, mes seuls jours de repos. Pendant la semaine, je pars travailler à 10 h 30, et rentre épuisée à 23 heures. Alors le dimanche, nous traînons dans l'appartement, mangeons des chips de banane et des *ramens*, et regardons la télé sur l'ordinateur. Ce que Sujin préfère, c'est une émission de divertissement qui s'appelle *D'un extrême à l'autre*, où ils présentent chaque semaine plusieurs personnes avec des déformations graves (ou parfois juste très laides), et les gens votent par téléphone pour décider qui va gagner des opérations de chirurgie plastique avec les meilleurs médecins du pays. Elle adore regarder le relooking final, quand l'élu sort de derrière un rideau pendant que sa famille – qui ne l'a pas vu pendant les longs mois de sa convalescence après l'opération – crie et tombe à genoux en constatant que le vainqueur est devenu sublime. C'est très spectaculaire. Et la présentatrice pleure beaucoup.

En général, elle regarde ça en boucle, mais aujourd'hui elle est trop excitée pour tenir en place.

— Kyuri s'est montrée tellement gentille au moment où elle a enfin accepté ! Elle a dit qu'elle parlerait aux gens du magasin où elle vend ses sacs, et qu'ils accepteraient de me prêter de l'argent pour l'opération. Elle dit qu'en fait, c'est leur business principal, de prêter de l'argent aux filles des bars à hôtesses ! Et ensuite, quand j'irai mieux et que tout sera arrangé, je pourrai trouver un travail grâce à elle.

Sujin tremble d'excitation quand je lui tapote le bras.

— Je suis tellement impatiente ! Je ne mangerai que des *ramens*, comme ça je vais rembourser cet emprunt si vite que les intérêts n'auront pas le temps de grimper.

Elle a l'air tout étourdie.

— Dis, ça ne serait pas merveilleux de s'endormir chaque soir et se réveiller riche tous les matins ? Mais je ne vais rien dépenser. Oh, non. Je vais rester pauvre dans mon cœur. Et c'est ce qui me permettra de rester riche.

Tu m'achèteras quoi ? écris-je.

Elle rit et me tapote la tête.

— Pour *ineogongju*, ce que son cœur désire.

Elle s'approche du miroir et se touche le menton du bout des doigts.

— Il faut juste que tu sois certaine de ce que c'est d'ici là, ajoute-t-elle.

Le jour où Sujin se fait opérer, Kyuri vient tôt au salon afin de l'amener à la clinique et de parler au docteur Shim avant qu'il entre au bloc. Je vais quitter le travail à 17 heures aujourd'hui, pour être là quand Sujin se réveillera après son anesthésie.

Merci de l'avoir présentée à un tel magicien. Elle va être magnifique.

Le visage de Kyuri devient d'abord complètement vide, mais peu après elle sourit et me dit qu'elle aime l'idée d'avoir ajouté un peu de beauté dans le monde.

— N'est-ce pas généreux à lui de l'ajouter à son planning avec seulement un tout petit prix d'entrée ? D'habitude, il est tellement pris qu'il faut des mois pour obtenir une date d'opération.

Je hoche la tête. Lors de la consultation, le docteur Shim a expliqué à Sujin que lui recoudre les yeux ne sera pas un problème, et qu'elle doit absolument se faire opérer les deux mâchoires pour les rétrécir et les affiner. C'est vital. Il va couper la mâchoire supérieure *et* la mâchoire inférieure, avant de les repositionner, puis il rabotera les deux côtés pour la débarrasser de cet air si masculin. Il lui a aussi conseillé une réduction des pommettes et une petite liposuccion du menton. Les opérations vont durer cinq à six heures, et elle devra rester à la clinique quatre jours.

Il s'est montré moins communicatif sur la question du temps qu'il lui faudra pour paraître à nouveau totalement naturelle. « Probablement plus de six mois » est la réponse la plus précise qu'on nous ait donnée. Le temps de convalescence est très variable d'une personne à une autre, ont-ils dit. Mais, au salon, une fille dont la cousine s'est fait faire la même chose m'a raconté que ça lui a pris un an pour avoir l'air normale. Sa cousine ne sent plus son menton et a du mal à mâcher, m'a-t-elle confié, mais elle a décroché un emploi de commerciale dans une entreprise super réputée.

Après avoir ondulé les cheveux de Kyuri, je fais bouffer ses boucles avant de déposer une noisette de mon sérum de brillance le plus cher dans mes mains. Je les frotte puis les passe doucement dans ses cheveux. Ça sent bon, la menthe et la rose.

Quand je lui tapote l'épaule pour lui indiquer que j'ai fini, Kyuri se redresse. Elle bat des cils en se contemplant avec son « expression spéciale miroir », les joues rentrées. Elle est d'une beauté à couper le souffle, avec sa cascade de boucles et son maquillage impeccable. À côté d'elle, j'ai l'air encore plus fanée, avec mon visage commun et mes cheveux banals. M. Kwon, le gérant, me houspille constamment pour que je les coiffe de façon plus spectaculaire.

— Merci, Ara, dit-elle avec un sourire de reconnaissance qui se dessine lentement.

Elle croise mon regard dans la glace.

— J'adore ! Quelle déesse !

Nous rions toutes les deux, mais mon rire ne s'entend pas.

À la clinique, je ne peux rien faire d'autre que tenir la main de Sujin pendant qu'elle pleure en silence. Avec ses bandages, on ne voit d'elle que ses cils, son nez et ses lèvres.

Le soir même, en rentrant à la maison, je trouve une feuille de papier sur la table. C'est son testament. Nous avons lu de nombreux articles sur des patients qui sont morts parce qu'un éclat d'os de mâchoire s'était logé dans une de leurs artères. En dormant, ils se sont étouffés dans le sang qui leur emplissait la gorge. Je l'ai forcée à arrêter au bout de quelques articles, mais, en secret, je les ai lus jusqu'au dernier.

Je laisse tout ce que je possède à ma colocataire, Park Ara, est-il écrit.

Dans l'histoire originale, la Petite Sirène subit d'effroyables douleurs pour acquérir ses jambes humaines. La Sorcière des Mers l'avertit qu'avec ses pieds, elle aura l'impression de marcher sur des lames tranchantes, mais qu'elle pourra danser mieux qu'aucune humaine. Alors elle boit la potion de la sorcière, qui lui traverse le corps comme une épée.

Ce que je veux dire, cependant, c'est qu'elle a dansé de manière divine avec ses jambes magnifiques, malgré la douleur semblable à mille dagues. Elle a pu marcher, et courir, et rester aux côtés de son prince bien-aimé, et même si ça n'a pas marché entre eux, là n'est pas la question.

Et à la fin, quand elle a dit au revoir à son prince et s'est jetée dans la mer, persuadée qu'elle allait se dissoudre en écume, elle a été emmenée par les enfants de la lumière et de l'air.

N'est-ce pas une belle histoire ?

Kyuri

Aux alentours de 22 heures, une fille qui n'était pas des nôtres est entrée dans notre salle du bar à hôtesses. Elle était petite, habillée de vêtements coûteux, dans une robe de soie aux motifs d'oiseaux et des chaussures à talon parées d'hermine. J'avais vu exactement la même robe dans le dernier numéro de *Women's Love and Luxury* : elle coûtait l'équivalent d'un an de loyer. Elle était là, délicate et hautaine.

Nous étions cinq filles assises autour de la table, une pour chacun des hommes, et elle se tenait sur le pas de la porte, à nous dévisager l'une après l'autre, les yeux brillants d'un intérêt intense. La plupart des hommes ne semblaient pas avoir remarqué son apparition – ils buvaient et parlaient fort – mais nous autres, les hôtesses, nous sommes restées pétrifiées. Les autres filles ont très vite détourné les yeux, tête baissée, mais je me suis retenue et lui ai rendu son regard.

Elle examinait en silence chaque élément de la pièce : les murs de marbre sombre, la table longue chargée de bouteilles, de verres et d'assiettes en cristal remplies de fruits, la lumière qui émanait des sanitaires dans un coin, la machine à karaoké, qui avait été éteinte à la moitié d'une chanson parce que Bruce avait reçu un appel professionnel important et n'avait pas voulu se donner la peine de sortir. Le fait qu'elle n'était pas escortée par l'un des serveurs signifiait que quelqu'un lui avait indiqué dans quel salon précis elle devait se rendre – et ce n'était pas facile, car nos couloirs souterrains formaient à dessein un labyrinthe propre à vous désorienter.

— Ji, par ici !

Bruce, mon partenaire, s'était tourné pour suivre mon regard, et il l'appelait tout en me pinçant brutalement l'intérieur de la cuisse, sous la table.

— Tu es venue !

La dénommée Ji s'est approchée lentement de nous et s'est assise à la place que lui désignait Bruce. De près, je voyais que son visage était exempt de chirurgie : des yeux avec une simple paupière et un nez plat. Pour ma part, plutôt mourir que de me promener avec une tête pareille. Mais, de toute évidence, à voir sa démarche et son port de tête, elle venait d'un milieu si riche qu'elle n'avait même pas besoin de se faire opérer.

— Salut, toi, a-t-elle dit à Bruce. Tu es bourré ? Pourquoi tu m'as demandé de venir ici ?

Elle jouait la colère d'avoir été appelée dans un tel lieu, mais je savais que c'était faux – elle était ravie de voir de ses propres yeux à quoi ressemble l'intérieur d'un bar à hôtesses. Lors de leurs rares visites, les femmes restent généralement bouche bée comme des poissons, à nous juger. On voit bien qu'elles se disent : « *Jamais je ne compromettrais ma morale pour de l'argent. Je suis sûre que tu ne fais ça que pour t'acheter des sacs à main.* »

Je ne sais pas qui sont les pires, elles, ou les hommes. Non, je plaisante, les hommes sont toujours pires !

Une bouteille de whisky à moitié vide traînait sur la table devant moi. Comme toujours, Bruce avait réservé le plus grand salon et commandé les bouteilles les plus chères lorsqu'on nous avait apporté la carte, mais ce soir lui et ses amis prenaient plus de temps que la plupart des autres groupes pour les boire. Notre établissement a décroché récemment la clientèle de Bruce – non seulement sa famille est célèbre (son père possède une clinique spécialisée dans les cellules-souches à Cheongdamdong), mais il a lancé sa propre société de jeux – et Madame est toute contente qu'il soit là toutes les semaines depuis maintenant deux mois. « Tout ça, c'est grâce à toi, Kyuri », m'a-t-elle dit il y a quelques jours, sa face de crapaud fendue d'un sourire. Je lui ai souri à mon tour. Il se trouve que je sais que notre bar à hôtesses est celui qui se trouve le plus près de son bureau.

— Bien sûr que non, je ne suis pas bourré, a répondu Bruce à la fille d'un ton cinglant. Je t'ai appelée parce que Miae ne me parle pas.

C'était la première fois que j'entendais mentionner une Miae, mais pourquoi en aurait-il été autrement ?

— Vous vous êtes *encore* disputés ? a-t-elle demandé.

Avec un frisson, elle a sorti de son sac un cardigan coloré et l'a enfilé. Ce geste en lui-même était un nouvel affront.

Madame règle la température des salons pour qu'ils soient frais et confortables pour des hommes en costume, alors que nous sommes en minirobe, à tenter de dissimuler notre chair de poule.

— Il faut que tu lui parles, que tu lui fasses ouvrir les yeux sur la façon dont le monde réel fonctionne.

Bruce a enlevé ses lunettes et s'est frotté les yeux, un geste habituel quand il est frustré. Sans ses lunettes, il ressemble à un petit enfant perdu, et le surnom Bruce paraît ridicule. Je me suis mise à l'appeler comme ça lorsqu'il m'a dit qu'il avait décroché le troisième dan de taekwondo avant l'âge de quinze ans. Nous étions dans un hôtel et je le taquinais sur ses bras maigrichons. J'étais trop fatiguée pour le sexe ce soir-là, et j'espérais qu'il se vexerait si je l'embêtais.

Je ne sais pas à quel âge les hommes deviennent des salauds – dans l'enfance, l'adolescence ? Quand ils commencent à bien gagner leur vie ? Ça dépend de leur père, et du père de leur père, sans doute. Les grands-pères sont les pires salopards, en tout cas à en juger par les miens. Les hommes, de nos jours, sont quand même nettement mieux que ceux des générations précédentes – ceux qui ramenaient leurs maîtresses à la maison et demandaient à leur femme de nourrir et choyer leurs bâtards. J'ai entendu trop d'histoires dans mon arbre généalogique pour avoir eu la moindre illusion, même avant de commencer à travailler comme hôtesse dans un bar. Quand ils ne meurent pas jeunes en vous laissant avec des enfants sur les bras et des frais d'éducation monumentaux, ils trouvent d'autres façons, chiantes comme la pluie, de vous baiser.

Les seuls gentlemen que je vois, c'est dans les fictions télévisées. Ceux-là, ils sont gentils. Ils vous protègent, n'ont pas honte de pleurer, ils tiennent tête à leur famille pour vous, même si, évidemment, je ne voudrais pas qu'ils aillent se faire déshériter. Un homme pauvre ne peut pas m'aider alors qu'il est incapable de s'aider lui-même. Je le sais, parce que j'ai été amoureuse d'un homme pauvre par le passé. Il ne pouvait pas payer pour passer du temps avec moi et je n'avais pas les moyens de passer du temps avec lui.

— Je ne connais aucun couple qui se dispute autant que vous, a dit la fille. Au point où tu en es, tu dois soit rompre, soit lui demander sa main.

Elle me toisait de la tête aux pieds en parlant.

Salope, ai-je pensé en réprimant l'envie de tirer sur le bas de ma robe.

Bruce a tendu la main vers la bouteille. Je l'ai laissé se servir sans lui proposer de m'en charger. Si Madame m'avait vue, elle n'aurait pas laissé passer ça.

— Je sais, a-t-il répondu. Toutes nos disputes tournent autour de cette question, en ce moment. Je ne suis pas prêt, je n'ai que trente-trois ans. Aucun de nos amis n'est marié. Même pas les filles. Mais je me demande bien ce qu'elles vont faire, *elles*. Sauf toi, Ji, bien sûr, s'est-il dépêché d'ajouter. Tu n'as aucun souci à te faire, évidemment.

La fille a fait une grimace.

— J'en ai tellement marre que ma famille m'arrange des *blind dates*, pour essayer de me caser. Ils se croient à quel siècle ?

Il a pris un air sérieux pour soupeser son problème. J'ai levé les yeux au ciel, mais par chance personne ne m'a vue.

— Ma grand-mère a déjà choisi la date de mon mariage, a-t-elle poursuivi. Le 5 septembre prochain, ou par là. Elle dit qu'il va lui falloir beaucoup de temps pour choisir l'hôtel pour la réception, parce qu'elle ne veut pas offenser les propriétaires des hôtels qu'elle ne va *pas* choisir.

J'ai sorti mon poudrier et me suis replongée dans les retouches de mon maquillage. C'est tellement drôle, toutes les conneries sur lesquelles les gens arrivent à s'inquiéter, dans la vie. Autrefois, j'aurais été agitée, honteuse et mal à l'aise sous son regard. À présent, j'avais juste envie de la gifler. Et Bruce aussi, tant qu'à faire, parce qu'il l'avait appelée ici.

— En tout cas, je trouve que c'est bon signe que tu sois si affecté par Miae, et que tu sois triste à son sujet.

Puis elle s'est mise à parler anglais à toute vitesse, avec de grands gestes de la main. C'est une habitude chez les anglophones, j'ai remarqué. Ils agitent les mains comme des possédés et secouent la tête dans tous les sens en parlant. Ils ont l'air ridicules.

— Bruce, qu'est-ce qui se passe, bordel ?

Les autres hommes avaient tourné la tête vivement en l'entendant parler anglais. C'est là qu'ils ont pris conscience qu'une fille du monde extérieur était parmi eux.

— C'est quoi, ce merdier ? a demandé le gars replet et luisant assis de l'autre côté de moi.

Plus tôt, je l'avais entendu se vanter auprès de Sejeong, la fille qu'il avait choisie, d'être « un as du droit des affaires ».

Sejeong avait ri sans pouvoir s'arrêter, et il avait rougi comme un adolescent.

Son visage rond s'était fait hostile alors qu'il observait tour à tour Bruce et la fille.

— Les gars, voici mon amie Jihee, vous l'avez déjà rencontrée à la soirée d'anniversaire de Miae, vous vous souvenez ? a expliqué Bruce, radieux, d'une voix pâteuse.

Ils le dévisageaient tous. Elle connaissait sans doute un bon tiers de leurs sœurs, épouses et collègues. Sans doute leurs parents aussi.

La fille s'est enfoncée davantage dans son siège en s'efforçant de prendre son air le plus innocent. Elle n'avait pas envie de partir, c'était clair.

Il y a eu un silence. Aucune d'entre nous, les hôtesses, n'a fait l'effort de le combler. Bruce avait mal agi en enfreignant la règle tacite, mais les gars ne pouvaient pas rester fâchés contre lui. Déjà, parce qu'il était trop bourré pour s'en soucier, et surtout, parce que c'était lui qui payait l'ensemble de la soirée, comme toujours. L'addition se montait sans doute à la moitié de leurs salaires mensuels. Alors les hommes sont retournés à leurs filles, même s'ils étaient à présent beaucoup plus mesurés.

Si ç'avait été un soir comme les autres, je me serais levée pour aller dans un autre salon, car j'ai tendance à avoir des habitués qui me réclament en même temps, et je tourne de salle en salle. Mais Bruce est une exception, et c'était un mardi creux. En plus, j'avais faim et personne n'avait touché aux assiettes d'*anju*. Bien que cela aille à l'encontre de la politique de l'établissement et que je ne l'aie jamais fait auparavant, j'ai pris une tranche de fruit du dragon et je me suis mise à manger. La chair était soyeuse, mais n'avait presque aucun goût.

— Alors, comment ça a commencé, cette dispute, en fait ? a demandé la fille.

— Miae voulait qu'on dîne ce soir avec la nouvelle petite amie de son frère. J'ai travaillé tellement dur pour cet IPO que j'ai dormi la tête sur mon bureau toutes les nuits, et il était hors de question que j'aille perdre mon temps avec une campagnarde que son imbécile de frère fréquente dans sa fac de seconde zone. Je m'en branle.

Il serrait son whisky dans ses mains, mélancolique. Il ne m'accordait aucune attention. On n'aurait pas cru qu'il m'avait baisée sur une chaise deux soirs plus tôt.

— Quand tu fais ça, elle pense que tu ne te soucies pas de sa famille, tu sais. Tu devrais faire attention.

Il a reniflé de mépris.

— Tu sais que son frère va jusqu'à me demander *de l'argent de poche* ? a-t-il répliqué en secouant la tête de dégoût. Et, bien sûr, il va venir me réclamer un emploi, alors que nous ne recrutons personne en dehors des trois meilleures universités. Ou, au moins, de KAIST. Ou quelqu'un dont les parents ont le pouvoir direct de nous aider.

— Il fait quoi, son père, déjà ? Je crois qu'on me l'a dit, mais j'ai oublié.

— C'est un avocat qui a un cabinet à lui, tout petit, dans un quartier dont je n'ai jamais entendu parler. C'est tout juste si c'est à Séoul.

Il avait l'air perturbé.

— Pourquoi tu ne romps pas, alors ? a rétorqué la fille, agacée à présent. C'est devenu mon amie aussi, et je dis ça pour elle. Ne lui fais pas perdre son temps si à l'arrivée elle doit essayer de rencontrer quelqu'un d'autre. Elle en a pour un an à trouver quelqu'un, ensuite encore peut-être un an à le fréquenter avant de parler de mariage, puis encore plusieurs mois avant la cérémonie et ensuite encore un an pour avoir des enfants. Et elle a déjà trente ans !

— Ouais, je sais, a-t-il répondu d'un air sombre. Du coup, j'ai accepté que nos parents se rencontrent. Pour dîner. Maintenant, je flippe. Ma vie telle que je la connais va s'arrêter le 1er mars. Le jour du Mouvement d'indépendance, à 19 heures. Tous ses frères et sœurs viennent aussi.

Il affichait une expression tragique.

— Quoi ?

La fille et moi nous étions écriées en même temps. Et puis elle et Bruce m'ont tous deux regardée, lui avec amusement et elle avec un dédain glacial.

— Un *sangyeonrae* ? a-t-elle poursuivi. C'est plus définitif qu'une demande en mariage.

J'ignore pourquoi cette nouvelle m'a secouée à ce point, mais je me suis contrainte à lui sourire d'un air taquin en plaisantant :

— Tu te *maries* ? J'imagine que je vais te voir encore plus souvent !

— C'est pour ça que j'étais tellement en rogne, a poursuivi Bruce comme s'il ne m'avait pas entendue. Je ne veux pas que la copine de son frère soit là au dîner – ma mère ferait un arrêt cardiaque si elle pensait que quelqu'un comme elle peut intégrer notre belle-famille. Comme si les choses ne s'annonçaient pas assez compliquées. Mais Miae n'en démord pas, son frère serait terriblement affecté si on rejetait sa copine.

— Pourquoi c'est dans tellement longtemps ? Trois mois ? Et ça va se passer où ?

— Je nous ai réservé un salon privé à *Seul-kuk*, au *Reign Hotel*. Sa mère s'est montrée tellement agressive dans toute cette affaire que mes parents ont fini par céder. Et c'est juste la date la plus proche à laquelle mes deux parents étaient libres. Ils essaient de repousser au maximum, eux aussi. Et, honnêtement, la seule raison pour laquelle ça va se produire, c'est parce que ma mère est allée chez une voyante. Apparemment, Miae est censée être la belle-fille idéale, une épouse et une mère parfaite. Mon Dieu ! Je ne sais pas si j'en suis capable, a-t-il gémi en secouant la tête.

— Arrête de te pleurer sur le nombril, l'a secoué la fille. Tes parents sont bien obligés de rencontrer la famille de Miae tôt ou tard.

Bruce a répondu par un grognement et s'est mis à tripoter le fermoir de sa montre clinquante.

— Au moins, ils sont respectables, a-t-elle conclu après une pause. Ça pourrait être nettement pire.

Rien qu'au ton de sa voix, je savais qu'elle faisait allusion à moi.

Il se trouve que je n'ignore rien de la respectabilité. Ma sœur aînée, Haena, a épousé un homme riche.

Elle est passée par l'une des meilleures universités féminines de Séoul pour décrocher un diplôme d'éducatrice de jeunes enfants, et ce n'est qu'ainsi que son mariage a été rendu possible. Le jour de la cérémonie, qui s'est déroulée dans l'un des hôtels les plus chers de Séoul, la famille du marié avait plus de huit cents invités, essentiellement des hommes en costume noir avec des cravates Ferragamo à imprimé savane, qui apportaient comme cadeau des enveloppes blanches remplies de liquide. Sa famille a dû recruter de faux invités pour garnir notre côté, afin de ne pas avoir l'air de descendre sur l'échelle sociale.

Ça fait maintenant un an qu'elle a divorcé, et elle ne l'a pas encore annoncé à notre mère.

Son ex-mari, Jaesang, a joué le jeu en venant chez nous pour une journée lors des grandes fêtes, Chuseok et le Nouvel An lunaire, mais récemment il a plongé Haena dans la panique en refusant d'assister à différents mariages dans notre famille. La fierté de ma mère, depuis qu'elle est veuve, est d'exhiber son riche gendre.

Les parents de Jaesang sont au courant du divorce et sont apparemment déchirés entre peur de l'opprobre public et désir de trouver au plus vite une meilleure épouse pour leur fils. Ils n'ont rencontré ma mère que deux fois pendant les deux ans qu'a duré le mariage, et il n'y a pas de risque qu'ils lui révèlent la vérité.

Haena a pu rester dans l'appartement de Gangnam, qui est toujours au nom de Jaesang. Elle y garde des affaires de son ex-mari, savamment éparpillées pour les moments où notre mère débarque avec des paniers de victuailles qu'elle a cuisinées pour son gendre chéri.

— C'est la seule chose que je puisse faire pour lui, roucoule notre mère chaque fois que Haena proteste que Jaesang ne mange presque jamais à la maison. C'est ma façon de te protéger.

Alors, Haena prend la nourriture.

C'était un jour comme cela, l'année dernière, après un de ces coups de fil énervants avec ma mère au sujet de Haena (« Kyuri-*ya*, à ton avis, qu'est-ce que je devrais acheter à Jaesang pour son anniversaire ? N'oublie pas d'envoyer ton cadeau en avance, et écris-lui une carte ! »), que j'ai invité les deux filles de l'appartement d'en face à boire un verre. Ça faisait un moment que j'avais l'intention de leur parler quand j'ai enfin sauté le pas.

Le fait que j'aie eu envie de leur parler en dit long sur mon état d'esprit. Aucune des deux n'était particulièrement intéressante à regarder, elles ne semblaient pas avoir d'emploi passionnant ni de loisirs pertinents, rien de ce genre. Non, ce qui me frappait chaque fois que je les voyais était leur proximité – leur camaraderie, le fait qu'elles soient tellement à l'aise ensemble. La fille étourdie au visage carré et la furtive au teint pâle, c'est ainsi que je pensais à elles. Quand elles étaient ensemble, elles se tenaient par le bras, et je les voyais dans le quartier, en train de manger chez un marchand ambulant ou d'acheter du *soju* à la supérette. La fille au visage carré parlait toujours fort, et elles irradiaient toutes les deux de tendresse. Parfois, elles laissaient leur porte d'entrée ouverte pour aérer leur appartement et je les voyais traîner en pyjama, Teint Pâle jouant avec les cheveux de Visage Carré alors qu'elles somnolaient devant des séries télé. *Comme deux sœurs*, me surprenais-je à penser avec mélancolie.

Ma sœur à moi ne fait pas tellement partie de ma vie, sauf lorsque nous nous alignons sur notre but commun : protéger notre mère de notre mieux.

J'ai su que Jaesang avait une sacrée réputation dans les bars à hôtesses des années avant que Haena découvre sa « petite amie ». Il y a trois ans, je l'ai surpris à faire quelque chose de particulièrement dégoûtant dans un établissement de Gangseo où je travaillais à l'époque. C'était avant que je me fasse opérer de la mâchoire, et le bar où je travaillais était l'un de ceux qui ont des chambres d'hôtel au-dessus.

J'étais entrée dans la pièce derrière les autres filles, et j'ai vu Jaesang assis dans le coin opposé. Je me suis enfuie avant qu'il m'aperçoive, et je suis allée trouver la tenancière, qui m'a renvoyée à la maison pour la soirée parce que j'étais dans un sale état, et qu'elle ne voulait pas d'une scène. Plus tard, elle est allée se présenter à Jaesang, l'a chouchouté toute la nuit pour qu'il se sente spécial, et lui a fait promettre de toujours téléphoner avant de venir, afin qu'on ne m'envoie pas par accident dans sa salle. « Je ne peux pas me permettre qu'une de mes filles ne soit pas heureuse », m'a-t-elle dit en me pinçant la joue. Ça m'a donné envie de vomir, sa façon de feindre de se soucier de moi alors qu'elle me maintenait soir après soir dans une anxiété atroce au sujet des sommes que je rapportais.

Bien sûr, je n'en ai jamais parlé à Haena. Ma sœur, qui a d'ordinaire la tête sur les épaules, s'est comportée comme une idiote lorsqu'elle a découvert la petite amie, qui travaillait dans un bar à hôtesses de Samseongdong. Mais le divorce n'a pas réellement été causé par son pétage de plombs. Jaesang n'était pas amoureux de cette fille ni rien. C'est juste qu'à ce stade, il avait cessé d'aimer Haena, et ne se sentait pas tenu de supporter les affres de son chagrin d'amour. Et nous n'avions pas une famille telle qu'il y songe à deux fois avant de divorcer d'elle.

Maintenant, c'est agréable de travailler enfin dans un « Dix pour cent » – un établissement supposé employer des filles parmi les dix pour cent les plus jolies de cette industrie – où la tenancière ne nous pousse pas trop ouvertement à coucher avec les clients pour le « deuxième round ». Il y a toujours la pression de faire rentrer de l'argent, mais c'est légèrement plus civilisé. Quand il m'arrive d'en vouloir à Madame, les autres filles me chuchotent qu'elle n'est pas si mal, et que je devrais me souvenir des autres maquerelles de mon passé. Nous avons toutes souffert sous les ordres de ces femmes plus traîtresses.

Notre mère aussi a des secrets, mais les siens sont innocents. « Kyuri, l'ingrédient secret que je mets dans tous les plats, ce sont quelques gouttes de sauce chinoise aux prunes », dit-elle, de la sueur se formant dans les rides profondes de son front alors qu'elle fait frire des anchois avec des cacahuètes pilées et du sirop de prune. « Tu peux en mettre dans tout, et c'est tellement bon pour la santé ! »

Chaque fois que je rentre à la maison, à Jeonju, je la regarde jeter les anchois dans la poêle avec ses poignets affaiblis. Elle ne me laisse jamais approcher du fourneau. Résultat, ni Haena ni moi ne savons cuisiner le moindre plat, pas même cuire du riz dans le cuiseur à riz.

« Vous aurez toutes deux une vie meilleure que celle de simple femme au foyer et belle-fille, nous répétait-elle lorsque nous étions enfants. Je préfère que vous ne sachiez pas cuisiner du tout. »

Son corps a commencé à lâcher depuis que notre père est mort. Elle a dû renoncer à son étal au marché, où elle vendait du tofu en morceaux depuis trente-cinq ans. On lui a trouvé et retiré deux grosses tumeurs dans le sein droit il y a deux ans. Elles étaient bénignes, mais d'une taille inquiétante. Elle frôle le diabète, et ses os se sont mis à se désagréger. Elle a eu une infection à la main gauche il y a six mois, et cette main reste gonflée comme une éponge. Je la lui masse pendant des heures chaque fois que je fais le voyage pour la voir, et je l'emmène en consultation chez un chirurgien le mois prochain. C'est la date la plus proche que j'ai pu avoir au SeoLim Hospital.

Sujin dit toujours que je suis la première personne qu'elle rencontre qui a vraiment des sentiments filiaux, et Ara approuve par de véhéments signes de tête. « Qui aurait cru qu'une hôtesse de bar serait la meilleure fille du siècle ? » s'écrie Sujin. C'est parce que je lui ai dit que je n'achète aucun de mes sacs à main, et que je n'ai pas d'argent, car j'envoie tout à ma mère.

Ma mère m'appelle *hyo-nyeo* – la fille aimante – et me caresse les cheveux avec tant de tendresse que ça me brise le cœur. Mais, parfois, elle a des crises qui la font trembler de colère à mon égard.

— Il n'y a pas de plus grand chagrin que de ne pas se marier ! L'idée que tu sois seule dans la vie, sans enfants, c'est ça qui me rend malade, et vieille.

Je lui dis que je rencontre tout plein d'hommes au bureau où elle croit que je travaille comme secrétaire. Que ce n'est qu'une question de trouver le bon.

— Ce n'est pas pour ça que tu as enduré tant de douleur avec ton opération ? répond-elle en me plantant le doigt dans la joue. À quoi ça sert d'avoir un beau visage si tu ne sais pas t'en servir ?

Petite fille déjà, je savais que ma seule chance consisterait à changer de visage. Quand je me regardais dans le miroir, je savais qu'il faudrait tout modifier, avant même qu'une voyante me le dise.

Quand je me suis finalement réveillée le soir de mon opération de la mâchoire et que l'anesthésie a commencé à se dissiper, je me suis mise à hurler de douleur, mais je n'arrivais pas à ouvrir la bouche et aucun son n'en sortait. Après des heures d'une souffrance sans répit, je ne parvenais à penser à rien d'autre qu'à divers moyens de me tuer pour y échapper. J'ai essayé de trouver un balcon d'où sauter, en vain, puis je me suis lancée dans une recherche effrénée d'un objet pointu ou en verre, d'une ceinture pour me pendre au pommeau de douche. Plus tard, on m'a dit que je n'étais même pas arrivée jusqu'à la porte de ma chambre d'hôpital. Ma mère m'a serrée pendant toute la nuit alors que je pleurais, détrempant les bandages qui m'entouraient le visage.

L'idée de sa mort me terrifie. Lorsque mon esprit vagabonde, je pense à ses tumeurs en train de répandre du poison dans son corps.

L'autre jour, dans ma clinique, j'ai enfin vu en chair et en os la fille dont je me suis inspirée pour modeler mon visage : Candy, la principale chanteuse du groupe féminin Charming. Elle était assise dans la salle d'attente quand je suis entrée, avachie dans le coin avec ses cheveux qui dégringolaient en vrac sous une casquette noire.

Je suis allée m'asseoir près d'elle parce que je voulais voir jusqu'où la ressemblance était évidente. Lors de ma première consultation avec le docteur Shim, j'avais apporté des photos du visage de Candy. Elle a une petite bosse retroussée au bout du nez qui lui confère une beauté si unique et si frappante. C'est le docteur Shim qui la lui a faite, et c'est pour cette raison que j'étais venue le voir.

De près, j'ai vu qu'elle avait les yeux injectés de rouge, comme si elle avait pleuré, et qu'elle avait des boutons affreux sur le menton. Elle n'a pas passé une bonne année, avec toutes ces rumeurs qui courent sur le fait qu'elle harcèle Xuna, la fille qui vient d'intégrer le groupe, et qu'elle ait été trop occupée à courir partout avec un nouveau petit ami pour se rendre à ses répétitions. Les forums Internet ruissellent de commentaires sans merci.

Sentant que je la fixais, elle a descendu sa casquette plus bas et s'est mise à tripoter ses bagues – un mince anneau d'or sur chacun de ses doigts.

Quand l'infirmière l'a appelée et qu'elle s'est levée pour entrer, elle s'est tournée et nos regards se sont croisés, comme si elle entendait mes pensées.

J'avais envie de tendre les bras pour la secouer par les épaules. « *Arrête de courir partout comme une idiote*, avais-je envie de lui dire. *Tu as tout, et tu peux faire tout ce que tu veux.*

Moi, avec un visage comme le tien, je vivrais ta vie tellement mieux que toi. »

Wonna

Ma grand-mère est morte l'année dernière, dans un hôpital gériatrique de Suwon. Elle était seule quand elle est morte – c'est-à-dire, il n'y avait aucun membre de la famille avec elle – et c'est la vieille femme dans le lit d'à côté qui a dit à l'infirmière d'emmener le corps parce qu'il commençait à sentir.

Quand j'ai appris la nouvelle, j'ai été tellement secouée que j'ai dû quitter le travail et rentrer à la maison pour m'allonger.

C'est mon père qui m'a appelée pour m'informer. « Tu n'as pas besoin de venir à l'enterrement », m'a-t-il dit. Quand j'étais enfant, puis plus tard, je rêvassais au sujet de sa mort. J'ai répondu à mon père que je n'avais nullement l'intention de m'y rendre.

Mon père et moi n'avons jamais parlé des années où j'ai vécu avec elle, enfant, lorsqu'il travaillait à l'étranger. Parfois, l'un d'entre nous faisait une allusion détournée à ses affaires – « Il ressemble au chien que ta grand-mère a ramené à la maison un jour quand j'étais au collège », ou « Cet appentis me fait penser aux toilettes dans le jardin de chez Grand-Mère » –, mais ces remarques n'appelaient aucune réponse.

Mon mari est rentré tôt ce jour-là. Mon père a dû lui téléphoner au travail. Il est entré dans la chambre où j'étais allongée les yeux grands ouverts, s'est assis à côté de moi, et m'a pris la main.

J'ignore ce qu'il imaginait que je ressentais. Il savait que j'avais passé mon enfance confiée à ma grand-mère, et aussi que je ne parlais jamais d'elle et n'étais pas une seule fois allée la voir. Donc il devait avoir compris *quelque chose.* Mais c'est impossible que j'évoque mes souvenirs avec lui. Je vois d'ici son visage rond, plein de bonnes intentions, tout plissé de compassion… Je serais obligée de me lever et de partir.

« Moi aussi, j'ai vécu des événements terribles dans ma vie, tu sais », m'a-t-il dit la première fois qu'il a tenté de me poser des questions sur mon enfance et que je suis restée le regard rivé au sol, sans répondre. Il parlait de la mort de sa mère ; je suis sûre que c'était très triste, que ça lui a laissé des cicatrices et qu'il mérite de la sympathie, mais il ne peut pas comprendre ce que j'ai traversé en vivant avec ma grand-mère. La plupart des gens n'ont pas la capacité de comprendre la véritable noirceur, et ils essaient quand même de tenter d'arranger les choses.

Lui, il est gentil, alors il croit que les autres vont l'être aussi. Quand il boit ou regarde un film, il dit des choses sentimentales qui m'embarrassent pour lui. Quand on est en groupe, il me couvre de honte. Je l'ai épousé parce que j'étais fatiguée et qu'il était déjà trop tard pour moi, malgré mon très jeune âge.

La nuit, quand mon époux dort à mes côtés, je suis souvent prise d'une telle sensation de claustrophobie que je dois descendre m'asseoir en haut des marches de la porte d'entrée de notre office-tel. Notre rue est si pleine de vie la nuit que ça me nettoie l'esprit.

En semaine, les filles qui vivent au-dessus de chez moi commencent généralement à rentrer au compte-gouttes vers 23 heures. Elles sont tellement silencieuses, frigorifiées quel que soit le temps, et elles me saluent d'un signe de tête en chuchotant « Bonsoir » à voix basse. Parfois je réponds, et parfois je détourne les yeux. Elles ne savent pas que j'attendais leur retour.

Le week-end, il m'arrive de les croiser lorsqu'elles sortent. Mais, ce que je préfère, c'est les entendre toquer à la porte l'une de l'autre pour emprunter du maquillage, ou commander du poulet frit ensemble à de drôles d'horaires.

Jusqu'à ce qu'elles rentrent, je reste assise sur le perron à regarder les passants. Pendant la journée, notre rue est hideuse, délavée et poussiéreuse, avec des ordures qui s'entassent, des voitures qui klaxonnent et tentent de se garer n'importe où, mais la nuit, les bars s'éclairent et brillent d'enseignes au néon et de téléviseurs qui flashent. L'été, ils installent des tables en plastique bleu et des tabourets dehors, et j'entends une partie des conversations des clients pendant qu'ils boivent. Souvent, ils partagent des anecdotes sur la dernière fois qu'ils ont bu ensemble. Parfois, les hommes parlent des femmes qu'ils fréquentent et vice-versa, mais souvent, la conversation porte sur les séries télé. C'est stupéfiant, le temps que les gens passent à parler de la télé.

Peut-être que c'est parce que j'ai passé l'essentiel de mon enfance sans – ma grand-mère avait défoncé son téléviseur dans l'une de ses rages –, mais je ne sais toujours pas comment parler de films ou d'acteurs, et je ne comprends pas les blagues tirées de ces émissions de téléréalité. Quand nous nous sommes rencontrés, mon mari trouvait ça charmant, et il essayait toujours de le mentionner dans les conversations, jusqu'à ce que je lui demande d'arrêter. Tous ceux qui ont appris ce petit fait sur moi, cependant, s'imaginent que c'est parce que mes parents étaient très centrés sur l'éducation – apparemment, de nos jours, beaucoup de jeunes parents ne veulent pas de télé chez eux à cause de leurs enfants. Je comprends comment la téléréalité peut abîmer le cerveau : la façon dont ils repassent en boucle les scènes avec une réplique cinglante, accompagnées de rires en boîte, suffirait à vous rendre fou. Mais ensuite, quand ils entendent de quelle université de province je suis diplômée, ils se regardent comme pour dire : *« Tu vois, c'est pour ça que l'éducation progressiste est risquée. »*

Ce n'est peut-être pas une idée originale, mais je pense que, si les gens regardent autant la télé, c'est parce que, autrement, leur vie serait insupportable. À moins d'être né dans une famille *chaebol* ou d'avoir pour parents un couple de ces rares chanceux qui ont acheté à Gangnam il y a des décennies, on doit travailler, travailler, et travailler encore pour un salaire qui ne suffit même pas pour acheter une maison ou payer la garde d'enfants, et on reste assis à un bureau jusqu'à avoir le dos tordu, et on a un patron qui arrive à être en même temps incompétent et accro au travail, et le soir on est obligé de picoler pour supporter tout ça.

Mais j'ai grandi sans connaître la différence entre une vie supportable et une vie insupportable, et le temps que je découvre que cette différence existait, c'était trop tard.

Jusqu'à mes huit ans, j'ai vécu avec ma grand-mère dans une petite maison de pierres à Namyangju, au nord-est de Séoul. Il y avait un muret de pierres tout autour, des toilettes extérieures dont le toit fuyait, et une paire de potiches surélevées à côté de la porte d'entrée, dans lesquelles ma grand-mère gardait des poissons rouges.

Ma grand-mère dormait dans sa chambre, et moi dans le salon, sur le sol à côté d'une petite statue blanche de la Vierge Marie, qui avait des larmes de sang peintes sur les joues. La nuit, quand le reste du monde dormait, la statue semblait luire tout en me contemplant de haut, et les larmes devenaient noires. Quand le groupe de prière de l'église de ma grand-mère se réunissait à la maison, elle racontait parfois comment j'avais un jour tenté d'effacer le sang sur les joues de la vierge avec une brosse de cuisine, l'obligeant à les faire repeindre.

Les femmes de l'église riaient et me tapotaient la tête. Mais ce qu'elle ne leur disait pas, c'est qu'il avait fallu plus d'une semaine pour que les plaies de mes mollets cicatrisent.

Elle m'avait battue avec une branche d'un arbre du jardin. Un arbre que j'aimais beaucoup.

L'hiver, la maison devenait si froide que je portais trois ou quatre pulls les uns par-dessus les autres et m'enfouissais sous plusieurs des manteaux de ma grand-mère, qui avaient encore leurs étiquettes. Chaque automne, mon oncle et ma tante envoyaient d'Amérique un nouveau manteau d'hiver comme cadeau pour ma grand-mère, mais il était toujours trop grand pour elle, bien que ce soit la plus petite des tailles américaines. Chaque fois qu'elle avait de la visite, elle sortait les manteaux pour les exhiber, et, si les invités exprimaient de l'admiration, elle haussait les épaules, répondait qu'ils n'étaient pas à sa taille et qu'elle espérait que quelqu'un les lui achèterait. J'étais toujours terrifiée à l'idée que quelqu'un morde à l'hameçon, mais je suppose que tout le monde pensait qu'un manteau d'Amérique coûterait bien trop cher.

Notre quartier n'était pas cossu, mais les enfants de notre école portaient en général des vêtements très corrects, et étaient dotés de choses comme des frères et sœurs, des cheveux bien coupés, et de la monnaie à dépenser à la papeterie. Je ne le savais pas à l'époque, mais, lorsque je regarde les quelques photos que j'ai de mon enfance, je vois que je suis vêtue pauvrement, dans les vieux maillots de corps de ma grand-mère. Je n'ai jamais vu de photo de moi portant des couleurs d'enfant. Ce n'était pas quelque chose qui me manquait, que je désirais, ni même simplement que je remarquais. Les autres enfants ne se moquaient pas de moi, et ne recherchaient pas non plus ma compagnie, si bien qu'il était naturel pour moi de jouer seule à côté du ruisseau après l'école, ou dans le jardin de notre église, où l'une des nonnes m'avait donné une parcelle pour que j'y plante des légumes. Les nonnes, qui voyaient ma grand-mère chaque semaine à l'office, savaient mieux que la plupart des gens comment elle était réellement.

La lettre d'Amérique est arrivée par une belle journée de printemps, je m'en souviens. Les fleurs de cerisier avaient soudain éclos par-dessus les murs des jardins plus tôt dans la semaine, et nous redescendions, ma grand-mère et moi, du puits dans la montagne où nous allions puiser notre eau potable plusieurs fois par semaine. Le facteur était devant notre grille.

— Une lettre de votre fils en Amérique, a-t-il crié avec de grands gestes lorsqu'il nous a vues.

— C'est vrai ? Il écrit trop souvent ! a répondu ma grand-mère d'un ton gai.

Cela faisait plusieurs jours qu'elle ne m'adressait pas la parole, mais elle était douée pour cacher ses humeurs aux autres.

Comme elle voulait encore se vanter de la lettre, elle a pris soin de l'ouvrir sur-le-champ.

— Il nous rend visite cet été, a-t-elle lu lentement. Sa femme et ses enfants aussi.

— Seigneur ! Quel événement ! C'est la première fois depuis qu'il est parti en Amérique ?

Le facteur, comme tout le reste de notre rue, avait entendu parler de mon oncle, le prodige auquel on avait proposé un poste dans un *think tank* en Amérique après son mariage avec ma tante, fille unique choyée d'une riche famille.

Ma grand-mère a pincé les lèvres.

— Oui.

Et, sur ce, elle a brutalement franchi la grille, plantant là le facteur éberlué.

Je l'ai suivie à toute vitesse. Mes cousins venaient ! J'en étais tout étourdie. Mes cousins, Somin et Hyungshik. Je savais tout d'eux grâce aux lettres de mon oncle et de ma tante. Ils avaient six et trois ans quand j'en avais huit, et vivaient à Washington dans une rue qui ne comptait aucun autre habitant asiatique. Somin allait à l'école avec des enfants américains, et apprenait des choses merveilleuses comme le ballet et le football et le violon, alors que Hyungshik débutait un cours de gymnastique pour les tout-petits.

Ma grand-mère sombrait dans ses rages moroses chaque fois qu'une lettre arrivait, mais j'étudiais chaque détail consigné de l'écriture gracieuse de ma tante. Elle incluait souvent de menus cadeaux pour moi dans ses colis et ses lettres, et chaque année elle m'envoyait une carte d'anniversaire américaine, avec des fleurs ou des animaux. Elle envoyait également des photos de la fête d'anniversaire de Somin, qui montraient toujours sa fille dans une robe à froufrous, avec un chapeau en carton, en train de souffler des bougies, entourée d'autres petites filles et petits garçons, dont certains avaient les cheveux jaunes ou orange, et la peau de la couleur du papier.

—Quelles extravagances ridicules pour un enfant! commentait ma grand-mère avec hargne avant de jeter les photos à la poubelle, voire, si elle était d'une humeur particulièrement massacrante, de les mettre en pièces à l'aide de ciseaux.

Je ne nourrissais guère d'espoir au sujet de mon plus jeune cousin, Hyungshik – je n'avais qu'une vague idée des capacités physiques d'un bambin de trois ans et demi (savait-il seulement parler ? Je l'ignorais et cela ne m'intéressait pas), et il ne servirait sans doute qu'à nous ralentir, Somin et moi, dans nos jeux. Mais je rêvais d'emmener Somin à ma parcelle dans le jardin de l'église pour lui montrer mes plants de concombres en fleur, dont même ma grand-mère disait qu'ils étaient très bons en *oiji*.

Si les choses se passaient vraiment bien, je l'emmènerais aussi à la papeterie à côté du marché, où les enfants du quartier se retrouvaient pour jouer sur les bancs devant la façade. Je les imaginais en train de chuchoter entre eux, de se dire qu'elle était drôlement jolie et intéressante, la fille venue d'Amérique, cousine de Wonna.

C'étaient les rêveries que j'avais à cette époque.

Mon père était le deuxième de trois fils, mais c'était le plus jeune de mes oncles qui vivait dans la grande maison en Amérique. Alors que ma grand-mère rabaissait systématiquement ma tante lorsqu'elle l'évoquait, elle s'assurait toujours que les cadeaux que mon oncle envoyait d'Amérique étaient bien visibles lorsqu'on avait des invités. Elle laissait traîner un joli appareil photo noir sur la table de la cuisine, ou étalait sur le sol du salon le contenu d'une trousse de cosmétiques.

Une fois, après le départ des invités, elle a fouillé dans sa trousse de maquillage et déclaré que l'un d'eux avait dû chiper sa crème à l'or. En ce temps-là, c'était le plus précieux des trésors de ma grand-mère – un lourd pot de crème de jour avec un couvercle doré, que ma tante lui avait envoyé un mois plus tôt. E-suh-tae Ro-oo-duh, ainsi s'appelait cette crème. Après avoir fouillé mon petit placard pour vérifier que je ne la lui avais pas prise, elle avait estimé que ce devait être Mme Joo, qui avait toujours gardé une amertume du fait que les trois fils de ma grand-mère aient rejeté sa fille. Ma grand-mère a maudit la pauvre femme pendant des jours et des jours, dans un langage ordurier à faire peur tel que j'en ai rarement entendu depuis. Je n'ai plus jamais revu Mme Joo chez nous, à mon grand chagrin, car elle avait souvent dans son sac des bonbons *yeot* emballés, et était l'une des rares femmes du village à toujours m'adresser un sourire doux et maternel. Une fois, elle m'avait aperçue depuis l'autre trottoir en train de contempler la vitrine de la papeterie, et elle m'avait soudain fait un câlin et donné un billet de cinq mille wons.

Ma grand-mère avait souvent de violentes disputes pour de l'argent. Parfois, c'était avec un boutiquier dont elle prétendait qu'il l'avait arnaquée, ou bien avec ses sœurs, qui lui ressemblaient, parlaient comme elle, et étaient tout aussi méchantes. Son unique frère – le plus jeune de quatre enfants – avait épousé une fille pauvre, et ma grand-mère et ses sœurs s'étaient montrées si horribles avec elle pendant les premières années de leur mariage qu'ils avaient préféré s'enfuir en Chine.

À l'inverse, non seulement mon oncle d'Amérique avait épousé une fille riche, mais c'était aussi le seul de ses fils à bien gagner sa vie. Elle traitait ses autres enfants comme des crétins – à ce jour, j'ignore encore quel métier exerçait l'aîné –, mais c'est à mon père qu'elle réservait ses attitudes les plus méprisantes, car il avait fréquenté une bonne université, mais travaillait pour une entreprise d'assainissement. C'était bien la plus grande ironie du monde qu'elle ait pris sous son toit l'enfant du fils qui lui faisait le plus honte, me répétait-elle souvent.

En plus d'avoir choisi un mauvais emploi, son crime le plus impardonnable était son mariage. Ma grand-mère qualifiait ma mère de « salope insolente et prétentieuse » et me disait : « J'aurais dû la pousser dans la rivière il y a bien longtemps, quand elle était enceinte de toi. »

Au fil des ans, j'ai fini par comprendre que l'erreur qu'avait commise la famille de ma mère était d'avoir envoyé une dot insultante qui ne contenait ni le manteau de vison ni le sac à main auxquels ma grand-mère avait fait allusion pendant les fiançailles. Ma mère avait aussi des expressions « inacceptables, arrogantes » pendant la première année de leur mariage, lorsque mes parents vivaient avec ma grand-mère.

Quand des gens demandaient pourquoi j'habitais chez elle, ma grand-mère répondait que mes parents lui avaient demandé de me garder quelques années pendant que mon père partait travailler en Amérique du Sud. « Il est chef de projet international, vous savez, affirmait-elle. Impossible d'élever une petite fille dans une jungle qui grouille de bêtes sauvages ! »

Quand j'étais particulièrement désobéissante, elle menaçait de m'envoyer à l'orphelinat de la ville d'à côté, et prétendait que personne – surtout pas mes parents – ne s'en rendrait compte. « Quand un fils vient au monde, la fille n'a plus aucun intérêt de toute façon. Il est temps de s'en débarrasser. »

Quand elle proférait ce genre de choses, elle avait les yeux plissés par un sourire.

La semaine où mes cousins sont enfin arrivés, ma grand-mère a caché tous les cadeaux que mon oncle et ma tante lui avaient envoyés au fil des ans. Je ne sais même pas où elle les a tous rangés – elle a dû les emporter chez ses sœurs.

J'ignore si elle est née comme ça, ou si c'est la mort prématurée de mon grand-père qui l'a rendue un peu folle.

Mais qu'est-ce que j'étais excitée ! Lorsque je me suis réveillée le jour de leur arrivée, mon petit corps était parcouru de frissons. Le matin, j'ai attendu pendant des heures dans le jardin, persuadée d'avoir entendu leurs pas. Mais ce n'est que lorsque je suis enfin retournée dans la maison, l'après-midi, que j'ai perçu le bruit d'une voiture devant notre grille.

À travers la fenêtre, je les ai regardés ouvrir la porte et remonter notre allée de pierres – ma tante, très élégante, tenant Hyungshik comme s'il s'agissait d'un bébé, et Somin, dans une robe couleur soleil, sautant de dalle en dalle. Tous les trois – ma tante, Hyungshik et Somin –, je voyais leur étonnante lumière même depuis l'intérieur de la maison.

Les gens heureux ont quelque chose – ils ont les yeux clairs, et les épaules moins remontées.

Mon oncle, cependant… Alors qu'il refermait la grille et regardait la maison, j'ai vu à son expression qu'il était comme nous. Il est resté une minute à la grille, et je voyais bien qu'il n'avait pas envie d'entrer.

Je me souviens toujours de la robe couleur tournesol que portait ma cousine ce jour-là. Elle s'évasait à la taille d'une façon que je n'avais encore jamais vue, et elle avait un bandeau assorti, jaune et rouge, orné d'un minuscule tournesol, dans les cheveux. Et ses chaussures dorées ! Je crois que c'était la première fois de ma vie que le pouvoir d'une tenue me rendait muette.

Tandis que ma tante ouvrait la valise de cadeaux qu'ils avaient apportée d'Amérique, ma grand-mère arborait une expression dont je savais qu'elle annonçait de sérieux ennuis.

— Est-ce que je peux montrer à Somin ma parcelle dans le jardin de l'église ? me suis-je dépêchée de demander.

Mon oncle a dit oui et m'a tapoté la tête. Il avait beaucoup de peine pour moi, je le sentais.

— Ce n'est pas trop loin, hein ? s'est enquise ma tante, un peu inquiète. Ça ira, toutes seules ?

— On n'est pas en Amérique, ici, a cinglé ma grand-mère d'une voix glaciale. On n'a pas de tarés avec des fusils. Les enfants ne craignent rien.

— Et moi ! s'est écrié Hyungshik en se pendant à la main de Somin.

— Oui, toi aussi, tu peux y aller, a répondu mon oncle en le contemplant avec une telle tendresse que j'ai dû détourner les yeux.

Puis mon oncle a croisé mon regard. Nous savions tous deux qu'une scène s'annonçait. Il voulait que ses deux enfants aient quitté la maison quand ça se produirait.

— Allons-y, alors, ai-je proposé en me levant d'un bond.

J'ai pris le chemin le plus long vers l'église, qui grimpait la petite colline derrière notre maison et passait devant les boutiques au bout de la rue. Mon but était de rester dehors le plus longtemps possible, afin que le plus de personnes voient mes cousins dans leurs vêtements onéreux – c'était une façon de penser que je tenais de ma grand-mère, peut-être.

À ma grande déception, nous n'avons croisé que deux ou trois personnes que je ne connaissais pas, et aucune que j'aie envie de voir. Tout ce que j'avais obtenu par ce détour était d'avoir fatigué Hyungshik.

— J'ai mal aux pieds, gémissait-il en tapant le trottoir de la pointe de ses chaussures. Je veux retourner voir mon papa. Je m'ennuie.

Je l'ai regardé, la poitrine gonflée de haine. Rien ne se passait comme je l'avais espéré dans cette promenade. Somin n'avait guère réagi alors que je parlais, nerveuse, des nonnes de l'église, en particulier de sœur Maria, ma préférée. Elle était surtout occupée à faire en sorte que Hyungshik se tienne bien. Il avançait de façon erratique – bondissant de quelques pas avant de se balancer de côté. « Regarde, je suis un éléphant mort », disait-il en gloussant. Et il se remettait à pleurnicher qu'il était fatigué.

Au lieu de lui crier dessus, Somin riait aussi. Je ne comprenais pas pourquoi elle était si gentille avec lui. Elle ne cessait de le prendre par la main, bien qu'il se dégage chaque fois, et elle transformait ça en jeu. « Regarde, je t'ai attrapé ! » lui lançait-elle.

J'ai renoncé à lui parler alors qu'elle était tellement absorbée par son frère, et j'ai continué à montrer le chemin vers l'église d'un air boudeur. Quand enfin nous sommes arrivés au jardin, j'en aurais pleuré de soulagement. Mon petit lopin était situé dans le coin opposé, tout au bord du ruisseau, et j'avais passé tout l'été à en faire une vision d'ordre et de beauté, avec des plants de concombres, de poivrons verts et de courges bien symétriques.

— Et voilà ! ai-je dit avec un grand geste théâtral.

Sœur Maria m'avait dit, très gentiment, qu'elle n'avait jamais vu autant de concombres sur un seul plant.

— C'est ton jardin ? a demandé Somin, les sourcils levés. Tu nous as fait marcher tout ce chemin pour ça ? À Washington, j'ai un jardin vingt fois plus grand que le tien !

Elle s'est mise à rire. Mais, en voyant ma tête, elle a dû se sentir mal parce qu'elle s'est tue. Mais Hyungshik s'était mis à rire aussi, et alors il s'est arraché à son étreinte pour s'élancer à toutes jambes vers mes plants de concombres.

— Youhou ! a-t-il hurlé en tendant les mains vers une plante particulièrement luxuriante que je surveillais depuis des jours.

Il l'a attrapée de toutes ses forces. Il n'avait pas vu qu'elle était couverte d'épines.

Il n'a pas dû sentir la douleur tout de suite ; en tout cas, il s'est écoulé quelques secondes avant qu'il se mette à crier, puis je l'ai vu agripper le concombre épineux encore plus fort.

On s'est toutes deux élancées vers lui – Somin et moi –, mais je suis arrivée la première et lui ai enlevé la main de la plante avant de le tirer vers moi par le dos de sa chemise. Alors il a crié encore plus fort. Surprise, je l'ai lâché. Il a trébuché et est tombé la tête la première dans mon carré de concombres.

La scène – je la revois, parfaitement, dans son entièreté : le ciel, le jardin, les yeux de Hyungshik, les plaies – me revient souvent. L'horreur. Je n'arrive pas à m'en défaire.

Hyungshik se redresse et, lorsqu'il lève le visage, sanglotant à pleins poumons, nous voyons qu'il saigne. Sa figure s'est prise dans les fils de fer que j'ai installés pour soutenir les vrilles. Il porte ses mains à son visage et découvre alors le sang sur ses paumes. Quand je m'avance à nouveau vers lui, il se met à reculer, sans cesser de crier.

Il y a quelques années, pendant ma troisième année de fac, mon père m'a carrément amenée dans une clinique psychiatrique. C'était un petit cabinet au deuxième étage, à Itaewon, en face de la base américaine ombragée par des arbres. À l'époque, Itaewon était encore un coupe-gorge grouillant de prostituées, de marchands ambulants et de criminels, mais c'était le seul quartier où une poignée de psychiatres acceptaient les paiements en liquide, sans demander d'assurance-santé ni même le nom du patient.

Après avoir tourné pour trouver une place, mon père a fini par garer la voiture sur le parking d'un hôtel, quelque chose que je ne l'avais encore jamais vu faire. C'était signe qu'il s'était résigné à faire de grosses dépenses cet après-midi-là.

Il avait récemment découvert que j'avais cessé d'aller en cours, et que je passais mes journées dans une librairie-salon de thé, plongée dans une pile de comics. C'était l'une des employées du supermarché voisin qui m'avait dénoncée – elle partageait notre appartement et avait raconté à mon père que je traînais tout le temps, comme une sans-abri.

J'étais incapable de fournir une réponse à mes parents lorsqu'ils m'ont demandé, en criant de plus en plus, pourquoi j'avais cessé d'aller en classe. « Tu sais très bien combien coûtent les frais de scolarité ! m'a reproché mon père en bégayant de rage. Tu crois qu'on peut jeter l'argent par les fenêtres comme ça ? » Ma belle-mère se balançait d'avant en arrière dans son agitation, sans dire un mot.

Je n'avais plus de motivation pour les études. Ma spécialité n'était qu'une vaste blague, mon université aussi. Je ne décrocherais pas de travail puisque mon père avait été contraint par son entreprise de prendre sa retraite à cinquante-cinq ans, et qu'il ne pouvait donc plus faire jouer le piston, indispensable pour trouver un emploi. Alors à quoi bon ?

« Fous-moi la paix, aurais-je voulu dire. *En plus, tu as une dette envers moi. »* Mais je n'ai rien dit – rien du tout, alors qu'il me frappait au visage, très fort, et menaçait de me raser la tête.

Le soir, je les ai entendus parler de moi à voix basse dans leur chambre. C'est environ une semaine après cela qu'il m'a annoncé qu'il m'emmenait à Itaewon pour que je parle à quelqu'un.

— Est-ce que je dois parler anglais ? ai-je demandé, alarmée, en voyant les enseignes en anglais sur l'immeuble, et une grosse dame blonde, américaine, sortir par une porte marquée « ENTRETIENS DE SANTÉ MENTALE DISPONIBLES ».

— Elle parle coréen. Je vais t'attendre ici, a-t-il indiqué en me montrant un fast-food de l'autre côté de la rue. Appelle-moi quand ce sera le moment de payer.

J'étais tentée de m'éloigner, tout simplement, mais, pour finir, la curiosité l'a emporté. Je n'avais jamais vu de psy auparavant, et n'en ai jamais revu depuis, et j'avais envie de savoir quelle sorcellerie pouvait mériter des tarifs si vertigineux.

Alors nous avons passé une heure, la psy et moi, dans un combat doux et vaillant de sa part. Elle n'était pas à la hauteur de ce que j'avais imaginé, ni en apparence ni par sa façon de parler. J'avais été déçue dès l'instant où elle était entrée dans la petite pièce, vêtue d'un pull en synthétique bas de gamme et d'un pantalon délavé qui n'inspiraient guère le respect, encore moins les confidences.

— Est-ce que vous voulez me parler de vos études ? Pourquoi avez-vous l'impression de ne plus pouvoir aller en cours ?

— Je ne sais pas.

Elle a consulté son bloc de feuilles.

— Est-ce que vous pourriez me parler de l'accident dans lequel votre cousin a perdu la vue, quand vous étiez enfant ? J'ai cru comprendre que c'était assez bizarre.

— Quoi ? Non !!

Mon père a payé pour la séance d'une heure, en liquide, avec une grosse liasse de billets de dix mille wons qui m'a arraché une grimace, mais il semblait soulagé. Pour une telle somme, j'avais dû être drôlement bien réparée. Je l'imaginais recommander cette expérience à ses amis dans le futur : une solution immédiate ! Une psy avec des diplômes américains !

Il n'a pas répondu lorsque la réceptionniste a demandé quel jour m'arrangeait pour ma deuxième séance, et c'est moi qui ai dit que j'appellerais plus tard dans la semaine pour prendre rendez-vous.

Si vous me demandiez pourquoi j'ai épousé mon mari, je dirais que c'est parce que sa mère était morte.

Je l'ai appris la deuxième fois que je l'ai rencontré – la première fois, c'était un *blind date* –, et lorsqu'il a décrit le cancer du cerveau de sa mère, ses séances quotidiennes de radiothérapie, ses métastases et pour finir sa mort sur son lit d'hôpital, entourée de ses enfants, il n'a pas vu l'éclat qui a dû illuminer mon regard. Il était penché sur son assiette de pâtes, le visage fermé par le chagrin alors qu'il évoquait sa douleur. J'écoutais, électrisée.

Il y a quand même un autre point qui m'a décidée ce jour-là : le fait qu'il ait choisi un restaurant près de mon logement, afin que cela soit pratique pour moi. Je ne comptais plus les *blind dates* où je m'étais rendue dans des restaurants qui se trouvaient soit près du lieu de travail du bonhomme, soit près de chez lui. Plus un homme était attirant sur le papier, plus il était égoïste, cela je le savais.

Mais cet homme, non seulement était attentionné, mais en plus avait une mère morte. Si nous avions un enfant – et je voulais un bébé, une petite créature qui serait complètement mienne –, elle n'interférerait pas dans son éducation. Elle ne pourrait pas non plus me le prendre. C'était trop beau pour être vrai.

Vous voyez, j'avais compris depuis longtemps ce que la plupart des femmes apprennent au combat après leur mariage – que la haine d'une belle-mère envers sa bru est inscrite dans les gènes des femmes de ce pays. L'animosité pourrit longuement sous la surface, dormante, mais toujours bien présente, jusqu'à ce que le fils soit en âge de se marier. Le ressentiment d'être mise de côté, la colère de devenir seconde dans l'affection de leur fils. Ce n'était pas vrai seulement de ma grand-mère, je l'avais vu et revu sans fin. C'est le seul scénario de toutes les fictions télévisées coréennes que je reconnais et que je comprends, même si je suis perdue pour le reste. Alors je suis sortie de ma torpeur et j'ai sauté sur ma chance d'éviter ce destin.

C'était le plus important pour moi. À l'époque.

Miho

Je me réveille avec le bruit familier de la pluie sur notre toit. Après des années dans des appartements étudiants d'avant guerre insonorisés à New York, ce son me rappelle mon dortoir d'enfance au Loring Center. Là-bas, mon lit était près de la fenêtre et je m'endormais souvent en écoutant la pluie cingler le trottoir. À présent, j'habite à l'étage supérieur d'un petit office-tel de quatre niveaux construit à l'économie. L'immeuble est baptisé Color House, bien que l'extérieur soit peint en gris avec des lettres blanches. Pas le moindre éclat de couleur où que ce soit dans les quatre niveaux, et un loyer de misère, mais seulement à notre étage. J'ignorais que l'aversion pour le chiffre 4 était une superstition purement asiatique jusqu'à ce que je me rende en Amérique, où ils détestent le nombre 13 à cause d'un film d'horreur avec un clown. Ou un vampire, je ne sais plus. Bref, le propriétaire ne peut pas cacher le quatrième niveau d'un bâtiment qui en compte quatre comme on peut le faire dans une tour simplement en sautant le bouton d'ascenseur entre le 3 et le 5, et c'est ainsi que j'appartiens au petit groupe de filles qui occupent deux minuscules appartements de ce palier, ravies d'habiter ce quartier et d'avoir une station de métro à deux pâtés de maisons.

Enfant, je n'aurais jamais imaginé vivre un jour dans la partie la plus animée de Séoul, avec sa ligne de toits qui miroite, et ses sculptures fantasques qui montent la garde devant chaque gratte-ciel. Ça reste un étonnement de voir des jeunes de mon âge entrer et sortir avec une telle confiance de halls en marbre, un gobelet de café à la main et un badge d'employé autour du cou.

Ma vie avant New York s'est résumée à un petit restaurant dans un champ de fleurs puis un orphelinat au milieu d'une forêt. Une école d'art de province dans les montagnes.

Quand Sujin m'a écrit pour me demander de venir vivre avec elle à la fin de ma bourse d'études à New York, j'ai sauté sur sa proposition. Elle avait quitté le Loring Center peu de temps avant moi, et nous avions entretenu une correspondance avide au fil des ans, échangeant des confidences sur la vie à Séoul et à New York. Nous ne parlions guère du passé.

Sujin m'avait dit que, pour un office-tel, le sien était très petit – en général il s'agit de bâtiments hauts et denses, avec des centaines d'appartements –, et je lui ai demandé d'ouvrir l'œil en espérant qu'une chambre se libérerait ; je prendrais mon billet d'avion dès qu'elle me donnerait le feu vert.

Elle avait peur que je sois déçue après mon expérience de New York, mais je lui ai dit que j'adorais ce bâtiment, et c'est vrai. Il est fait pour les esprits libres.

Ce sont surtout des filles qui y habitent – à part un couple marié dans l'appartement en dessous du nôtre. Toute la journée, des filles vont et viennent dans de jolies tenues proprettes. Je pense que je suis la seule de tout l'office-tel à ne pas porter de maquillage sophistiqué, et à n'avoir ni teinture ni permanente. La première fois qu'Ara a vu mes cheveux, elle a tressailli, et elle ne peut s'empêcher de les toucher chaque fois qu'elle me croise. J'ai cru à de la flatterie (aux États-Unis, les gens me disaient qu'ils enviaient ma chevelure) jusqu'à ce que je la voie secouer la tête d'un air peiné en direction de Sujin tout en y passant les doigts. *Tellement peu soignés*, a-t-elle écrit dans son petit bloc-notes.

Comme ma chambre est à côté de la porte d'entrée, qui jouxte l'escalier plein d'échos, j'entends chaque matin la conversation du couple marié du dessous alors qu'ils partent pour la journée. Ils sont plus âgés, la trentaine, et l'époux témoigne une affection désespérée à la femme, qui semble toujours être quelque part, très loin.

— Wonna, tu veux que je rapporte quelque chose du magasin, aujourd'hui ? demande-t-il avec empressement. As-tu une envie particulière ?

Il faut trois secondes avant que la femme réponde :

— Quoi ? Oh, n'importe.

Puis leurs pas martèlent l'escalier le plus sonore au monde.

Parfois, quand je rentre tard le soir de l'atelier, je vois l'épouse assise sur les marches. Elle ne lève jamais la tête quand je passe. C'est très grossier de sa part, mais je m'y suis habituée.

J'écoute la pluie encore un moment, et essaie de me rappeler pourquoi je me sens plus agitée que d'habitude, ce matin. Puis ça me retombe dessus : aujourd'hui je dois retrouver mon petit ami, Hanbin, pour déjeuner. Dans la maison de ses parents.

Une occasion capitale aux implications gigantesques.

Sa mère sera là, et peut-être – je ne peux pas m'y attarder trop longtemps tant cela me rend anxieuse – son père aussi, bien qu'il soit le plus souvent occupé à jouer au golf ou à rencontrer des gens célèbres venus d'autres pays.

— Je veux te montrer le Ishii, il est enfin arrivé la semaine dernière, m'a dit Hanbin hier soir, quand il est venu me chercher à mon atelier à la fac.

Ça paraît indécent, d'une certaine manière, que quelqu'un puisse posséder une sculpture poisson d'Ishii dans sa maison, la toucher si ça lui prend, quand ça lui chante. Les seules fois que j'en ai vu une, c'était à la galerie Gagosian à New York, de loin, et à la National Gallery à Washington après avoir passé deux heures de torture à faire la queue avec la vessie pleine, parce que Ruby voulait la voir.

— Et ne t'inquiète pas, M. Choi sera là aussi, a-t-il ajouté en voyant ma tête.

Il faisait allusion au chauffeur de sa mère, qui est venu plusieurs fois nous chercher, et s'est toujours montré très poli envers moi. Je l'ai regardé d'un air exaspéré, mon beau garçon, si confiant et inconscient de ce que je ressens, qui s'imagine qu'il suffit pour me rassurer que le chauffeur âgé de sa famille s'affaire dans leur monument historique de maison.

Je me suis levée.

— Il faut que je retourne travailler.

Nous étions en bas, dans le café désert, parce que je ne l'autorise pas à entrer dans mon atelier. Il n'a rien aperçu de mon travail depuis un an que je suis de retour en Corée.

— Je peux venir voir ? C'est tellement ridicule que tu refuses de me montrer…

J'ai secoué la tête, sourcils froncés.

— Non, pas maintenant. En plus, ma voisine d'atelier est aussi en train de travailler, et elle va se mettre dans tous ses états si quelqu'un entre.

C'était un mensonge, la fille avec laquelle je partageais l'espace était partie depuis des mois avec une nouvelle bourse dans une autre université. Et quand bien même elle aurait encore été là, elle n'aurait rien aimé tant que de bavarder avec un bel homme plus âgé qui pose des tas de questions. C'était un tel moulin à paroles quand elle travaillait – elle fabriquait généralement des reproductions fluorescentes de couronnes et de ceintures de la dynastie de Silla qui ne demandaient pas de réflexion, apparemment – que j'avais été sur le point de me plaindre au chef du département lorsqu'elle m'avait annoncé qu'on lui avait proposé cette bourse, qui offrait dix millions de wons de plus que ce que nous avions dans notre université actuelle. Elle avait l'espoir de me rendre jalouse en venant s'en vanter, mais, lorsque j'ai compris qu'elle partait immédiatement, je l'ai prise dans mes bras dans un élan si sincère qu'elle a été visiblement déconfite.

— On se voit demain, ai-je dit à Hanbin d'un ton ferme.

— Je viens te chercher à ton appartement ?

Il sait que je n'aime pas non plus qu'il vienne à l'office-tel. Je ne veux pas qu'il traîne avec les autres filles, en particulier ma colocataire.

— Non, c'est idiot. On n'a qu'à se retrouver à Gyeongbokgung, tu me prends là-bas. Pourquoi tu ferais tout ce trajet vers le sud ? C'est une perte de temps.

Hanbin m'a pris la main avec un soupir.

— Tu me rends fou. Je dois être sacrément masochiste, pour que ça m'attire.

Je ne réponds pas, parce que c'est sans doute vrai. Il était comme ça aussi avec Ruby, avant moi.

Dans le salon, ma douloureusement belle colocataire, Kyuri, est en train de regarder sa fiction préférée. À son maquillage et ses cheveux, il est évident qu'elle n'est pas encore allée se coucher depuis la veille. Elle a sur les genoux un grand sac à main Chanel en cuir rouge, qu'elle caresse comme un chiot tout en gardant ses yeux rouges, flous, rivés sur l'écran. C'est étrange – d'habitude elle conserve ses sacs dans des housses dans l'écrin de son placard, et ne les sort qu'à contrecœur, si la situation l'exige.

— C'est joli, dis-je en regardant le sac tout en me préparant un café. Encore un cadeau ?

— Oui, de la part de mon P.-D.G. dans les jeux vidéo, répond Kyuri sans se détourner de l'écran. Magnifique, non ?

Kyuri note avec minutie les cadeaux qu'elle reçoit et le prix auquel elle les revend, afin de garder trace de ce qu'elle obtient de chacun. Elle a un arrangement avec l'un des magasins de revente de luxe au coin de Rodeo Drive à Apgujeong – ils ont l'assurance qu'elle leur apporte les sacs absolument neufs, et elle d'en recevoir le meilleur prix pour le quartier. Et parfois, quand elle doit voir un client qui s'est enquis de son cadeau, elle court emprunter un sac à la boutique pour la soirée – ils ont toujours tous les modèles en stock, du moins le genre de modèles que les clients offrent aux filles. Elle a tendance à demander à tous ses hommes exactement le même modèle, comme ça c'est plus facile pour elle de s'y retrouver. Elle en garde un seul et elle revend tous les autres.

Je sais bien que n'importe quelle personne un tant soit peu fréquentable mourrait d'horreur à l'idée d'être vue en sa compagnie. Mais elle gagne beaucoup d'argent et en met beaucoup de côté, à l'inverse des autres hôtesses, apparemment – et de tous les gens de notre âge, en fait –, et c'est difficile de ne pas éprouver de respect. Kyuri n'est pas du genre à aller au *Starbucks*.

Comme colocataires, on s'entend plutôt bien, elle et moi, surtout grâce au fait qu'on ne se voit pas beaucoup. Dans la journée, en général je suis à l'atelier et elle part en fin d'après-midi pour aller au salon puis au travail. Quand elle rentre, je suis soit encore à l'atelier, soit déjà au lit.

La seule fois qu'on a frôlé la dispute, c'était il y a quelques mois, alors que nous buvions ensemble un week-end et qu'elle m'a accusée de me sentir supérieure parce que j'étais jolie sans avoir eu besoin d'opérations.

— Tu sais, tu as juste de la chance parce que ton type de visage est à la mode en ce moment, a-t-elle déclaré, les yeux flous de colère et d'alcool. Mais ce n'est pas la peine d'être aussi snob et condescendante au sujet de la chirurgie.

Quand j'ai protesté que je ne voyais pas de quoi elle parlait, elle m'a balancé des exemples de critiques que j'avais émises alors que nous regardions la télé ensemble.

— Je parlais de Jeon Seul ! Tu étais d'accord avec moi ! Tu as dit qu'elle avait le nez de Michael Jackson depuis sa dernière opération !

— Non, je *sais*, a-t-elle rétorqué en se laissant aller de côté. Je sais ce que tu penses. Tu n'es qu'une salope arrogante.

Elle s'est endormie sur la table, et j'étais tellement vexée que je ne l'ai même pas mise au lit. Le lendemain matin, elle ne se rappelait pas notre chamaillerie, et elle est venue dans ma chambre me demander si j'avais un pain de glace : elle était tombée de sa chaise pendant la nuit et s'était fait un hématome sur son coûteux visage.

Mais je dois bien admettre que je ressens une bouffée de fierté lorsqu'on me demande si j'ai été opérée et que je peux répondre « non ». Notre chef de département est allé jusqu'à me faire promettre de ne pas me couper les cheveux, alors que c'est une vraie torture de m'en occuper maintenant qu'ils m'arrivent à la taille. Chaque fois que je parle de les couper, et tant pis pour le responsable du département, Hanbin les rassemble dans ses mains et se met à leur parler comme à un enfant qu'on aurait menacé. « Je ne la laisserai pas faire, ne vous inquiétez pas », roucoule-t-il. Pourtant, Kyuri n'a même pas lu les articles et critiques sur mon travail qui me décrivent immanquablement comme « l'artiste en résidence à la beauté naturelle ».

— Alors, je suis censée déjeuner avec la mère de Hanbin chez eux aujourd'hui, dis-je à Kyuri bien que je sache que c'est une mauvaise idée. Je ne sais pas encore comment je vais m'habiller.

Kyuri se redresse d'un coup, ses yeux rouges soudain brillants.

— C'est vrai ? Je croyais qu'elle te détestait !

Je fais une grimace avant de reprendre ma tasse de café.

— Bon, peut-être que ça ne va pas se produire, mais c'est ce qui est prévu, en tout cas. Tu crois que ma robe noire à manches longues est trop... noire ?

Elle secoue la tête.

— Le problème, ce n'est pas le noir... Tu l'as achetée au marché à Itaewon, non ? Il faut que tu portes quelque chose de *vraiment* cher. Ce qui compte, c'est ton attitude quand tu es dedans. Il faut que tu aies cette confiance en toi qu'on a quand on porte des vêtements trop chers.

Kyuri se lève et met le sac Chanel sur son épaule comme si elle s'apprêtait à sortir.

— Tu peux m'emprunter quelque chose ! Je vais regarder ce que j'ai en ce moment.

Pour le travail, Kyuri a recours à une boutique de location de vêtements spécialisée pour les hôtesses de bar. Ce qui signifie que son placard déborde de jupes courtes et de robes en synthétique. Je doute sincèrement qu'elle ait une tenue qui puisse me tenter, mais, lorsque je la suis dans sa chambre, elle tire de son placard trois robes étonnamment sages qui portent encore l'étiquette du grand magasin *Joye*.

Admirative, je caresse des doigts un fourreau bleu cobalt à col montant. Au goût de qui est-il ? Certainement pas de Kyuri. Elle ne me donne aucune explication, pourtant, et je ne pose pas de questions.

— Je pense que celle-ci est parfaite, déclare-t-elle en soulevant une robe en soie olive, avec des manches qui couvrent juste l'épaule et une ceinture en mousseline. Elle est colorée, *et* elle a des manches.

Je la prends et la tiens devant le miroir. Je dois reconnaître que c'est une robe splendide. Le prix sur l'étiquette m'arrache un frisson.

— Pas question ! Imagine que je fasse une tache ?

Elle plisse son nez parfait, retroussé.

— Pas de problème ! C'est vraiment important. Je veux que tu épouses le fils d'Im Ga-yoon et que tu passes ton temps à me présenter des stars.

Elle ne voit pas mon air horrifié alors qu'elle me donne la robe sur le cintre.

— Essaie-la pendant que je me débarbouille. Je dois me préparer pour mon soin de peau, dit-elle en se dirigeant vers sa salle de bains.

Je ris. Elle va se faire un maquillage complet alors que l'infirmière chez le dermatologue va tout enlever pour son traitement. De son côté, elle frissonne devant mes taches de rousseur et le peu d'attention que j'accorde à ma peau, simplement parce que je refuse de suivre sa routine en dix étapes matin et soir. Sujin adore comparer avec elle les derniers masques et sérums – Kyuri semble avoir une centaine de flacons et de pots sur sa coiffeuse –, mais moi c'est déjà bien si je pense à me laver la figure avant de dormir.

J'enlève mon pyjama et enfile la robe. Je suis en train de boutonner le dos lorsqu'elle revient, le visage humide et luisant, pour me donner un coup de main.

— Tu ne la trouves pas magnifique ? dit-elle d'un ton approbateur en s'asseyant à sa coiffeuse.

Elle me regarde dans le miroir, au-dessus de sa collection de fioles et de masques de toutes les formes et toutes les tailles. Elle remonte ses cheveux à l'aide d'un bandeau en peluche et commence sa routine en appliquant sur sa peau des gouttes de sérum du bout des doigts. Puis elle sort une petite chose en verre qui libère un liquide couleur miel sur son visage.

— C'est quoi ?

Je suis toujours fascinée par le temps qu'elle consacre à sa peau.

— Une ampoule avec un extrait de cellules souches, répond-elle avec détachement. J'ai la peau affreusement sèche ce matin parce que j'ai trop bu hier. Je mets ça juste en attendant de faire le traitement complet à la clinique. Tu sais, tu devrais venir avec moi, ce matin. Comme ça, tu serais parfaite pour sa maman. Je suis sûre que je peux te faire passer entre deux, je suis une cliente privilégiée !

Je suis tentée, parce que Kyuri a désormais la peau qui étincelle comme du cristal, mais l'idée de rester allongée sans bouger sur une table de soin attise mon anxiété. Je secoue la tête. Elle soupire devant mon expression, et commence à déposer de minuscules points de crème contour de l'œil avec son annulaire.

— Alors c'est pour ça que tu étais tellement agitée, dit-elle. Tu sais, j'avais l'intention de te faire boire ce week-end pour te remonter le moral. C'est devenu vraiment déprimant, ici, à cause de ton énergie nerveuse, tu en es consciente ? Maintenant, que penses-tu de ce Bottega pour aller avec la robe ?

Elle sort de son placard un sac au tissage complexe, et me le fourre dans les mains.

La mère de Hanbin, plus connue du reste de la population du pays sous le nom d'Im Ga-yoon, appartenait au « Triumvirat » des années 1970 – trois Miss Corée devenues actrices qui ont joué dans la majorité des films, séries, et publicités de cette décennie. Elle était l'aînée des trois et la plus prolifique, avec un rôle iconique de bonne sœur devenue femme fatale dans la série phare *Mon nom est Étoile*. On racontait que pas une seule voiture ne circulait dans tout le pays pendant la diffusion d'un épisode. Après une brève liaison qui lui a fait beaucoup de tort, avec son jeune partenaire à l'écran, elle s'est faite discrète pendant quelques années, jusqu'à ce que l'on apprenne qu'elle avait épousé en secret le plus jeune fils du groupe KS, une entreprise de citernes et de chauffe-eau cotée dans le deuxième cercle des grandes sociétés. Et, dix ans plus tard, elle a ouvert une galerie d'art près de Gyeongbokgung Palace et s'est réinventée : elle est devenue la première marchande à créer un pont entre le monde des stars et celui de l'art en Corée.

Les célébrités se sont ruées chez elle pour décorer leurs maisons, et l'idée circule qu'elle gagne plus d'argent que son beau-père.

Tout ça, je l'ai appris en lisant de façon obsessionnelle des articles sur la famille de Hanbin sur Internet et dans les pages potins des magazines féminins. Les titres allaient de « Im Ga-yoon et son mari mettent la main sur un terrain de l'île de Jeju » à « Im Ga-yoon gonfle-t-elle les prix pour les stars ? » en passant par « Lanceur d'alerte du groupe KS : le beau-frère d'Im Ga-yoon bientôt en prison ? », le tout le plus souvent accompagné de photos volées d'Im Ga-yoon en fourrure blanche et lunettes de soleil, sortant de sa voiture devant sa galerie.

Je l'ai déjà rencontrée à quelques reprises. La première fois, c'était à New York, lors de la remise de diplôme de Hanbin à Columbia. Depuis le retour en Corée, Hanbin lui a tendu deux embuscades, une fois en m'amenant à l'aéroport pour l'accueillir à son retour de Hong Kong, où elle était allée vendre des œuvres de sa galerie, et la deuxième en l'invitant à déjeuner pour son anniversaire, dans son restaurant préféré au *Reign Hotel*. La première fois, elle ne m'a pas adressé un mot en dehors de « Ah, bonjour » et « Au revoir », et n'a répondu aux questions de Hanbin dans la voiture que par des monosyllabes. La deuxième fois, lors du déjeuner, elle s'est enquise en douceur de ma famille, par des questions qui montraient qu'elle savait déjà tout de moi et que je ferais mieux de ne pas tenter de me faire paraître plus bourgeoise que je ne l'étais. « Alors, quel âge avais-tu la dernière fois que tu as vu tes parents ? » ; « Et ton oncle, il avait un… restaurant pour les chauffeurs de taxi ? » (avec un frisson). Et le coup de grâce : « C'est vraiment merveilleux qu'il y ait tant d'opportunités de nos jours pour les gens comme toi, non? Notre pays est devenu si encourageant… »

J'aurais pu prendre un air blessé ou en colère, je sais, mais je me suis décidée pour une attitude gaie en toute occasion il y a déjà quelque temps, parce que je me souvenais d'une remarque que Ruby m'avait adressée un jour à New York.

— Les gens riches sont fascinés par le bonheur, m'avait-elle dit. C'est une chose qui les rend dingues.

Je m'arrête au grand magasin *Joye* pour acheter des orchidées miniatures chez le fleuriste du rez-de-chaussée. C'est dix fois plus cher que le marché aux fleurs près de chez moi, mais le pot a le logo et le nom de *Joye* dessus. Quand je retrouve Hanbin devant la station de métro la plus proche de chez lui, il voit le sac et me dit que je n'avais pas besoin d'acheter un cadeau, mais je vois bien que ça lui fait plaisir.

La maison de Hanbin est moderne, étonnante : tout en ardoise grise, en verre et en toits pentus – au sommet d'une colline de Sungbukdong, derrière un haut mur de briques. Lorsque la grille s'ouvre devant nous, je sens mon cœur se décrocher. L'incrédulité me coupe le souffle. Il ne m'avait parlé que des inconvénients, comme le froid en hiver ou le fait que touristes et journalistes arpentent le voisinage pour tenter d'entrevoir derrière la grille, ou que des amis du célèbre architecte hollandais qui l'a construite s'invitent à l'improviste pour examiner sa première commande en

Asie. L'architecture me rappelle les musées japonais que j'ai étudiés pendant mon cursus, tout en lignes austères et en beauté discrète.

Mais ce n'est qu'une fois sur la pelouse – et quelle autre maison de Séoul, plus encore dans le quartier des arts, le plus convoité, est entourée d'une pelouse de *vrai gazon* ? – que je prends conscience que je ne suis pas loin de mépriser Hanbin en cet instant. Et sa mère, sans aucun doute.

L'intérieur de la maison éclate d'une encore plus grande abondance de fleurs blanches que les jardins. Des montagnes d'orchidées et de pivoines en bouquets pleins d'originalité se dressent partout, et je contemple mon petit pot avec tristesse.

— Je vais aller signaler à votre mère que vous êtes là, dit l'homme qui nous a ouvert la porte d'entrée.

Avec une courbette, il prend mon manteau et me tend une paire de chaussons en cuir sortie du placard à chaussures en marbre. Malgré la formalité avec laquelle il s'adresse à Hanbin, il est vêtu de façon décontractée – une simple chemise (rayée !) à manches longues et un treillis froissé. Je m'aperçois que je m'étais attendue à un costume ou un uniforme.

— Pas la peine… Je vais monter le lui annoncer moi-même.

Il me demande d'attendre dans le salon à gauche du hall, puis s'élance d'un bond dans le couloir à droite.

Le salon est immense – aussi vaste et haut qu'un terrain de basket –, avec des groupes de fauteuils et de tables basses dans tous les coins. Au centre se trouve le poisson d'Ishii, de la taille et de la couleur d'un éléphanteau – un objet de toute beauté qui scintille quand je m'en approche. Les tableaux aux murs sont aussi japonais et modernes, mélange de Tsunoda, Ohira, et Sakurai. Je m'assieds dans le coin le plus éloigné, à côté d'un autre minuscule Ishii, couleur nuage d'orage.

L'homme qui a ouvert la porte m'apporte du thé sur un plateau. La boisson contient une petite fleur mauve qui s'ouvre à mesure qu'elle infuse. Il arrange les fleurs sur la table basse sans un mot, et je m'aperçois que Hanbin avait raison, ça aurait été un réconfort pour moi si M. Choi, le chauffeur, avait été là, ce qui n'est pas le cas.

— Mère ne se sent pas bien, alors on sera juste tous les deux aujourd'hui, prétend Hanbin en s'approchant de moi. Elle a une migraine terrible, elle est allongée.

Il me regarde avec un peu trop d'intensité en disant cela, comme s'il s'interdisait de détourner les yeux. Soit il ment, soit il pense qu'elle ment, et mon cœur se met à battre très fort. Je sens de l'acide me courir dans les veines. Il n'ajoute pas qu'elle s'excuse de ne pas descendre.

— C'est affreux. J'espère qu'elle sera vite sur pied.

Que dire d'autre, franchement ? Nous contemplons nos tasses de thé qui refroidissent, puis il se racle la gorge.

— Je vais te montrer les jardins pendant qu'ils préparent le déjeuner. À moins que tu veuilles du gâteau ou du *ddeok* ? Tu as faim ?

Je secoue la tête, et il me prend par la main pour me conduire hors du salon. En me dirigeant vers la sortie, j'aperçois deux femmes en uniforme qui m'observent depuis le pas d'une porte, et je détourne précipitamment la tête pour ne plus les voir. Lorsque nous arrivons dans l'entrée, l'homme qui nous a ouvert plus tôt apparaît avec nos manteaux.

Les jardins s'étendent tout autour de la maison et s'ouvrent en une série de paysages miniatures. Ma préférence va au bosquet de pins au fond, un labyrinthe d'arbres taillés et dessinés avec soin. Leur fragrance exerce un pouvoir apaisant sur mes nerfs.

À travers les arbres, la vue semble flotter à notre rencontre. Je vois d'autres demeures gigantesques qui parsèment la colline, et le reste de la ville qui s'étale au-delà.

Alors que Hanbin marche devant moi, et se penche sous les branches basses, j'ai des brûlures d'estomac. C'est trop, cette maison, sa mère, les œuvres d'art. Qu'est-ce qui lui a pris de m'amener ici ?

— C'est la maison de ma grand-mère, dit Hanbin en montrant du doigt une demeure blanche à deux étages, au loin.

C'est un bâtiment de style occidental entouré de rosiers, et de pins, encore. Sa grand-mère paternelle frise la démence, et s'est mise récemment à accuser les domestiques de lui voler son argent.

— Et là-bas, c'est chez le père de Ruby.

Je tourne vivement la tête dans la direction qu'il indique, à droite de la résidence de sa grand-mère. Même de loin, la maison se dresse comme une forteresse, sombre et lugubre, le jardin semblable à une douve sinistre. Mais peut-être est-ce parce que je la regarde avec la voix de Ruby qui me chuchote dans la tête.

Nous restons là sans un mot. Puis il reprend le premier le chemin de la maison.

Après le déjeuner – un moment d'embarras extrême, servi par deux hommes mutiques dans une monumentale salle à manger baignée de soleil –, je demande à Hanbin de me déposer à mon atelier. Il ne proteste pas, même si je sais qu'il aurait voulu regarder un film, et dans la voiture nous restons tous deux silencieux.

— Je peux entrer ? demande-t-il une fois de plus en se garant devant les ateliers sur le campus de l'université.

— Certainement pas, réponds-je en lui déposant un baiser rapide sur la joue avant de descendre du véhicule. Je ne comprends pas pourquoi tu t'obstines à poser la question.

Il démarre, renfrogné.

Dans l'atelier, je sens l'immense vague de soulagement qui me déferle dessus chaque fois que je franchis la porte. Je m'attache les cheveux et me dirige vers la salle de bains pour passer mes vêtements de travail et suspendre avec soin la robe de Kyuri sur la porte.

Les horribles battements de mon cœur se calment lorsque je saisis mon petit ciseau et m'assieds à mon poste de travail. La scène à laquelle j'essaie de donner forme – une image si claire dans ma tête – représente une mer nocturne avec une fille sur un bateau. Ses longs cheveux lui masquant le visage, elle se penche au-dessus des flots, vêtue simplement d'une chemise de nuit et d'une bague avec un rubis rouge vif à l'annulaire gauche. Elle est fascinée par quelque chose dans l'eau.

La semaine dernière, j'ai commencé à la sculpter dans du plâtre. Son visage était la partie la plus facile – ce seront les cheveux qui prendront le plus de temps. Je crois que je vais faire la mer en plumes d'autruche et que le bateau sera un vrai bateau – une barque en bois, je pense, avec une peinture rouge délavée.

Après quelques heures à sculpter, j'ai besoin de poser le ciseau pour commencer à travailler sur une aquarelle de la même scène. Je veux juste une représentation de ce que j'ai en tête avant d'oublier quoi que ce soit, bien qu'une telle perte soit difficilement imaginable. Ce sera la sixième œuvre dans ma récente série sur Ruby. Les cinq autres – des tableaux et des sculptures – sont entreposées dans le fond de mon atelier, dans l'ombre. Ils ne sont que de pathétiques manifestations de ce que je voyais dans mon esprit, bien sûr, mais ils sont aussi achevés qu'ils peuvent l'être pour le moment.

Dans une boîte à chaussures quelque part sous mon lit se trouve une pile de photographies en noir et blanc – ma première série sur Ruby, si on veut les considérer ainsi. Ma préférée montre Ruby dans un manteau de fourrure blanche, un accoutrement ridicule fait de vison tondu avec une doublure en soie crème et un chapeau assorti. Elle se tient sur les marches de notre bibliothèque universitaire (l'hiver à New York me manque tellement !), des congères de part et d'autre d'elle, les fenêtres du bâtiment illuminées. Sous le manteau, elle porte une robe noir d'encre qui lui arrive aux genoux, des bas, et elle se tient en équilibre sur des talons vertigineux. Elle semble heureuse, les yeux plissés par un rare sourire de guingois.

Nous étions en route pour l'inauguration d'une galerie ce soir-là, et nous nous étions arrêtées à la bibliothèque pour voir s'ils avaient des livres sur l'artiste exposé – un peintre allemand spécialisé dans les bouleaux aux couleurs fluorescentes.

— Il suffit de lire l'introduction, avait-elle décrété en passant un doigt le long du dos de l'ouvrage que nous avions trouvé au rayon Europe. Pas besoin de plus.

En trouvant le livre, elle avait parcouru l'introduction deux fois et m'avait fait mémoriser le titre de trois des œuvres les plus connues de l'artiste.

Hanbin était venu nous chercher ce soir-là devant la bibliothèque. Ou l'avions-nous retrouvé à la galerie ? Il passait nous prendre presque tous les soirs, de toute façon, et il était bien là pour cette exposition en particulier. Il avait acheté un tableau pour Ruby et lui en avait fait la surprise un mois plus tard, pour son anniversaire. C'était le moins cher de toute l'exposition, m'avait-il chuchoté à sa soirée. Elle aimait tellement ce tableau – une forêt de bouleaux fluorescents, avec des zébrures rose bonbon et jaune, dans un épais cadre doré où était gravé son nom. RUBY SO-WON LEE.

Je me demande où se trouve à présent le tableau. Peut-être sur un mur dans la maison de son père, ou dans un placard qui déborde de squelettes.

L'autre jour, aux infos – les infos américaines, pas coréennes –, il y a eu un court article au sujet du jeune frère de Ruby. Sa start-up de location de voitures étrangères vient de recevoir des investissements de la deuxième plus grosse société de capital-risque de San Francisco. Ça m'a surprise pour plusieurs raisons : pourquoi Mu-cheon aurait-il besoin de capitaux, pourquoi essayer de monter quelque chose d'aussi insignifiant qu'une entreprise de location de voitures aux États-Unis, et pourquoi n'était-il plus en fac de droit ?

Mais, lorsque j'ai questionné Hanbin à ce sujet, il s'est contenté de hausser les épaules avec un « Pourquoi pas ? » qui a très efficacement coupé l'élan de mes suppositions. Hanbin a tout de même dit que cette histoire d'investissement était plus une question de publicité que d'argent, et que les investisseurs de la Silicon Valley avaient sans doute davantage besoin des relations de Mu-cheon que l'inverse. Un fils illégitime reste un héritier, puissant et méfiant, une cible qu'il faut courtiser avec soin pendant de longues périodes.

Quand je songe à Ruby, le souvenir qui me revient le mieux est celui d'elle simplement détendue dans le canapé blanc de son appartement de Tribeca, en train de caresser un bijou qu'elle avait acheté ce jour-là, entourée d'objets d'une incroyable beauté. C'était une collectionneuse-née, avec un œil redoutable, capable de créer de l'harmonie à partir de la myriade de pièces qu'elle acquérait. Nous entrions dans un magasin d'antiquités et elle se ruait sur un bric-à-brac en apparence incongru, si extravagant que j'en avais le cœur affolé – un coffret à bijoux vieux d'un siècle incrusté de pierres brutes, un service à thé russe doré à l'or fin, une poupée du XIXe siècle avec des boucles blond cendré et un visage triste, accompagnée de toute une garde-robe de minuscules tenues d'une infinie délicatesse – mais, lorsqu'elle les rapportait chez elle, les objets semblaient avoir poussé là, avoir germé à partir d'autres graines de beauté. Son appartement nourrissait une part de moi-même dont j'ignorais jusqu'à l'existence – un désir désolé et brûlant de toucher, de regarder, et de me délecter d'objets.

Le truc, c'est qu'elle savait que j'étais fascinée par ses possessions, mais que ça ne la dérangeait pas. J'étais déjà bien étiquetée comme une artiste dans son esprit, une créatrice et amoureuse de la beauté. Mon admiration pour son goût satisfaisait sa vanité de collectionneuse.

— Il ne suffit pas d'acheter des kilos d'objets de valeur pour avoir une *collection*, avait-elle décrété un jour avec dédain en lisant un article du *Times* sur les habitudes de consommation des nouvelles fortunes chinoises.

Mais je comprenais ce qu'elle voulait dire. Son œil n'était pas réellement un don, mais plutôt un instinct, aussi naturel pour elle que la mélancolie ou la méfiance.

Je les ai tous rencontrés à New York – Ruby, Hanbin, leur groupe d'amis. Cela avait été pour moi un grand saut dans l'inconnu, de me rendre à New York pour commencer un programme à la School of Visual Arts. C'était la première fois que je prenais l'avion, la première fois que je quittais le pays, que je sortais du giron du Loring Center, la première fois que je suivais mon étoile. Entre autres chocs, j'avais été éberluée de voir tant de Coréens apparemment chez eux dans les rues, les cafés et les magasins de New York – et dans les couloirs et les salles de classe de la SVA –, pour qui étudier à l'étranger et voyager seul était banal. Certains vivaient ainsi depuis l'enfance.

J'étais là avec une bourse SeoLim en arts visuels, ce que Ruby avait trouvé amusant lorsqu'elle m'avait fait passer un entretien d'embauche dans sa galerie. Je ne comprenais pas pourquoi elle avait ri jusqu'à ce qu'une autre fille qui était là avec la même bourse m'explique quelques mois plus tard que Ruby était la fille de Lim Jun Myeong, le P.-D.G. du groupe SeoLim et l'un des hommes les plus célèbres de Corée. Ruby et son frère Mu-cheon avaient plus de vingt ans d'écart avec ses autres enfants, et l'on racontait que Lady Lim n'était pas leur mère et qu'ils étaient le fruit d'une union illégitime avec une réceptionniste des bureaux de SeoLim.

J'avais répondu à une petite annonce sur le panneau d'affichage du bâtiment de notre département – un rectangle abandonné et vide, ponctué de temps à autre de quelques annonces de baby-sitting épinglées par nos professeurs en mal d'argent. J'avais désespérément besoin d'un travail – la bourse couvrait mes frais de scolarité, ma chambre et mes frais de bouche, ainsi que le billet d'avion, mais pas grand-chose d'autre – et une annonce en coréen m'apparaissait comme une bouée de sauvetage. Je l'avais décollée du panneau et m'étais enfermée dans ma chambre pour l'examiner.

Elle était remarquable non seulement par son contenu, mais aussi par son apparence : lettrage doré à la feuille sur un épais papier vert olive, qui ressemblait davantage à un faire-part de mariage qu'à un prospectus pour étudiant.

« À pourvoir : poste d'assistant artistique pour l'ouverture d'une nouvelle galerie », indiquait l'en-tête. En dessous, en plus petit, était écrit « Connaissance exhaustive de l'art contemporain et bilinguisme coréen-anglais considérés comme un plus. »

J'imagine qu'il n'y avait guère de concurrence pour le poste, mais j'étais en extase lorsqu'elle m'a embauchée en même temps que quatre autres filles de diverses universités de la ville. J'ai été chargée du design des catalogues, prospectus et cartes postales de la galerie. Les coûts d'impression à eux seuls m'étourdissaient, mais Ruby les payait sans même un regard pour les factures que je lui tendais avec nervosité.

Pendant près de trois semaines, notre petit groupe a travaillé jusque tard dans la nuit. Ruby et moi étions en général les deux dernières à partir, et je lui apportais mon aide pour tous ses besoins, courant parfois chercher du café et des croissants, payés avec sa carte de crédit bien entendu. Les autres filles essayaient de faire amie-amie avec elle, mais elle ne répondait que par monosyllabe, d'un ton froid, à toute question qui n'était pas directement liée au travail, et cela créait du ressentiment. Je n'ai compris que plus tard que ces filles venaient de familles riches et n'avaient pas comme moi besoin d'argent – elles avaient pris le poste pour rencontrer Ruby.

Parfois, pendant qu'elle travaillait, je la fixais du regard. Elle avait une silhouette frappante, quelle que soit son activité. Elle ne portait que du rouge à lèvres, pas d'autre maquillage, même si je la soupçonnais d'avoir un trait d'eye-liner tatoué, et ses vêtements étaient un éblouissement permanent, toujours étonnants par leur style et leurs combinaisons de couleurs inhabituelles. Elle avait une voix basse et son visage s'éclairait, rarement, d'un sourire qui l'illuminait brièvement comme une comète.

— Le doyen l'adore parce que son père a fait plein de donations, avait avancé l'une des filles de l'école de design Parsons alors que Ruby venait de nous demander de travailler le dimanche matin. Et s'il a filé du pognon, c'est uniquement parce qu'elle n'a pas réussi à entrer à Stanford comme tout le monde dans sa famille.

— On m'a dit que c'était la pire des disgrâces… Même les voisins des cousins par alliance arrivent à y entrer du moment qu'ils ont un lien avec la famille SeoLim, a commenté une autre fille, étudiante à Tisch. Mais il paraît qu'elle voulait aller à Yale, sauf que l'ex de son petit copain y était, alors elle a fait un caprice et décidé de venir ici.

— Non, non, c'est à cause d'une grosse affaire de drogue à Ashby, a répliqué la première fille en faisant voler ses cheveux. Elle aurait dû être renvoyée, mais ils l'ont laissée aller jusqu'au diplôme parce que son père a offert un nouveau gymnase. Ma cousine est à Ashby et elle m'a dit qu'il avait coûté vingt millions de dollars et qu'il était équipé de toute la technologie SeoLim la plus récente.

Ruby est entrée et a fouillé la pièce des yeux jusqu'à ce qu'elle me voie.

— Miho, tu peux venir m'aider avec ces prospectus ?

Sans un mot aux autres, elle est ressortie immédiatement, et j'ai vu le mécontentement se peindre sur leurs visages. Ce qui m'a fait plaisir, car elles m'ignoraient depuis qu'elles avaient découvert que j'étais boursière et n'étais pas allée en pension en Amérique.

— Jamais entendu parler, avait commenté une autre fille de la SVA quand je lui avais dit le nom de mon collège public en Corée. C'est dans quel quartier, déjà ?

Et quand j'avais répondu que c'était à Cheongju, elle avait haussé les sourcils jusqu'au haut du front avant de se replonger en toute hâte dans son téléphone.

Mais ça m'était égal, et je n'aurais de toute façon pas pu mentir sur les établissements que j'avais fréquentés. Malgré ses millions d'habitants, la Corée n'est pas plus grande qu'un bocal à poissons, et il y a toujours quelqu'un en train de mépriser quelqu'un d'autre. C'est comme ça, dans ce pays, et c'est pour cette raison que les gens vous soumettent à un véritable interrogatoire à la minute où ils vous rencontrent pour la première fois. « Tu habites dans quel quartier ? Tu es allé où à l'école ? Tu travailles où ? Tu connais Untel ? » Ils vous localisent sur l'échelle sociale nationale, et vous recrachent l'instant suivant.

Le truc avec Ruby, c'est que ce n'était pas seulement moi et d'autres Coréens qui la trouvions fascinante. Je pouvais être assise avec elle dans un café ou même une bibliothèque, et les gens passaient leur temps à l'observer à la dérobée. Je n'arrivais pas vraiment à comprendre pourquoi – l'éclat de sa peau, ses vêtements éclectiques et onéreux, ou son expression fermée, c'était impossible à dire. Mais seuls les plus inconscients des hommes essayaient de lui parler. Une fois, nous dînions dans un nouveau restaurant de salades non loin de son appartement quand un homme l'a abordée. Il semblait étranger – italien, peut-être ? – et il était jeune, élégamment vêtu d'un costume bien coupé, clairement un financier sorti acheter rapidement un repas à emporter qu'il mangerait à son bureau. Il avait regardé dans notre direction tout en faisant la queue, puis, une fois qu'il avait reçu son sac de nourriture, s'était approché de notre table.

— Excusez-moi, navré de vous interrompre, a-t-il dit avec un léger accent, l'air à la fois mignon et assuré. Il faut que je vous dise que vous êtes très belle.

Ruby n'a pas levé les yeux de son assiette et a continué à manger lentement, sans un mot.

— Puis-je vous demander si vous habitez le quartier ? Je vis et travaille au coin de la rue, a-t-il expliqué en montrant un immeuble par la fenêtre, de toute évidence persuadé que nous le connaissions.

Son sourire a commencé à chanceler lorsque aucune de nous deux n'a répondu.

— OK, bon, alors bonne fin de repas, a-t-il conclu d'un air presque boudeur à présent avant de se diriger vers la sortie.

Quand il a ouvert la porte, je l'ai distinctement entendu marmonner « Salope ».

— Complètement ridicule ! ai-je dit d'un ton désinvolte à Ruby.

— Peut-être que je pourrais le faire assassiner, a-t-elle répondu, les yeux plissés.

J'ai éclaté de rire, mais me suis tue en la voyant me fusiller des yeux.

— La prochaine fois que ça se produit, prends le type en photo. Pour qui il se prend, à venir me parler comme ça ?

La mâchoire serrée, elle a continué à manger avec un regard fou.

J'ai hoché la tête et accepté dans un murmure. J'étais encore en train d'apprendre comment m'exprimer et réagir avec elle.

Ruby m'a dit, quelques mois plus tard, après l'ouverture de la galerie, quand les autres filles étaient parties et que nous avions dû leur chercher des remplaçantes qui ne soient pas coréennes, que mon comportement était maintenant satisfaisant.

Nous étions en train de boire dans un bar de K-Town, et attendions Hanbin et l'un de ses amis qui devaient se joindre à nous. Ruby m'avait sans un mot tendu une fausse carte d'identité très convaincante, avec ma photo de membre du personnel de la galerie, et j'étais encore tout étourdie d'excitation à l'idée de pouvoir enfin commander une vraie boisson dans un bar de New York. C'était un monde tellement différent de la Corée, où l'alcool coulait sans entrave pour les buveurs même mineurs, et où l'on faisait tout juste semblant de respecter quelques restrictions.

— Tu sais, ça me plaît que tu apprennes vite, a-t-elle déclaré d'un coup avec son sourire de travers.

— Comment ça ?

Elle a fait un geste désinvolte vers ma tenue. Je portais un pull en cachemire noir et une longue jupe en cuir que j'avais achetée dans une friperie de Brooklyn. J'avais entendu dire que des créateurs y donnaient leurs invendus de la saison précédente, et j'avais passé des heures à fouiller les présentoirs à la recherche de pièces de haute couture avec l'étiquette encore attachée.

— Tu te souviens quand tu portais du *faux daim rose*? s'est-elle écriée avec un éclat de rire.

Rougissante, j'ai feint de lui donner une petite tape sur le bras.

— Et alors? Il y a des tas de créateurs qui utilisent le rose chaque saison! Tu es aussi ennuyeuse qu'une vraie New-Yorkaise.

— C'est tellement facile de te faire monter sur tes grands chevaux! a-t-elle rétorqué en s'étranglant d'hilarité.

Puis Hanbin est arrivé avec un autre étudiant de Columbia, beau et bien habillé comme lui, et le sujet de conversation a heureusement dévié. Mais par la suite, son amusement me revenait et je m'asseyais en sursaut dans mon lit au milieu de la nuit, les joues en feu.

À l'époque, Hanbin était le numéro trois de notre trio, toujours derrière nous alors que Ruby et moi marchions quelques pas devant. C'était un petit ami discret, mais attentionné, envers Ruby. Il nous conduisait toujours là où nous allions, nous faisait entrer dans des boîtes de nuit prisées, nous dégottait des billets au premier rang au théâtre, ou pour des expositions ou des défilés de mode que Ruby voulait voir. Ils n'avaient jamais le moindre geste tendre en public et ne prenaient jamais de photo ensemble, ce que je trouvais étrange. Une fois seulement, je les ai vus s'enlacer, et c'était un soir tard alors que je quittais l'appartement de Ruby où nous avions regardé un film ensemble. J'ai jeté un coup d'œil en arrière alors que la porte se refermait. Ruby posait la tête contre la poitrine de Hanbin tandis qu'il passait les bras autour d'elle. Ils semblaient si paisibles et entiers, et si parfaitement satisfaits que je suis restée pétrifiée jusqu'à ce que la porte se referme lentement. Je ne les ai plus jamais vus se toucher.

Chaque fois que j'avais une exposition – mon contrat de bourse stipulait que je devais exposer autant que possible –, Ruby et Hanbin venaient tous les deux et restaient longtemps, et cela représentait beaucoup pour moi. Ils étaient même venus pour l'exposition de première année, dans laquelle je n'avais que deux œuvres. Ruby ne disait jamais grand-chose – elle se contentait de poser des questions au sujet des travaux des autres étudiants –, mais Hanbin était étonnamment curieux de mon processus créatif. Il demandait « Combien de temps ça t'a pris ? » ou « Qu'est-ce qui t'a inspirée pour cette œuvre ? ». Il doutait de façon attendrissante de ce qu'on pouvait demander sans être indiscret, et je devais résister au désir de tendre la main pour toucher les petites rides qui se formaient sur son front.

Parfois, et je vivais pour ces moments, Ruby était en retard ou bien elle envoyait carrément un texto pour annuler alors que Hanbin et moi étions déjà en train de l'attendre. Il fronçait les sourcils et poussait un petit soupir – il était immanquablement déçu lorsqu'elle lui posait un lapin, bien que ce soit très fréquent –, mais ensuite il se tournait vers moi et me proposait, avec un haussement d'épaules : « Alors, tu veux toujours aller manger ? » Et je sentais mon cœur se gonfler, et je répondais d'un hochement de tête un peu trop enthousiaste, et plus tard, en secret, je me tordais de haine de moi-même.

— On n'a pas l'ombre d'une fibre artistique dans la famille, pas même ma mère, qui est galeriste, m'a-t-il confié un jour alors que Ruby et lui étaient venus à mon atelier voir différentes versions de mon projet final.

Je leur montrais des esquisses, que j'avais l'intention de transformer en une série d'œuvres.

— J'aime vraiment ce que tu as fait dans celle-ci, a-t-il dit avec révérence en soulevant une esquisse grossière d'une fille au fond d'un puits, qui regardait vers le haut en tendant les mains. C'est complètement fou.

Le dessin était enfoui sous une pile d'autres feuilles, et il les avait toutes regardées.

— C'est très macabre, ai-je marmonné, embarrassée.

J'avais oublié que ce dessin était dans la pile, et les yeux de la fille ne ressemblaient pas du tout à ce que je voyais dans ma tête. C'était un devoir pour un cours, sur la famille, et je ne l'avais jamais rendu.

— Mais c'est pour ça qu'on t'apprécie, a décrété Ruby depuis le coin où elle était en train d'examiner mes statues d'enfants aveugles. Moi, en tout cas. Je pense que tu vois très clairement ce que les autres ne perçoivent pas parce qu'ils sont trop facilement distraits.

Je ne voyais absolument pas de quoi elle parlait, mais j'ai souri afin de ne pas dissiper une si haute image de moi.

L'hiver, les jeunes Coréens riches réservaient une suite dans un hôtel pour une nuit et se retrouvaient là pour boire, alors même qu'ils vivaient tous dans de beaux appartements. Une fois, nous sommes allés en voiture à Boston parce que Ruby en avait envie. « Je m'ennuie tellement, ici », avait-elle dit avant d'aller chercher son frère Mu-cheon, qui fréquentait Columbia avec Hanbin et vivait dans le nord de Manhattan, ainsi que quelques autres amis de lycée. Et nous sommes partis pour l'hôtel *Corycian* dans Boylston Street, avec le projet de faire les boutiques et sortir en boîte.

Ruby avait insisté pour conduire elle-même sa Maserati rouge, et Hanbin était assis à l'avant, tandis que Mu-cheon et moi étions à l'arrière. Il dormait à cause d'une gueule de bois, et je suis restée assise en silence, à regarder par la fenêtre alors que les arbres couverts de neige défilaient à toute vitesse.

J'avais essayé de ne pas penser à la scène que j'avais surprise la semaine précédente. Je quittais la bibliothèque, me demandant pourquoi Ruby ne m'avait pas contactée depuis plus d'une semaine, lorsque je l'avais vue sortir d'un taxi avec une autre Coréenne de la SVA, Jenny. Elles étaient chargées d'énormes sacs de shopping, riant alors qu'elles se débattaient avec tous leurs paquets. Le chauffeur avait dû sortir les aider. Je devinais aux logos sur les sacs qu'elles avaient passé la journée sur la Cinquième Avenue. Quelques semaines plus tôt, elle ne m'avait pas invitée à un dîner chez elle avec d'autres étudiants étrangers. Je l'avais découvert en entendant deux filles s'extasier sur le chef qu'elle avait engagé pour l'occasion.

Ruby ne s'est arrêtée que deux fois sur la route vers un petit restaurant de la Koreatown de Boston, où nous avons dîné et commencé à boire. Le propriétaire connaissait Hanbin ; il ne nous a pas embêtés à nous demander nos cartes d'identité. Le brouhaha ne faisait que monter à mesure que les étudiants ivres affluaient.

Au départ, nous étions six, mais bientôt nous avons été plus nombreux, car chacun passait des coups de fil et en recevait de ses amis qui se trouvaient à Boston.

Vers 1 heure du matin, nous avons commandé encore du *soju* pour l'emporter, et nous sommes partis avec des seaux en plastique. Ruby conduisait d'une façon lente et mal assurée.

À l'hôtel, quelqu'un a mis de la musique et nous avons continué à boire. Nous avions communiqué notre numéro de chambre aux autres jeunes du restaurant, et les gens ont commencé à arriver par deux ou trois, tous apportant des boissons. Certains avaient réservé des chambres au même étage, et nous avons commencé à passer d'une pièce à l'autre, un verre à la main, en chuchotant et en riant dans les couloirs. Je ne connaissais aucun des nouveaux venus, mais nous étions tous ivres et étourdis. Je les écoutais badiner, puis je souriais et buvais encore. Dans un coin, Mu-cheon s'est mis à frotter son visage dans le cou d'une fille de Wellesley.

Je ne sais pas quelle heure il était – 3 ou 4 heures du matin – quand je suis allée m'allonger sur le lit de l'une des suites. J'avais mal à la tête et l'impression que mon corps tanguait sur des vagues, se soulevait et replongeait. J'entendais des murmures et de la musique dehors, mais j'étais soulagée de fermer simplement les yeux.

La porte s'est ouverte puis refermée, et j'ai senti une main m'effleurer le front. C'était Hanbin, penché sur moi.

— J'ai mal à la tête… Tu aurais du paracétamol ?

Il a secoué la tête.

— Alors tu pourrais m'appuyer un peu sur les tempes ? Comme ça…

J'ai mis mes doigts sur mes tempes, là où je sentais un pouls.

Il avait de grandes mains. Il a essayé de faire comme je lui avais montré, mais bientôt il s'est mis à me caresser les cheveux.

J'ai roulé un peu plus près de lui et il s'est penché. Soudain, je ne sais pas comment, il était en train de m'embrasser.

Ça n'a duré qu'un instant, mais j'ai aimé ça terriblement, la sensation de son corps large et fort contre le mien. Il avait les épaules si carrées et attirantes, et sa bouche était chaude. Il s'est levé brusquement, m'a regardée une seconde, puis il est parti. Nous n'en avons jamais parlé depuis, mais je me souviens de tout.

Quand Ruby s'est suicidée deux mois plus tard, j'étais incapable de parler. J'ai cessé d'aller en cours. Je n'arrivais pas à quitter ma chambre. Je ne savais plus comment vivre.

J'aurais voulu qu'elle me parle davantage de sa famille, du chagrin que son père lui infligeait chaque jour, des démons dont elle avait hérité. Elle y avait fait allusion, mais je n'avais pas posé de questions, et savais que c'était en cela que je lui avais fait défaut, en ne lui demandant pas de détails, en ne lui répétant pas que sa vie était spectaculaire comparée à la mienne. Je supposais qu'elle le savait, qu'elle se sentait chanceuse par rapport à moi, que c'était pour ça qu'elle me gardait comme amie. J'aurais dû lui raconter plus d'histoires sur mes propres chagrins.

Ensuite je me suis lancée dans la pire trahison possible, aimer et prendre Hanbin. Je sais que, dans la prochaine vie, je paierai. Mais pour le moment, je ne peux pas m'en empêcher, je suis incapable de quitter ce chemin, même si je sais quelle désolation il laissera dans mon cœur. Tout ceci – Hanbin, mon emploi, ma productivité effrénée – est éphémère, je le sais. Tout ce que je peux lui offrir est la preuve qu'elle me hante toujours, chaque jour.

Ara

Chaque soir avant de me coucher, j'appelle SwitchBox pour écouter le message du jour de Crown, dans l'espoir d'entendre Taein. Statistiquement, un message du jour sur cinq devrait être enregistré par Taein, puisque Crown compte cinq membres et que lors de la conférence de presse de lancement de SwitchBox – où Taein portait ces baskets montantes Louis Vuitton avec leurs éclats de bronze, qui ont été épuisées partout dans le monde en vingt-quatre heures – ils avaient promis que ce serait un membre différent qui enregistrerait le message chaque jour. Mais, en réalité, c'est seulement environ un message du jour sur dix qui est de Taein, ce qui se comprend puisqu'il est le plus populaire et donc le plus pris, avec ses contrats solos pour deux nouvelles émissions de téléréalité et toutes les publicités qu'il tourne tout seul aussi.

C'est Bestie qui se retrouve à enregistrer le plus de messages. C'est le plus énervant des membres du groupe, parce que non seulement c'est le moins populaire, mais il ne semble pas comprendre qu'il est le moins populaire. Il parle toujours comme si toutes les filles du pays se pâmaient devant lui, alors que, honnêtement, tout ce qu'elles veulent c'est voir et entendre Taein, et aussi peut-être JB, alors que Bestie est juste un bouche-trou. Pourquoi il ne comprend pas ça, ça me dépasse… Il n'arrête pas de monopoliser un temps de parole précieux lors des interviews et des émissions. Je ne peux pas m'empêcher de râler à propos de Bestie sur les forums de fans de Taein, mais ensuite je suis bombardée de commentaires qui me disent d'arrêter de parler de Bestie sur un forum dédié à Taein. Tout le monde sur le forum déteste Bestie à cause de son côté pique-assiette et copieur. C'est vrai, lors des trois derniers événements avec tapis rouge, Bestie portait un tour de cou noir effet tatouage et une chaîne en or au poignet, exactement ce que Taein portait lors de l'avant-première du plus récent *X-Men*, où il a fait un bras de fer contre Hugh Jackman, qui l'a laissé gagner.

Le message que j'ai préféré jusqu'ici sur Switchbox, c'est celui où Taein parlait de ce qu'il fait lorsqu'il se sent seul, en tournée.

« Je ne crois pas que beaucoup de gens aient conscience de ça, parce que nos vies ont l'air tellement glamour de l'extérieur, mais en général on passe toutes nos journées et nos soirées dans les salles de concert à répéter et ensuite nous rentrons à l'hôtel et chacun va dans sa chambre, et on reste là-dedans tout seul à regarder la télé jusqu'à ce qu'on s'endorme, dit-il de sa voix grave, magnétique. C'est un peu embarrassant, mais j'ai regardé tellement de films en costume dans ma chambre d'hôtel que je me suis mis à en rêver. L'autre jour, Bestie m'a surpris à parler tout seul avec un accent d'époque ! »

J'aime entendre sa voix sur mon téléphone. Et j'aime le fait que ça n'ait pas d'importance que je ne puisse pas répondre.

Au travail, j'ai des problèmes en ce moment avec les filles – les assistantes censées s'occuper de tout ce qui est préparations, shampoing, balayage du sol et même le séchage si je suis occupée avec une autre cliente. Elles sont supposées être aussi discrètes qu'une musique de fond, et c'est pour cette raison que le salon exige qu'elles s'habillent à l'identique, un uniforme qui imite des tenues d'écolière avec une chemise boutonnée et une courte jupe en tartan rouge.

Les ennuis ont commencé quand la nouvelle fille est arrivée. Il y a toujours des nouvelles qui viennent et qui repartent – elles sont insolentes, ont l'air de s'ennuyer, et marmonnent en regardant par terre quand on leur parle. Mais celle-ci, Cherry, elle a débarqué avec une lueur mauvaise dans les yeux. Et c'est à moi qu'on l'a assignée.

Même avant Cherry, j'avais tendance à faire beaucoup plus de tâches ingrates que les autres coiffeuses-stylistes parce que je ne peux pas crier d'ordre, et que je dois trouver les filles physiquement, leur toucher l'épaule et indiquer par gestes ce que je veux. Alors, si je ne les trouve pas tout de suite, je finis par faire moi-même. Et ça me va très bien la plupart du temps, mais il y a toujours des journées où plusieurs clientes arrivent à la suite et enragent si je ne peux pas m'occuper d'elles aussitôt. C'est inévitablement ces moments-là que choisit Cherry pour disparaître comme par magie, et je me retrouve en panique, à essayer d'emprunter les assistantes des autres stylistes pour quelques minutes, et ensuite les autres stylistes se plaignent à M. Kwon, le gérant, même si elles sont toujours toutes mielleuses avec moi par-devant.

Lundi a été particulièrement éprouvant. L'une de mes clientes les plus importantes – la productrice de KBC – est venue pour un brushing en même temps que ma plus ancienne cliente, Mme Oh, qui voulait une couleur et une permanente. Mme Oh me laisse toujours au moins trente mille wons de pourboire, ce qui n'arrive jamais dans mon salon, mais j'ai toujours l'espoir que la productrice de chez KBC me fasse assister à un enregistrement de *Music Pop*, ou même, dans mes rêves les plus fous, me fasse assister dans les coulisses à l'une des cérémonies de remise de prix musicaux de fin d'année. Cherry n'était nulle part, et je courais d'un fauteuil à l'autre en essayant de faire mon brushing tout en mélangeant les teintures quand j'ai fait couler de la teinture toute froide sur le cou de la productrice de KBC. J'ai eu beau l'essuyer le plus vite possible, elle a quand même fait une grimace.

C'est difficile d'engueuler quelqu'un par écrit.

Où étais-tu tout à l'heure ? ai-je écrit sur mon bloc-notes à la fin de la soirée, quand Cherry balayait le sol. Sur la page, mes mots ne transmettaient rien de la fureur que je ressentais.

— Comment ça ? a rétorqué Cherry, tout innocente. Je travaillais…

Elle s'est tournée vers les autres filles d'un air aussi insolent que si elle avait levé les yeux au ciel.

Je n'ai pas pu te trouver pendant vingt minutes! J'ai souligné « vingt minutes » trois fois.

— J'étais certainement en train de faire quelque chose pour toi. J'étais là tout le temps, tu peux demander aux autres filles.

Elle les a de nouveau regardées, et les autres ont hoché la tête d'un air véhément. Elle les mène par le bout du nez, cette sorcière.

Je pourrais la faire renvoyer, sauf que j'ai déjà demandé à M. Kwon de remplacer une assistante il y a seulement trois mois. Elle n'était pas méchante, juste idiote et maladroite. La troisième fois qu'elle a renversé du café brûlant sur une cliente, j'ai demandé un changement. M. Kwon s'est montré compréhensif, mais je sais que ça ne lui plaira pas si je recommence, surtout que Cherry fait bien attention à être vive et respectueuse devant lui. Je ne peux pas me permettre que la direction pense que je suis difficile à gérer, alors que ce serait quasi impossible pour moi de trouver un autre poste comme celui-ci. Si je suis ici, c'est uniquement parce que Sujin a harcelé le propriétaire pendant des mois pour qu'il m'accorde un essai, et ensuite j'ai travaillé gratuitement pendant trois mois par reconnaissance pour la chance qu'il m'avait donnée. Si je m'étais doutée, j'aurais gardé la fille précédente…

Le truc, c'est que je me souviens que j'étais même pire que Cherry quand j'étais jeune, à l'époque où j'avais encore ma voix et ma confiance en moi. Avec mes amies, on était la terreur des rues et on n'avait aucune crainte financière pour l'avenir. Je sais comment elle pense. Et c'est ça le problème. Parce que je sais que rien ne peut la changer, sauf le temps et un inévitable coup du sort. Ces filles avec lesquelles j'avais l'habitude de traîner, elles sont toutes au fond du trou maintenant, je peux vous le dire. J'espère seulement que cette calamité qui lui pend au nez n'est pas lointaine, mais très proche.

Ce qui n'a pas arrangé mon humeur cette semaine, c'est la rumeur selon laquelle Taein sort avec Candy, la chanteuse du groupe Charming. Bien sûr, chaque mois il court des rumeurs ridicules sur l'identité de la petite amie de Taein, mais cela fait deux ans que les photos de paparazzi montrent toujours la même mannequin japonaise anonyme, que toutes les fans tolèrent parce que son langage non verbal indique clairement que c'est elle qui lui court après plutôt que l'inverse. En plus, elle a une drôle de tête, avec des yeux trop écartés et des lèvres plus gonflées qu'un poisson-globe.

Mais Candy… Candy serait une tout autre histoire. Elle a ce genre de beauté insolente qui vous agresse, et tout le monde sait qu'elle harcèle la nouvelle fille de leur groupe. Les gens la haïssaient avant même ce scandale, et les forums de fans de Crown sont tout chamboulés d'incrédulité et de malaise. « Impossible que Taein craque pour Candy… il a toujours dit qu'il ne sortirait pas avec une autre idole ! » « Je l'ai vue un jour au restaurant à Itaewon et elle s'adressait à son manager comme une vraie salope ! » « Qui vient avec moi au siège de INU Entertainment ce soir pour guetter sa sortie ? Charming est supposé être en répétition jusqu'à l'heure de partir à Star Plus Radio pour son passage à 22 heures. »

On n'a pas encore vu de photos de Taein et Candy ensemble, mais ça fait des semaines que LastNews fait allusion en page d'accueil au plus gros scandale qu'ils aient jamais révélé concernant des idoles. Sur les forums, les gens disent que, si ça prend si longtemps pour qu'ils publient les photos, c'est juste parce qu'ils sont en négociation avec l'agence de chaque star pour savoir lesquelles montrer. Plus elles seront scandaleuses, plus la somme qu'ils peuvent extorquer à l'agence est exorbitante. En général, ce ne sont que les plus montrables qui émergent – une petite balade main dans la main, ou un couple assis dans la même voiture. Ni l'agence de Taein ni celle de Candy n'a fait de déclaration pour le moment, mais on a eu l'annonce que Crown achève sa promo pour l'album cette semaine afin de commencer à préparer sa tournée mondiale. « On est tellement contents de démarrer à L.A. cette fois-ci ! » raconte Bestie sur les réseaux sociaux, et alors c'est la folie sur les forums pour savoir ce que vont faire les fans pour la dernière émission musicale cette semaine. La présidente du club s'est décidée à chanter le slogan « À bientôt, Crown ! », et choisit les messages qui seront peints sur des rubans pour les couronnes de fleurs qu'on remettra aux membres du groupe dans les loges lors de cette dernière émission. Cinq donations séparées seront faites aux bonnes causes préférées de chaque membre en leur nom. Les esprits se sont un peu échauffés sur le montant de chaque donation (les fans de Taein insistaient pour que notre montant soit supérieur à ceux des autres membres parce que nous sommes plus nombreuses), mais on est arrivées rapidement à un accord (la même somme pour chaque membre), et les commentaires se sont calmés pour la nuit.

Mais je suis prise de vertige depuis un commentaire d'une fan qui a écrit que ça sera dur de ne pas voir Taein pendant des années, puisqu'il part en tournée pour au moins un an et qu'ensuite il faudra encore une année pour préparer un nouvel album. Des années ? Comment suis-je censée attendre aussi longtemps ? Qu'est-ce qui donnera un sens à ma vie ? J'ai besoin de le voir. Vraiment besoin.

Je sursaute chaque fois que M. Kwon m'appelle pour une cliente qui arrive, mais la productrice de KBC ne se montre pas avant le vendredi matin.

J'affiche mon plus grand sourire dès que je la vois, et lui presse brièvement l'épaule. Cherry le remarque et m'observe, curieuse.

— Vous avez l'air de bonne humeur aujourd'hui, mademoiselle Ara, commente la productrice avec un sourire satisfait.

Je secoue la tête et lui touche les cheveux d'un air interrogateur. Elle garde toujours une couleur sombre et n'a que très légèrement changé de coupe depuis trois ans que je m'occupe de ses cheveux. Les clientes qui viennent à moi sont les moins compliquées – elles ont tendance à s'abandonner, à faire confiance. Mais, aujourd'hui, elle paraît agitée, tapotant ses pieds chaussés de mocassins par terre tout en se contemplant dans le miroir avec déplaisir.

— Je crois que j'ai envie de quelque chose de plus clair, cette fois, déclare-t-elle en tripotant ses cheveux d'un air gêné. J'en ai ma claque du noir, vous voyez ?

Je hoche la tête, souris et lui apporte un classeur d'échantillons de couleur. Elle choisit un châtain moyen avec une teinte cuivrée. C'est audacieux pour elle, et c'est ce que je lui écris sur mon bloc-notes.

— Je sais, mais j'ai une *blind date* ce week-end, alors j'ai envie de secouer un peu les choses.

Beaucoup de mes clientes font ça avant une *blind date*, et cela peut aussi bien réussir qu'échouer. Parfois elles sont pénétrées d'une lumière nouvelle, mais d'autres fois elles sont effondrées et demandent que je leur rende leur apparence antérieure, et je dois changer les rendez-vous des autres clients en catastrophe.

Je hoche la tête avec un nouveau sourire et me retire dans le cagibi à teintures. Dans ma tête, j'écris et réécris ce que je veux lui demander, et je suis si anxieuse que j'en ai les mains qui tremblent. C'est mon unique chance, aujourd'hui.

Alors que je mélange les teintures dans un bol avec un pinceau, j'entends M. Kwon m'appeler de nouveau, et je me précipite pour voir de qui il s'agit. C'est l'une des amies de Mme Oh, qui veut qu'on lui teigne les racines en noir. Évidemment, Cherry n'est nulle part, et j'installe ma nouvelle cliente à côté de la productrice avant de reprendre mon mélange. Alors que je cours chercher mon bol à teintures, je vois une autre de mes clientes régulières,

Mme Chin, entrer avec sa fille, et M. Kwon agite le bras pour attirer mon attention alors qu'il leur demande de s'asseoir une seconde pour m'attendre. Pendant que je cours partout comme une folle, à la recherche d'un peu d'aide, je vois les filles se disperser en toute hâte, évitant mon regard.

J'ai la tête qui menace d'exploser et je respire pour me calmer, mais les vapeurs de teintures et de produits capillaires ne font qu'accroître mon appréhension. Au fil des années, j'ai appris à contrôler ma réaction aux vapeurs, mais aujourd'hui je me sens asphyxiée.

Je ne peux pas faire foirer cette opportunité. Après cette semaine, Taein sera parti, peut-être pour des années, chanter et danser en Amérique et dans toute l'Asie, devant ceux qui peuvent se payer le voyage pour le voir en concert.

Les mains tremblantes, je sors mon bloc-notes et commence à composer ma requête, mais M. Kwon apparaît devant moi.

— Qu'est-ce que tu fabriques ? siffle-t-il en m'attrapant par le coude. Tu fais attendre trois clientes et elles commencent à râler, surtout quand elles te voient plantée là à gribouiller ! Va les voir *immédiatement*.

Avec une courbette d'excuses, je me dépêche d'aller escorter Mme Chin et sa fille vers des fauteuils libres. Le temps que Mme Chin ait fini de m'expliquer ce qu'elle veut pour sa fille – une couleur discrète, mais pas trop sévère, et un dégradé qui commence aux pommettes – l'amie de Mme Oh m'a appelée d'une voix aiguë et geignarde : « Combien de temps va-t-on me faire attendre ainsi ? C'est une honte ! » Et quand je finis de lui montrer les échantillons de couleur, je m'aperçois que c'est maintenant la productrice de KBC qui s'est levée de son fauteuil avec un air outragé.

— Écoutez, mademoiselle Ara, dit-elle d'une voix froide et tranchante quand j'arrive à ses côtés. Vous ne trouvez pas que ça va trop loin ? En général, je ne me plains jamais quand vous me faites attendre parce que je sais que les choses doivent être un peu plus difficiles pour vous, mais trop c'est trop. Je vous ai dit combien ce coiffage était important, et j'ai pris un temps précieux pour m'absenter du travail aujourd'hui, car ma *blind date* doit avoir lieu demain à l'heure du déjeuner, et je n'ai fait qu'attendre et vous regarder vous occuper d'absolument toutes les personnes qui sont arrivées après moi, et vous n'avez toujours pas posé cette teinture ! Je ne peux pas patienter plus longtemps, je vais devoir partir.

Elle commence à enlever le peignoir noir du salon, et à ramasser ses affaires sur la console.

Je secoue la tête, m'incline et cherche désespérément mon bloc-notes pour m'excuser par écrit, mais elle est déjà partie. Les portes de verre se referment derrière elle et je reste plantée là, en état de choc, à la regarder s'éloigner.

— Ce n'est pas à toi, ça ? demande une voix derrière moi.

Je me retourne et découvre Cherry qui montre mon bol à teintures et mon bloc-notes. Elle a un sourire à la fois rusé et dur, étincelant de moquerie et de dérision, et elle tient le bloc-notes de façon que nous puissions toutes deux voir parfaitement ce que j'ai écrit.

Serait-il possible que vous me laissiez venir à l'enregistrement de l'émission musicale de KBC ce week-end ? Je suis complètement fan de Crown et j'aimerais vraiment, vraiment les voir une dernière fois avant qu'ils partent en tournée, ai-je demandé de mes pattes de mouche frissonnantes d'espoir.

— J'ai dit à tes clientes que c'est forcément un peu plus long avec toi, annonce Cherry en me surveillant. J'ai aussi essayé de calmer M. Kwon. Mais il te demande. Il a l'air furieux. Tu n'as plus besoin de ça, on est d'accord ? Je vais aller le laver.

Elle emporte le bol à teintures vers le cagibi d'un pas sautillant, image parfaite de l'écolière heureuse avec sa petite jupe écossaise et sa queue-de-cheval pleine de ressort.

Quelques heures plus tard, vers l'heure du dîner, la nouvelle se répand sur tous les forums. Les dix mots-clés les plus utilisés sur chaque site se réfèrent à Taein et Candy.

« Photos de Taein et Candy », « Taein et Candy voiture », « Taein et Candy ensemble », puis, une heure plus tard « L'agence de Taein reconnaît sa relation avec Candy et demande aux fans d'être compréhensifs », « Déclaration officielle de Taein ».

Les photos ne montrent pas grand-chose – ils sont tous deux complètement camouflés sous leur masque et leur bonnet, mais la silhouette gracile de Taein est reconnaissable entre mille, de même que les cheveux peroxydés si caractéristiques de Candy qui dépassent de la capuche de son sweatshirt. Sur une photo, ils marchent vers la voiture de Taein, à quelques pas l'un de l'autre, mais clairement ensemble, sur une autre Candy quitte un parking qu'on suppose être celui de l'appartement de Taein, et sur la troisième Taein sort quelques minutes plus tard. Dans les commentaires, une rumeur bouillonne selon laquelle ils auraient été vus en train de s'enregistrer ensemble dans un hôtel au Japon, mais l'agence de Candy aurait payé une somme astronomique pour que cela reste sous le tapis.

Je mange mon dîner, des raviolis vapeur à emporter, dans la salle de pause, sans cesser d'actualiser régulièrement la page d'accueil de LastNews, qui ne cesse de publier de nouveaux articles avec les mêmes photos.

Du coin de l'œil, je vois Cherry et les autres assistantes occupées à glousser toutes ensemble, mais je les ignore et continue à lire. Charming va maintenant devoir mettre sa promo entre parenthèses aussi, le temps que ça se tasse. Les fans de Taein sont déjà en train de se préparer à envahir les représentations de Charming sur KBC et BCN ce soir. Ça ne va pas bien se passer, c'est le moins qu'on puisse dire. Candy va peut-être devoir quitter le pays quelques jours, le temps qu'un autre scandale people vienne occuper les médias.

Une fois que j'ai fini mes raviolis et jeté la boîte en polystyrène, je vais trouver M. Kwon. *Je ferai le ménage et la fermeture ce soir*, écris-je sur mon bloc-notes, avec un smiley. *Vous pouvez dire aux filles de rentrer chez elles, sauf Cherry.*

M. Kwon me regarde et soupire.

— D'accord, mademoiselle Ara. Je sais que vous faites de votre mieux, et je n'ai pas un cœur de pierre.

Je le remercie d'une courbette et vais me brosser les dents. En chemin, je le vois parler aux filles. Cherry se retourne pour me regarder alors qu'il leur donne ses instructions.

À 22 heures, les derniers clients s'en vont et les stylistes ne tardent pas à les imiter, ayant déjà retouché leurs cheveux et leur maquillage dans une frénésie d'impatience avant les joies du vendredi soir.

— Merci, mademoiselle Ara ! lancent certaines d'entre elles alors qu'elles se précipitent vers la sortie.

Les filles ne restent qu'un instant de plus, par obligation, avant de partir à leur tour. Elles ne me disent rien en sortant, se contentant d'une courbette sans conviction accompagnée d'un marmonnement inintelligible. Elles meurent d'envie de quitter le salon.

— À demain, Cherry ! crient-elles.

Mais celle-ci est en train de frotter les portes des placards et ne les entend pas.

Elle s'est lancée dans un ménage frénétique il y a une demi-heure : elle doit avoir des projets pour ce soir.

Je m'assure que les sols ont été lavés et que miroirs et comptoirs sont immaculés avant d'aller chercher mon manteau et mes clés. Cherry accourt, des serpillières à la main, alors que je commence à éteindre les lumières du fond.

— J'ai fini les sanitaires, les salles de pause et les placards, halète-t-elle. Vous voulez vérifier ?

Je secoue la tête et lui fais signe d'aller chercher ses affaires. Je reste à côté de la porte, attendant qu'elle arrive pour éteindre les dernières lampes et verrouiller soigneusement la double porte.

— Eh bien, c'est allé vite, commente Cherry d'un ton gai, tout sourires maintenant, en se tournant vers les escaliers.

C'est à cet instant que je l'attrape par sa queue-de-cheval, si fort qu'elle tombe sur le dos.

— Mais bordel… ? hurle-t-elle, choquée.

Elle est toujours en train de crier quand je lui flanque un violent coup de pied dans le ventre. Plus tôt, j'ai enfilé mes bottes à bout métallique. Alors qu'elle se tord sur le sol, je me penche pour l'attraper à nouveau par les cheveux, et la tire vers les toilettes dans le couloir. Elle est plus lourde qu'elle ne paraît, mais pas grave.

Je remonte le couvercle et lui écrase la tête dans la cuvette. Je suis ravie de constater qu'elle est assez sale. Cherry se débat de toutes ses forces maintenant, mais elle souffre encore de sa chute et du coup de pied, et n'est pas de taille contre moi. Elle s'étrangle dans les bulles de la cuvette et semble avaler une bonne quantité d'eau avant que je sois satisfaite. Mes copines et moi, on faisait le coup des toilettes très souvent quand j'étais au collège.

Je tire une dernière fois sur sa queue-de-cheval et la pousse par terre dans la cabine. Je me baisse vers elle, lui prends son téléphone dans sa poche, puis le jette dans la cuvette. L'eau lui éclabousse les cheveux. Puis je lui retire ses chaussures et m'éloigne avec, claquant la porte derrière moi. Après avoir marché quelques pâtés de maisons, je les jette dans une ruelle, l'une après l'autre, aussi loin que je peux.

De retour à la maison, je trouve Sujin qui m'attend avec mon gâteau préféré, au thé vert, de la boulangerie près de son travail. Elle porte toujours un foulard marron foncé autour du bas de son visage, même si je lui assure qu'elle devrait l'enlever quand elle est à la maison avec moi. Mais elle a juré de vivre avec un masque tant que le gonflement ne se serait pas résorbé.

— Ma puce, je suis tellement désolée pour Taein, dit-elle d'une voix étouffée par le tissu.

Elle me serre dans ses bras avant de s'écarter pour observer mon visage.

— Attends, pourquoi tu as l'air tellement excitée ? demande-t-elle, suspicieuse.

Je réponds d'un haussement d'épaules et ouvre le tiroir de la cuisine à la recherche de deux fourchettes. Je fais de mon mieux pour maîtriser le tremblement de mon corps.

— J'avais l'intention de garder ça pour ton anniversaire, mais je me suis dit que tu aurais besoin de te remonter le moral, alors…

Elle ouvre son sac et en sort une petite enveloppe blanche. À l'intérieur, je découvre un billet pour la dernière date à Séoul du Crown World Tour.

— Je l'ai eu par une de mes clientes qui travaille pour une billetterie ! Apparemment, c'était super dur à avoir, mais c'est une cliente régulière depuis des années et elle ne m'a fait payer qu'un droit d'entrée de dix pour cent. C'est très gentil de sa part. Cela dit, avec ce scandale, tu crois que les gens vont vouloir être remboursés ?

Sujin bavarde en ouvrant le frigo, dont elle tire deux bières.

Je contemple le billet, incapable d'en détacher les yeux. C'est trop invraisemblable pour que je parvienne à y croire.

Je touche l'épais papier vert, incrédule. Puis je fonds en larmes.

Sujin se rapproche d'un bond, renversant sa bière, et se met instinctivement à me frotter les épaules.

— Qu'est-ce qui ne va pas, Ara ? Qu'est-ce qui ne va pas ? répète-t-elle, paniquée, alors que je reste assise à tremper mes mains et le précieux billet de mes larmes.

— Qu'est-ce qui se passe ? Tu peux me le dire, souffle-t-elle d'une voix apaisante, comme elle l'a toujours fait depuis notre enfance.

Kyuri

Je suis encore une fois en train de boire avec ma jeune amie Nami. J'évite Sujin, qui sera bientôt à la maison, en train de toquer à ma porte.

Nous sommes assises dans mon *pocha* préféré, où les gâteaux de poisson dans le bouillon ont exactement la bonne combinaison de moelleux et de sel. Le propriétaire nous offre toujours des assiettes de nourriture pour aller avec notre *soju* parce qu'il a le béguin pour moi. Le week-end dernier, il s'est assis avec nous pour boire une tournée, puis il a commandé du poulet frit dans une autre échoppe parce que je venais de dire que j'avais envie d'ailerons *gochujang*. C'est l'un de ces types timides, qui vous dévorent des yeux, le genre qui sait qu'il n'a absolument pas sa chance avec moi. C'est seulement comme ça que je les aime.

Nami et moi… on boit ensemble au moins un week-end sur deux. Se soûler toutes seules est complètement différent de se soûler au travail. Quand nous buvons toutes les deux, c'est «*game over*» dès le départ. Personne d'autre ne peut tenir le rythme. Parfois, des hommes essaient de nous suivre, mais ils abandonnent quand ils nous voient descendre un shot après l'autre sans leur accorder un regard. On fréquente suffisamment d'hommes au travail, Nami et moi. Il faut qu'ils nous fichent la paix le week-end. On porte un sweat baggy, une casquette baissée sur les yeux, et pas de rouge à lèvres, juste du mascara, mais même comme ça, ils viennent nous parler. « Vous êtes trop jolies pour boire seules, disent-ils. On peut se joindre à vous ? » Puis, quand ils voient qu'on les ignore, ils deviennent mauvais. « C'est quoi, ça, bordel ? » sifflent-ils d'un ton viril, avant de s'éloigner en marmonnant : « Des putes arrogantes. »

Nami est la seule fille à qui je parle encore de mon époque du quartier rouge. Aucune des autres filles à l'*Ajax* ne sait que j'ai travaillé à Miari, et, si elles le savaient, la plupart d'entre elles ne m'adresseraient plus jamais la parole. C'est ridicule – nous faisons toutes des variantes du même boulot, même si vous faites partie des « dix pour cent les plus jolies » et ne couchez donc pas avec les clients. Mais elles me jugeraient quand même. C'est la nature humaine de base, ce besoin de mépriser quelqu'un pour se sentir meilleur. Pas la peine de s'en formaliser.

J'aimerais pouvoir partager ce genre de philosophie avec Sujin, mais en ce moment je l'évite. Elle est complètement affolée ces derniers temps parce que l'onglerie où elle travaille bat de l'aile. Sa patronne lui a dit qu'elle devrait sans doute bientôt la renvoyer. Ça ne fait que deux mois qu'elle a été opérée, et certaines zones de son visage sont encore gonflées. Elle parle d'une drôle de façon parce qu'elle ne peut pas ouvrir la bouche en grand, mais elle est déjà en train de me harceler à propos des prochaines étapes pour décrocher un emploi dans un bar à hôtesses. Je lui ai dit de simplement chercher un autre salon de manucure pour le moment, où elle pourra porter un masque et où personne ne la regardera de toute façon.

Le problème est que Sujin se sent obligée de prendre soin d'Ara. Certes, Ara est handicapée, mais elle a aussi un travail, même si le salon de coiffure ne paie sans doute pas très bien. Mais quand je dis à Sujin qu'elle devrait apprendre à se préoccuper d'elle-même avant de s'inquiéter pour les autres, elle se met à pleurer et dit qu'Ara ne peut pas s'adapter au monde réel et qu'il faut la protéger, et qu'elle doit gagner le plus d'argent possible pour elles deux.

Ce qu'elle ne comprend pas, c'est que j'essaie de la sauver. Une fois qu'on reçoit de l'argent et qu'on met un pied dans notre univers, les choses tournent mal vraiment très vite.

Une minute, vous acceptez un prêt de la part de maquerelles ou de proxénètes ou d'usuriers vampires pour une petite opération pour vous arranger le visage, la minute suivante la dette s'est envolée jusqu'à une somme écrasante, impossible à rembourser. Vous travaillez, travaillez, travaillez, jusqu'à en avoir le corps démoli et n'avoir plus d'autre solution que de continuer à travailler. Même si vous aurez l'air de gagner beaucoup d'argent, vous ne serez jamais capable d'économiser à cause des intérêts que vous devrez rembourser. Vous ne pourrez jamais entièrement vous en sortir. Vous changerez de boutique et de ville avec une autre

Madame et d'autres règles, horaires et attentes, mais ça sera toujours pareil. Il n'y a pas d'échappatoire.

Moi-même, je n'aurais jamais pu quitter Miari si je n'avais eu l'aide de l'un de mes plus anciens clients – un grand-père chauve et voûté, qui est tombé amoureux de moi au point de me donner l'argent dont j'avais besoin pour rembourser mes dettes, cinquante millions de wons en liquide. Les propriétaires de l'endroit où je travaillais auraient essayé de me flouer pour que je continue à travailler là-bas même après avoir pris l'argent, mais le grand-père était un avocat à la retraite et il leur a fait signer tout un tas de documents attestant que je n'avais plus de dettes. C'est le mélange des deux – argent liquide et peur de la justice – qui les a poussés à me laisser partir.

Le grand-père vient encore, à quelques mois d'intervalle, mais je m'arrange toujours pour que ma colocataire, Miho, ne soit pas à la maison dans ces cas-là. Tout ce qu'il demande, c'est que je lui fasse un petit spectacle en enlevant mes vêtements. Puis je reste nue pendant le temps que nous passons ensemble, afin qu'il puisse me toucher et me regarder. Il ne veut même pas de rapport ou de pipe. Il est trop vieux pour ce genre d'exploit, dit-il, et il ajoute qu'il ne voudrait pas mourir sur moi. Je ne sais pas si c'est par considération à mon égard, ou pour sauver la face devant sa famille. C'est agréable qu'il me contemple si affectueusement en me qualifiant d'« œuvre d'art », sans que j'aie besoin de faire quoi que ce soit.

Il ne sait pas, cependant, que j'ai recommencé à me créer des dettes à cause de mes dernières retouches de chirurgie.

Ce sont de petites sommes ici et là, mais elles s'additionnent. J'ai décidé de ne pas lui en parler. Il croit que je vais à la fac pour devenir enseignante. Il est tellement fier d'avoir transformé ma vie que, souvent, il a les larmes aux yeux en me regardant. Il aime l'idée de m'avoir sauvée.

Quand Nami est entrée pour la première fois dans l'endroit où je travaillais à Miari, j'ai essayé de l'avertir de ne pas accepter d'argent des proxénètes. Cet argent n'était en rien le petit cadeau qu'ils laissaient entendre. Mais elle avait déjà commencé et, comme nous toutes, ne pouvait pas s'arrêter.

C'était encore une gamine, l'une des plus jeunes de cet établissement, et elle paraissait encore plus juvénile à cause de ses grosses joues et de ses grandes dents. Je crois qu'elle avait treize ou quatorze ans quand elle est arrivée. Elle n'était pas jolie du tout à l'époque, c'était juste une gosse potelée et plate comme une limande. Mais les hommes n'arrêtaient pas de la choisir, à cause de son âge tout simplement.

Je ne sais pas pourquoi je me suis prise d'affection pour elle. En général, je n'aime pas les filles avec lesquelles je travaille, mais Nami était si laide et si jeune que c'était difficile de ne pas la prendre en pitié. Ça m'embêtait, le fait qu'elle reste assise là sans l'ombre d'un sourire, à nous regarder fixement, les hommes et les filles. Et je voyais que les hommes qui la choisissaient étaient du genre à vouloir la punir pour son allure.

Nous avons toutes deux tellement changé d'apparence, Nami et moi. Parfois, elle dit qu'elle voudrait avoir une photo de nous à l'époque. « Tu plaisantes ? Pourquoi tu voudrais des preuves ? » réponds-je, horrifiée. Je préférerais tuer une personne, quitte à pourrir en prison, que de la laisser voir à quoi je ressemblais avant les opérations.

Maintenant que je travaille depuis quelques années à Gangnam, où tout est si chic et subtil, et où le but de chaque opération est d'avoir l'air le plus naturelle possible, certains de ses choix récents m'arrachent une grimace. Ses seins, par exemple, semblent sortis d'un dessin animé. On dirait deux pamplemousses scotchés sur son corps par ailleurs androgyne. L'effet général est tel que soit les gens la reluquent ouvertement, soit ils détournent les yeux, gênés, surtout quand elle a cet air de chien perdu, et qu'elle dévisage tout le monde autour d'elle, la bouche légèrement ouverte.

— Je veux qu'ils me prennent pour une débile, m'a-t-elle un jour expliqué. C'est agréable quand les gens n'attendent rien. Ça te laisse plein de temps pour penser.

Eh bien, tu as réussi à convaincre ton monde, ai-je envie de lui dire.

Ma colocataire, Miho, nous rejoint vers 22 heures. Nos chambres appartenaient à l'origine à un office-tel plus vaste, avec un côté bureau et un autre pour l'habitation, tous deux reliés par une porte qui a été fermée pour créer deux petits appartements séparés. Avant Miho, j'avais un trentenaire glauque comme voisin et, la nuit, je l'entendais gémir quand il se branlait. J'ai été soulagée quand il a déménagé et que Miho est arrivée quelques semaines plus tard. Je l'ai invitée quelques fois à boire un verre, et elle m'a invitée pour me montrer les tableaux sur lesquels elle travaillait.

Personnellement, je n'aime pas son style artistique – le monde est déjà suffisamment déprimant. Pas besoin d'ajouter plus de monstres et de chagrin. De son côté, Miho pense que tous mes rituels de soin sont une perte de temps et d'argent. Mais c'est bien agréable de combattre la solitude, et d'avoir quelqu'un ici à qui parler. Alors, après avoir pris quelques mois pour faire connaissance, nous avons demandé que la porte entre nos appartements soit ouverte.

Nami est très intimidée par Miho, parce qu'elle a vécu jusque récemment en Amérique, et qu'elle a un vrai travail à l'université, en tant qu'artiste. Ça m'échappe, mais elle est *payée* pour jouer avec de la peinture, du bois et de l'argile toute la sainte journée. Sa principale occupation, cependant, semble être de regarder fixement le mur.

En arrivant, Miho s'enfonce dans un fauteuil avec un gros soupir et se met à tambouriner des doigts sur la table. Ils sont vraiment perturbants : couverts de cloques et de taches de peinture qui a séché dans de vieilles coupures. Et l'état de ses ongles ! Je pense qu'elle ne s'est jamais fait poser de vernis gel de toute sa vie. Je frissonne, et Nami la dévisage, bouche bée.

— Je meurs de faim, déclare Miho. Est-ce que vous avez commandé autre chose à manger ?

Elle enroule sa longue queue-de-cheval autour de son poignet comme une corde.

— Tu as mangé quand pour la dernière fois ? dis-je.

Miho oublie souvent de manger quand elle travaille. Ça me rend jalouse parce que c'est très dur pour moi de suivre un régime, mais elle n'accorde pas une pensée à son poids et reste pourtant d'une minceur incroyable.

— Je crois que j'ai mangé ce matin. Et ensuite j'ai bu, genre, une cafetière toutes les heures.

Je pousse vers elle mon assiette avec le reste de gâteaux de poisson, et adresse un geste au propriétaire du *pocha*. Il arrive en courant de derrière le comptoir.

— Bonsoir, pourrions-nous avoir un *kimchijeon* ? Et qu'est-ce que tu veux d'autre ?

— N'importe, ce qui est le meilleur au menu à votre avis, demande Miho au propriétaire, qui se gratte la tête.

Mais elle s'est déjà retournée vers moi, et il se précipite en cuisine.

— Hanbin arrive aussi, mais ça va lui prendre au moins une heure avec la circulation. Ne dis pas un mot sur sa mère, OK ?

La voix de Miho vibre d'un avertissement. Elle est bien trop sensible à propos de son petit ami.

— Bien sûr que non, réponds-je d'un ton cinglant. Tu me prends pour une folle ?

— Comment vas-tu, Nami ? demande Miho en se tournant vers mon amie avec un regard plein de gentillesse.

C'est la troisième ou quatrième fois qu'elles se rencontrent, et chaque fois Miho me dit par la suite que Nami semble trop jeune pour subir autant d'opérations. « Est-ce qu'elle ne risque pas de le regretter plus tard, quand elle sera plus vieille ? »

Pour quelqu'un qui a grandi dans un orphelinat elle aussi, Miho est parfois tellement naïve ! Comme si on pouvait imaginer que Nami pense à l'avenir ! Elle n'a pas revu ses parents depuis le jour où elle a fugué, à douze ans.

Elle vit une nuit à la fois. N'importe qui avec une demi-journée d'expérience de la vraie vie serait capable de le voir au premier coup d'œil. Mais Miho s'imagine aussi que si je travaille dans un bar à hôtesses, c'est parce que je veux me faire beaucoup d'argent. Elle n'a pas idée du genre d'établissement dans lequel nous avons commencé, Nami et moi. Même si Nami a elle aussi quitté Miari et travaille actuellement dans un salon de troisième catégorie, elle continuera à trimer jusqu'à ce qu'elle se tue ou qu'ils la jettent comme un vieux mouchoir.

Ça continue à m'étonner – la naïveté des femmes de ce pays. Surtout les épouses. Que pensent-elles exactement que les hommes font chaque soir de semaine entre 20 heures et minuit ? Qui, à leur avis, arrose d'argent ces dizaines de milliers de bars à hôtesses ? Et même celles qui savent… elles feignent d'être aveugles au fait que leurs maris choisissent une fille différente à baiser chaque semaine. Elles font si bien semblant qu'elles finissent par oublier pour de bon.

Miho a un air tellement inquiet que je la fusille des yeux. Quand elle sera mariée, elle sera sans l'ombre d'un doute l'une de celles qui ne se doutent de rien.

—Le petit ami de Miho est un vrai *chaebol*, dis-je à Nami.

Elle écarquille un peu les yeux, alarmée, mais retrouve vite son regard vitreux. Elle ne demande même pas quelle entreprise possède sa famille.

—À ton avis, qu'est-ce qui lui plaît chez toi ? demandé-je à Miho, mue par une curiosité sincère.

Miho est jolie, mais n'a pas le degré de perfection que peut apporter la chirurgie, et elle n'a ni famille ni fortune. Pourtant, pour une raison que j'ignore, cet enfant de l'une des plus riches familles de ce pays sort avec elle. C'est un mystère.

— Pourquoi, qu'est-ce que tu entends par là ? rétorque-t-elle avec un sourire pour indiquer qu'elle n'est pas vexée.

— Je ne sais pas, parfois j'ai l'impression de connaître les hommes, puis je me dis que je ne les comprends pas du tout.

— Oh, à propos, je lui ai dit qu'on était amies depuis le collège, et que tu étais hôtesse de l'air, m'informe Miho sur un ton d'excuses. Est-ce que tu peux lui dire que tu n'as pas envie de parler boulot ? Je ne voudrais pas que tu doives trop mentir.

— Pourquoi hôtesse de l'air ? C'est tellement particulier !

Bien sûr, on ne peut pas me présenter comme une hôtesse de bar. Miho est la seule personne au courant, à part les filles avec lesquelles je bosse et les hommes qui se paient mes services.

— Eh bien, tu as de drôles d'horaires, et tu es tellement jolie…

Elle laisse sa phrase en suspens avant d'expliquer :

— Je ne voyais rien d'autre qui colle avec ce genre de choses. Mais, maintenant que j'y pense, c'est vrai que c'est un mensonge compliqué, soupire-t-elle, très embêtée. Zut, et s'il te pose des questions sur tes vols et tes pays préférés ? Il a tellement voyagé !

Elle est en train de se mettre dans tous ses états. Je hausse les épaules.

— Hôtesse de l'air, ça me va. Je changerai de sujet si je ne sais pas répondre, c'est tout.

Il y a eu un moment, entre mon départ de Miari et mon arrivée à l'*Ajax*, où j'ai brièvement caressé l'idée de devenir hôtesse de l'air, figurez-vous. Je suis même allée dans l'une des écoles de personnel navigant à Gangnam Station pendant deux semaines. J'ai appris à « fléchir les genoux, pas le bassin » et toutes ces conneries. Mais quand j'ai découvert le salaire – même sur les compagnies du Moyen-Orient, où c'est payé le double par rapport aux compagnies nationales –, je me suis cassée immédiatement. Puis j'ai commencé à travailler à l'*Ajax* parce que, eh bien, c'est tout ce que je sais faire, en vérité… contempler des hommes avec adoration et boire l'alcool qu'ils achètent.

— Tu n'as qu'à dire que tu as arrêté et que tu essaies de devenir actrice, suggère Nami.

Elle ferme la bouche en hâte, comme si elle avait dit une bêtise. Miho bat des mains.

— C'est parfait ! Pourquoi n'y ai-je pas pensé ?

Elle se tourne vers Nami, rayonnante.

— Et toi, Nami, qu'est-ce que tu fais, déjà ?

— Oh, mais c'est justement ce que j'essaie de faire ! répond Nami en gloussant, sans se démonter. Nous sommes deux aspirantes actrices désespérées !

Je la regarde. C'est vrai, elle est moins bête qu'elle veut le paraître.

— Comme tu voudras, Miho, conclus-je, les yeux au ciel.

— Eh bien, c'est que je ne veux pas que tu sois mal à l'aise, tu vois ? Alors oui, ce serait super : tu essaies de devenir actrice.

— D'accord. Ça m'est égal.

Quand Hanbin arrive enfin, il est presque minuit et toutes les tables sont pleines. Les gens ne sont pas encore ivres, mais ils parlent déjà en criant joyeusement.

Il est bel homme, c'est vrai, et bien plus grand que je l'avais imaginé, bien bâti, avec un visage hâlé et une coupe de cheveux bien nette. Il porte des vêtements onéreux et stylés, mais pas trop – une chemise Paul Smith bleue à motif, un jean sombre, et des baskets en cuir fauve. J'aime particulièrement la minceur ferme de son corps. Miho s'illumine dès qu'elle le voit, alors que Nami s'avachit au contraire encore plus derrière son verre à shot. Je garde mon sourire froid, distant.

— Bonsoir, dis-je.

— Salut, répond-il. Tu sais, je suis super content. C'est la première fois que Miho me présente ses amies, après tout ce temps.

Le propriétaire apporte un tabouret en plastique, et Hanbin y donne un petit coup de pied avant de s'y asseoir.

— Sacré endroit, commente-t-il en parcourant les lieux du regard.

Son énergie et son attitude positive paraissent décalées en comparaison avec les autres clients de ce bar. On dirait que la vie ne leur a pas fait de cadeaux cette semaine, à eux tous.

Nous faisons des présentations rapides – juste les prénoms, rien d'autre –, et il commande une nouvelle tournée de *soju*.

— Tu as travaillé sur quoi, aujourd'hui ? demande-t-il à Miho.

Il écoute, captivé, alors qu'elle lui raconte comment elle a passé la journée à peindre sur du verre.

Ça me plaît de le voir tellement fasciné par son récit. Je ne me souviens pas de la dernière fois où un homme m'a demandé des nouvelles de ma journée pour ensuite réellement prêter attention à la réponse, et surtout la trouver intéressante. Nami les observe aussi du coin de l'œil, et je vois qu'elle est suspendue avec avidité, non pas à leurs paroles, mais à la façon dont leurs corps se tournent l'un vers l'autre alors qu'ils bavardent.

— Tu sais, ma mère a un très bon ami qui est artiste, il a un atelier pour souffler le verre à Paju, dit-il à Miho. J'y suis déjà allé... Tu adorerais. On pourrait y aller la semaine prochaine, comme ça tu pourrais le rencontrer et voir son travail ? Il a tellement envie de faire une bonne impression à maman qu'il sera très content de te faire visiter son atelier.

— Mais que dirait ta mère ? répond-elle, apparemment accablée. Je ne voudrais pas qu'elle pense que j'essaie de profiter de votre famille !

— Ce n'est pas un problème, je vais simplement demander à son assistante de tout arranger. Ça ne regardera que moi. Elle sait que j'ai vraiment aimé la dernière fois que j'y suis allé.

— Soit..., réplique Miho d'une voix inquiète.

Elle bâille, et ses cernes noirs s'accentuent lorsqu'elle les frotte.

— Regarde, tu as faim, constate Hanbin. Tu n'as rien mangé, hein ? Je le vois.

Il se tourne et fait signe au propriétaire, qui se précipite.

— Dépêchez-vous avec les assiettes, s'il vous plaît, réclame-t-il d'une voix forte.

Le propriétaire fait une courbette, repart en courant à la cuisine et revient rapidement avec le *kimchijeon*, que Hanbin découpe pour Miho avec ses baguettes. Nami est à présent totalement captivée, et les dévore des yeux, une sucette rouge foncé dans la bouche.

— Tu ne fais jamais les choses à moitié. Quand tu ne manges pas, comme ça, tu lâches complètement. Tu ne peux pas travailler si ton corps lâche.

Il la réprimande d'une voix tendre tout en déposant de la nourriture sur son assiette. Il est évident qu'il aime jouer ce rôle avec elle.

Il se tourne pour me dire :

— Tu ne trouves pas ? Elle est comme dans la pub Snickers.

— Je suis jalouse qu'elle arrive à faire un régime sans même se rendre compte qu'elle a faim, réponds-je d'un ton désinvolte, bien que je sois en réalité très sérieuse.

Il rit et prend son téléphone. Pendant une minute, il envoie des textos.

— Sung et Woojin veulent aller au karaoké, dit-il à Miho. Ils sont dans le coin, du coup je leur dis de nous rejoindre à *Champion*.

Miho hoche la tête sans cesser de manger, à la fois délicate et affamée.

— Vous venez aussi, hein ? nous propose Hanbin.

Nous acquiesçons. Cela signifie des boissons gratuites. Il est loin de se douter du montant de sa facture, me dis-je, mais il est du genre à tendre sa carte de crédit sans même regarder la note. Et Miho ne boit même pas tant que ça. Quel gâchis.

Au karaoké, les amis de Hanbin nous rejoignent et on commence à s'amuser très vite. Ce sont deux *yoohaksaeng* – des gosses de riches qui sont allés au lycée et à l'université en Amérique. J'aime les *yoohaksaeng* parce qu'ils ont tendance à vouloir expérimenter des positions sexuelles, avec tout le porno américain qu'ils ont regardé. Il paraît que c'est très intense et ridicule, mais que ça se focalise souvent sur le plaisir de la femme, qui se mesure au volume de ses gémissements.

Nami fait l'idiote – elle a enlevé son sweat, et son corsage à manches courtes montre le haut de ses seins, qui rebondissent et se pressent l'un contre l'autre quand elle rit. Bien sûr, cela plaît beaucoup aux garçons, et ils choisissent exprès des chansons rythmées dans l'espoir de lui donner envie de danser. Ils ne cessent de commander de nouvelles boissons.

Miho s'est déjà endormie dans un coin, les joues roses après ses deux verres. Je crois que c'est sans doute ça qui a permis à Nami de se lâcher. Elle prend le micro et envoie la chanson la plus sexy d'un groupe féminin de l'année – elle a bien entendu retenu toute la chorégraphie et se met à danser en chantant. C'est drôle de voir ses yeux briller comme ça alors qu'elle rebondit de la sorte. Elle ne fait pas la même tête quand elle chante cette chanson au travail, j'en suis sûre.

Vers 3 heures du matin, j'ai envie de rentrer dormir à la maison. Hanbin aussi s'est endormi sur une chaise, et je fais au revoir de la main à Nami et aux garçons avant de tirer Miho vers un taxi. Le lendemain, je dors jusqu'à midi et me réveille avec une migraine.

La semaine de travail passe dans un brouillard. Je ne sais pas pourquoi, mais ces derniers temps j'ai des gueules de bois vraiment invalidantes, alors que je n'avais jamais eu ce problème avant. Et Bruce n'est pas encore venu cette semaine. Peut-être à cause de ses fiançailles qui approchent. Peut-être qu'il en a marre de moi.

Comprenez-moi bien. Je ne nourris aucune illusion au sujet de Bruce en particulier. Je suis déjà sortie avec des clients qui étaient plus riches ou plus agréables que lui, et je ne suis pas une idiote.

Oui, il m'a réclamée chaque fois qu'il est venu. Parfois, selon son humeur, il me donne des sommes considérables pour « aller acheter quelque chose de joli ».

Mais, s'il me donne de l'argent, ce n'est pas parce qu'il est particulièrement attaché à moi. Il ne me sourit pas devant des dîners aux chandelles ni rien de tout ça et, la plupart du temps, quand nous arrivons dans une chambre d'hôtel nous sommes trop soûls pour faire quoi que ce soit. Nous regardons la télé et nous endormons ensemble. Je crois que c'est ce que j'aime le plus chez lui : le fait de me sentir suffisamment à l'aise pour dormir avec son bras autour de moi.

J'espérais quelques soirées plus faciles, mais c'est bien ma veine : cette semaine, c'est un défilé de gros buveurs – le genre qui force aussi les filles à s'alcooliser, au lieu de se bourrer simplement la gueule pendant qu'on remplit les verres. Ce n'est pas seulement moi : un soir particulièrement dur, certaines des autres filles se retrouvent à vomir à 22 heures. Le client qui fait boire tout le monde n'est même pas celui qui paie, ni l'invité de marque, et ça me met toujours en rogne. Si tu n'es pas celui qui dépense ou celui qui se fait lécher le cul, tu devrais la fermer et faire partie des meubles. Je manque de lâcher une remarque cinglante quand ce type, laid et maigre comme un clou, qui manifestement n'a fait que suivre la bande, insiste pour me faire boire.

— Pourquoi gaspiller les alcools chers pour moi ? dis-je en essayant de rire.

— Bois ! Bois ! Bois ! Bois ! répond-il sans m'écouter, les yeux fiévreux.

Je me force à sourire avant de prendre le shot avec un profond soupir qui lui est destiné.

Quand Nami me propose par texto qu'on se retrouve pour boire le samedi suivant, je réponds que je ne veux pas sortir à cause de ma migraine, mais qu'elle peut venir si elle veut.

Est-ce que Miho unni *est là ?* écrit-elle ensuite.

Non.

Est-ce qu'elle rentre bientôt ?

Elle est partie assez tard ce matin, donc sans doute pas, réponds-je, un peu agacée.

Bien que j'aie affirmé que je ne voulais pas boire, Nami apporte plusieurs bouteilles de *soju*, ainsi qu'une boîte d'ailerons de poulet frits. Elle m'annonce que je n'ai pas besoin de boire, et que le *soju* est pour elle. Elle ne cesse de regarder tout autour d'elle d'un air apeuré, jusqu'à ce que je finisse par craquer et lui aboyer d'arrêter de me rendre nerveuse.

Nous attaquons les ailerons de poulet devant la télé, en regardant une énième émission spéciale de K-Pop. Le nombre de groupes qui sont lancés chaque semaine défie la logique. Les filles se déhanchent et sautillent frénétiquement sur la scène dans leurs minijupes et leurs chaussettes au genou. Nami se lève pour imiter certains pas et se met à chanter, son aileron de poulet en guise de micro. Elle a le regard particulièrement fou aujourd'hui, les yeux brillants comme des billes alors qu'elle balance la tête d'un côté à l'autre.

— Tu fais couler de la graisse de poulet par terre, lui dis-je.

Ma gueule de bois d'aujourd'hui n'est pas la pire de la semaine, mais elle bat quand même sans relâche dans mon crâne.

Nami se rassied lorsqu'un chanteur ringard, horriblement vieux – il frise la quarantaine –, arrive et entonne une ballade romantique.

— Je ne devrais pas tarder à y aller, m'informe-t-elle en buvant un shot, les yeux rivés sur la porte.

— Quoi ? Mais tu viens juste d'arriver ! Qu'est-ce que tu as, aujourd'hui ?

Elle s'agite et bafouille, jusqu'à ce que je lui tire les vers du nez. Apparemment, elle couche avec Hanbin. Clignant des yeux d'effarement, je l'écoute me raconter toute l'histoire.

Quand je suis partie avec Miho ce soir-là, Hanbin s'est réveillé et ils se sont tous remis à boire. Nami dit qu'elle a un trou noir, mais qu'elle se souvient qu'à un moment ils n'étaient plus que tous les deux dans la pièce et qu'elle était à genoux, en train de le sucer. Il n'a pas réussi à finir, cela dit, et a insisté pour qu'ils aillent dans un hôtel juste à côté. Là, elle l'a encore sucé, puis ils ont eu un rapport violent et se sont endormis. Le lendemain matin, ils ont de nouveau couché ensemble, et il l'a ensuite tannée pour qu'elle lui donne son numéro avant de partir. Il lui a envoyé des textos toute la semaine pour la revoir, et elle l'a retrouvé hier après-midi. Ils sont de nouveau allés dans un hôtel.

Je reste silencieuse pendant qu'elle me raconte ça.

— Il te donne de l'argent ? m'enquiers-je après une longue pause.

Elle secoue la tête, l'air très malheureuse. Je tends la main vers le *soju* et bois directement à la bouteille.

— Je crois que, finalement, je vais picoler aujourd'hui...

Nami jette les os de poulet à la poubelle et se rassied en face de moi avant de prendre une nouvelle bouteille.

— Tu sais, c'est la première fois que je couche avec quelqu'un qui n'est pas un client, avoue-t-elle d'un ton hésitant après avoir bu une gorgée. Mais c'est comme dans un rêve, comme si je regardais ça à la télé ou quoi. Je veux dire, je sais que c'est en train de se produire, mais je n'arrive pas à me réveiller vraiment.

Je fais tournoyer l'alcool dans mon verre et espère que cette fois, boire davantage dissipera la gueule de bois.

— Vous discutez, ce genre de choses ? Ou c'est juste du sexe ?

Je me demande, curieuse, comment il est au lit, notre petit *chaebol*. Miho n'en parle jamais.

— Oui, un peu. Il est vraiment gentil, après. Et il m'emmène dans des restaurants super jolis, et il rit quand je mange beaucoup.

Elle plisse le front.

— Il y a beaucoup de choses qui lui donnent des soucis.

— Comme quoi ? dis-je, sceptique. Comment coucher avec le plus de filles possible sans les payer ?

— Hier, il m'a dit que son père avait un démon à l'intérieur de lui.

— Un démon ? C'est-à-dire ?

— Je ne sais pas... Hanbin *oppa* n'arrêtait pas de répéter ça, et de dire qu'il faut qu'il soit exorcisé par un *mudang*. Et que sa mère a été reléguée dans une pièce au sous-sol de la maison.

Nami contemple le sol.

— Il te connaît depuis deux secondes et il te raconte ça ? C'est trop bizarre !

Surtout que Miho m'a affirmé que Hanbin ne parlait pas de son père, jamais. D'un autre côté, tous les gosses de riches ont leurs bizarreries. J'avais un client régulier à Miari qui étalait toujours son pognon. Un jour, il a disposé des billets sur le lit et m'a fait y enfoncer la tête pendant qu'il me baisait à quatre pattes. Il avait vu ça dans un film. Ça m'a fait penser qu'il n'était peut-être pas si riche que ça, mais d'un autre côté il venait plusieurs fois par semaine, donc il ne pouvait pas être pauvre non plus.

— J'espère que tu n'as pas l'intention de me demander des conseils, finis-je par soupirer.

— Je ne te demande pas de conseils. Je ne voulais juste pas agir dans ton dos.

Nami ouvre une nouvelle bouteille et se sert un shot, sans même m'en proposer.

— Tu appelles ça ne pas agir dans mon dos ? Mais maintenant je me retrouve avec encore un souci en plus.

Nami semble blessée. Nous nous taisons toutes les deux, mais ensuite je l'attire vers moi pour la prendre dans mes bras. Elle sent le shampoing à l'amande et le parfum bon marché.

— Il a dit quelque chose à propos de Miho ?

— Non, répond-elle en me prenant une mèche de cheveux qu'elle s'enroule autour du doigt. Il ne l'a pas mentionnée une seule fois.

Quand elle s'en va, emportant tous ses déchets avec elle dans le petit sac plastique qui contenait le poulet, je me sens aussi épuisée qu'agitée. Une sensation de nausée me pèse sur les épaules comme une cape, et aucune fiction ni téléréalité n'arrive à empêcher mon esprit de vagabonder. Ça me rend dingue, de gaspiller comme ça mon jour de congé en étant de mauvaise humeur.

J'essaie de trouver l'origine de ce sentiment. Ça ne peut pas être de la surprise par rapport à Hanbin – pour commencer, je m'attendais complètement à ce qu'il soit un salaud, comme tous les autres gosses de riches avec la Maserati de maman et les cartes de crédit de papa. Pas vrai ? Et ce n'est pas non plus comme si Miho et moi étions amies. Nous n'avons jamais parlé de sujets personnels – je ne crois pas avoir jamais évoqué devant elle mon père ou ma sœur. Ce n'est pas comme si Hanbin allait vraiment l'épouser.

Ma mauvaise humeur vient de mon désir de protéger Nami, peut-être. Je n'ai pas souvenir qu'elle m'ait déjà parlé d'un garçon – à part les clients, bien sûr. Les clients, ça ne compte pas, même quand ils sont très gentils. Nami, malgré son côté puéril, le sait bien maintenant.

Lorsque j'entends Miho déverrouiller la porte de son appartement, je reste silencieuse de mon côté dans l'espoir qu'elle ne viendra pas. En vain. Elle entre et passe la tête par ma porte tandis que je feins d'être absorbée par mon téléphone.

— Tu fais quoi ? Tu as déjà mangé ? demande-t-elle.

Elle porte ses cheveux en tresses enroulées très serrées autour de sa tête, et des taches de peinture bleu turquoise lui maculent le cou et les mains. Elle a une expression heureuse et candide qui me déprime.

— Tu as encore passé la journée sans manger ? dis-je, exaspérée.

— Tu sais, j'avais vraiment l'intention de manger aujourd'hui : j'ai acheté un yaourt et une viennoiserie à la nouvelle boulangerie au coin de Tehranro, et ensuite j'ai dû laisser le sachet quelque part parce que, quand je m'en suis souvenue cet après-midi, je ne l'ai trouvé nulle part. C'est un mystère.

Imperméable à mon humeur, elle entre et s'assied sur le lit. Elle tripote la robe que je portais hier soir.

— J'aime cette couleur, déclare-t-elle d'un ton rêveur en passant les doigts sur l'ourlet.

La robe est bon marché, très serrée, mais moi aussi j'aime la couleur, ardoise austère. Aucune des autres filles n'aime la porter, et cela me donne l'impression d'être quelqu'un de profond.

— Tu veux venir à l'aquarium avec moi ? demande brusquement Miho.

— À l'aquarium ? Pourquoi ?

— Je dois regarder des poissons.

— C'est encore pour le travail, tu veux dire ?

La dernière fois, elle voulait regarder comment la viande était suspendue dans un restaurant de canard de Pékin.

Elle acquiesce.

— Je commence un projet en verre, et ça m'a fait penser aux poissons. Hanbin ne peut pas m'accompagner parce qu'il a une réunion de famille.

Je lève les yeux au ciel, en rage, mais elle ne le voit pas.

— L'aquarium un week-end, ça va être plein d'enfants qui crient, réponds-je, contente d'avoir trouvé l'excuse parfaite. Des centaines d'enfants dans un espace clos. Un véritable film d'horreur.

Miho a l'air agacée.

— Mais vas-y, toi. Nourris ton cerveau. Et peut-être que tous ces enfants vont t'inspirer aussi. Il paraît qu'ils peuvent avoir cet effet, parfois, dis-je en hâte.

Elle me regarde.

— Tu es au courant qu'il y a plein de cabinets d'obstétrique et de post-partum qui font faillite parce que plus personne n'a d'enfants ? J'ai entendu ça à la radio aujourd'hui.

— Bon débarras. Pourquoi tu voudrais faire naître plus d'enfants dans ce monde où ils vont souffrir et être stressés toute leur vie ? Et ils ne feront que te décevoir, et tu auras envie de mourir. Et *en plus*, tu seras pauvre.

— Je veux quatre enfants, annonce-t-elle avec un grand sourire.

Parce que tu sors avec un garçon riche, aurais-je envie de répliquer. *Mais, en vérité, tu devrais savoir qu'il ne t'épousera jamais.*

— Aucune opération ne pourra te réparer après ça, dis-je simplement. Tu veux vraiment pisser chaque fois que tu éternues ?

C'est la vérité, pourtant. À part Miho, personne de ma connaissance ne veut d'enfants. Surtout pas moi. Rien que l'idée d'être enceinte fait grimper ma tension en flèche.

Quand ma mère avait mon âge, ma sœur, Haena, avait déjà six ans et moi trois – un fait que ma mère me rappelle chaque fois que je la vois.

— Tu n'as pas besoin d'être prête pour avoir des enfants, tu les as et ensuite ils sont bien obligés de grandir, insiste-t-elle d'un ton suppliant.

Elle s'adresse à nous deux, mais à Haena en particulier, puisqu'elle la croit toujours mariée.

— Qui s'occupera de vous quand vous serez vieilles ? Regardez-moi, que serait ma vie sans vous ?

Elle ne comprend pas que je n'aurai jamais la capacité d'endosser la responsabilité d'une autre vie alors que je me débats comme une possédée dans la mienne. C'est pour ça que j'achète les boîtes de pilules dix par dix à la pharmacie. Miho m'a dit un jour qu'en Amérique, ils ne vendent pas la pilule librement, et qu'il faut qu'un médecin vous fasse une ordonnance. Et pour voir un médecin, vous ne pouvez pas vous pointer comme ça. Il faut prendre un rendez-vous des jours, voire des *semaines*, à l'avance. Beaucoup des choses qu'elle me raconte sur l'Amérique m'étonnent, car c'est vraiment différent de ce que j'imaginais. Je pense qu'il a dû y avoir beaucoup de malentendus quand elle était là-bas. Elle ne devait pas comprendre grand-chose de ce que les gens lui racontaient. Je l'ai déjà entendue parler anglais, elle ne s'exprime pas très couramment.

Miho elle-même ne prend pas la pilule. Elle dit que ça affecte trop son humeur et son travail. En plus, elle a peur que ça l'empêche de tomber enceinte plus tard. J'espère que c'est vrai, je le lui ai dit. Pour moi, je veux dire.

J'ai de la chance, cependant, je n'ai pas encore eu besoin d'avorter, parce que je suis très ponctuelle pour prendre ma pilule. Peu importe que j'aie été complètement bourrée la veille ou même que je boive le jour même. J'ai mis une alarme sur mon téléphone, et même quand ma batterie est morte mon corps se souvient. Je me réveille même si je dors comme une bûche, juste à temps pour ne pas devoir sauter un jour.

Je connais une fille – elle avait quelques années de plus que moi – qui travaillait à l'*Ajax*, mais qui est partie parce que son gros client en a décidé ainsi. Elle a eu un joli appartement, et fait deux bébés. La dernière fois que j'ai eu de ses nouvelles, elle avait perdu la raison et avait été envoyée en hôpital psychiatrique.

Je pense à elle, je pense à Miho, à Nami et à Haena. Et ensuite je m'approche du frigo pour y prendre une boisson au vinaigre de raisin, et du placard pour chercher du *soju*. Je les mélange et me mets à boire, assise par terre devant la fenêtre qui donne sur la rue.

Je ne sais pas, j'ai un peu envie de déménager à Hong Kong ou New York comme certaines des filles plus âgées avec lesquelles j'ai travaillé. Elles m'ont dit qu'elles avaient trouvé du travail dans des bars à hôtesses là-bas. Apparemment, les standards de beauté sont très bas dans ces villes et les gens se baladent avec des têtes affreuses. « Tu devrais venir aussi ! », m'ont-elles répété, comme si c'était une aventure et pas une retraite forcée. Elles m'ont donné leurs coordonnées, mais n'ont même pas répondu quand j'ai écrit pour leur demander à quoi ressemblait leur nouvelle vie.

Qui sait ? Peut-être que quelqu'un m'épousera si je m'installe là-bas. Un homme étranger qui croira que je suis belle de naissance, parce qu'il sera incapable de voir la différence.

Wonna

C'est la quatrième fois que je suis enceinte cette année, et je sais déjà que celui-là ne tiendra pas non plus.

Je n'ai pas encore parlé à mon mari de cette certitude – il répondrait « Les pensées apportent le malheur ! » ou quelque chose d'idiot, et essaierait de changer de sujet.

Je n'ai pas fait de rêve prémonitoire ni rien… Je sais, c'est tout. Intuition maternelle, si vous voulez. Ou le contraire.

Dans la salle d'attente de mon médecin, trois autres femmes enceintes remuent avec inconfort à cause de leur ventre distendu. Aucune n'est « lumineuse », elles sont juste bouffies et fatiguées. Deux ont traîné leur mari avec elles – je ne comprends pas pourquoi elles infligent une telle perte de temps aux hommes. Je ne laisse jamais mon époux venir, bien qu'il en ait toujours envie. « Ce qui compte, c'est que tu gagnes plus d'argent, concentre-toi là-dessus », dis-je, très polie, et il se referme comme une huître. C'est assez difficile d'être un employé au milieu de l'échelle avec une paie déjà médiocre en l'état, sans prendre des jours de congé pour accompagner sa femme chez l'obstétricien. « Je ne comprends pas pourquoi tu veux que j'aie un bébé alors qu'on n'aura pas les moyens d'un mode de garde », lui répétais-je avant de commencer à essayer si désespérément d'en faire un. « Je ne pourrai ni continuer à travailler, ni arrêter de travailler ! »

Mon brillant époux répond avec une indéfectible bêtise à toutes ces questions pratiques : « Tout ce qu'on a à faire, c'est d'en avoir, et on trouvera des solutions ! Nos parents nous aideront ! »

Il m'arrive parfois de le voir, avec son sourire simple et insouciant, et de sentir mon cœur se déchirer dans un dégoût si douloureux que je dois baisser les yeux pour éviter qu'il surprenne mon expression. Il est gentil, même si c'est sa seule qualité, et je dois sans cesse me rappeler que l'épouser était mon choix. Tout au long de ma vie d'adulte, et dans mon mariage, j'essaie de ne pas me montrer cruelle parce que je sais que, tôt ou tard, ce que j'ai dans le sang finira par montrer son horrible tête.

— Mme Kang Wonna, appelle l'infirmière.

On me fait entrer dans le bureau du médecin, avec ses murs roses couverts de photos de bébés en noir et blanc et de reproductions d'utérus. L'obstétricienne derrière le bureau est une petite femme potelée, d'âge moyen, avec des lunettes rondes et une permanente.

— C'est votre première consultation chez nous ? Et votre dossier indique que vous êtes enceinte de quatre semaines ? demande-t-elle en tripotant ses lunettes, les yeux baissés vers les documents. Comment vous sentez-vous ?

Je réfléchis à la question.

— Je me sens mal.

— Vous voulez dire que vous avez des douleurs ?

Elle semble inquiète, comme il se doit.

— Pas encore. Mais je sais que ça va arriver.

Elle lève les sourcils et je tente de lui expliquer.

— Je sens qu'il va arriver quelque chose au bébé. C'est juste une sensation… une oppression. Le médecin que je voyais avant ne m'écoutait pas, c'est pour ça que je suis là.

Je dis cette dernière phrase pour l'avertir de choisir ses mots avec soin, mais je ne suis pas certaine qu'elle me comprenne.

Elle se replonge dans mon dossier.

— Je vois que vous avez eu trois grossesses précédemment ?

— Oui.

— Et vous avez perdu votre bébé chaque fois ?

— Oui.

— Je comprends que vous ayez des appréhensions cette fois-ci, dit-elle lentement, mais je veux que vous sachiez que les fausses couches sont extrêmement répandues, donc il ne faut pas que vous ayez l'impression que c'est quelque chose qui n'arrive qu'à vous. Beaucoup de femmes perdent un bébé, et ce n'est la faute de personne. Bien sûr, si vous le souhaitez, on peut faire des tests pour vérifier que tout va bien, mais j'aimerais d'abord m'entretenir avec vous.

Elle continue à me poser des questions sans intérêt sur mon état physique et mental, ainsi que mes antécédents, et j'y réponds de façon automatique.

— Avec tout ce que vous avez traversé, pensez-vous que vous aimeriez parler à un thérapeute ?

C'est à mon tour de hausser les sourcils.

— Ça ne me ferait pas perdre mon assurance santé ? J'ai entendu dire que si on a un traitement psychiatrique, on est radié, et qu'aucune compagnie d'assurances ne vous reprendra après ça.

— Oh, je ne pense pas que ce soit encore le cas, répond-elle d'un air incertain. Mais je n'en suis pas sûre. Il faudrait que vous appeliez votre assurance, j'imagine.

— Humm, non.

Même si j'avais de l'argent à perdre, ce n'est pas comme si j'avais des idées suicidaires ou ce genre de choses. Je sais que j'ai eu tort de parler de cette prémonition. Je me demande pourquoi je m'attendais à quelque chose de différent de la part de cette gynécologue.

Elle regarde l'horloge.

— Et si nous avancions et faisions cette échographie ?

Elle se tourne vers l'infirmière, qui me guide vers la table d'examen. Je retire rapidement mon sous-vêtement et mets les pieds dans les étriers. L'obstétricienne déroule un préservatif lubrifié sur la sonde d'échographie et l'enfonce doucement en moi, la déplaçant tandis que nous regardons toutes deux le moniteur.

— Lumières, s'il vous plaît.

L'infirmière baisse la lumière et la gynécologue continue à chercher quelque chose tout en me répétant de me détendre. Après cinq bonnes minutes à farfouiller, elle retire la sonde et enlève ses gants, l'un après l'autre.

— Bien, il est trop tôt pour voir quoi que ce soit. Je vous propose de revenir la semaine prochaine afin qu'on cherche à nouveau la poche et l'activité cardiaque. Aujourd'hui, on va vous faire une prise de sang et des analyses. Ne vous inquiétez pas dans l'entre-deux. Dans un cas comme dans l'autre, ça va aller.

— Oui, je sais, réponds-je en me rhabillant le plus vite possible.

Je ne lui dis pas un mot de plus et me dirige d'un pas raide vers la sortie, en évitant de regarder les femmes enflées dans la salle d'attente.

Je sais que c'est fou, mais j'ai pris une journée entière de congé pour ce rendez-vous. Le chef du service, M. Lee, m'a dit de sa voix la plus coupante « Seigneur, de quoi s'agit-il *encore* ? » lorsque je le lui ai annoncé la semaine dernière. Il n'arrêtait pas de me demander la raison exacte, mais j'ai tenu bon. « Juste une journée pour moi », ai-je dit, en baissant les yeux vers ses chaussures vernies marron, et c'est là qu'il a décidé de me tapoter la tête avec une liasse de papiers enroulés.

— Tout le monde sait que c'est exactement cela, la raison pour laquelle les femmes ne peuvent pas avancer, a-t-il déclaré d'une voix forte pour que tout le service l'entende.

Puis il m'a donné l'ordre de disparaître de sa vue.

J'ai hésité à ne prendre qu'une demi-journée, mais c'est l'idée de mon trajet d'une heure trente qui m'a décidée. Aussi me voilà assise dans une boulangerie-salon de thé de Garosugil, merveilleusement seule, en train de mordre dans un croissant aux amandes plein de beurre et d'épousseter les miettes sur un foulard que je viens d'acheter à la boutique au coin. Je ne sais pas ce qui m'a pris d'acquérir ce foulard – on manque déjà tellement d'argent –, mais ça faisait longtemps que je ne m'étais rien offert, et il paraissait tellement chic sur le mannequin dans la vitrine. Maintenant que je l'ai sur moi, je sens que le tissu est de mauvaise qualité et que les ourlets sont déjà en train de se défaire. Comme tout dans ma vie, un choix impulsif – un mauvais choix.

Quand je consulte enfin mon téléphone, il y a trois textos de mon mari.

Tout va bien ?

Ça fait un moment que je n'ai pas eu de nouvelles de toi, est-ce que quelque chose ne va pas ?

Comment tu te sens ?

Je réponds rapidement :

Désolée, très prise par le travail. T'appellerai plus tard.

J'aurais dû me douter qu'il trouverait le moyen d'interrompre n'importe quelle escapade sympa.

En retournant vers la station de métro, j'essaie de les bloquer hors de mon esprit, mais je ne vois rien d'autre que des bébés dans leurs poussettes. Combien de nourrissons y a-t-il au juste dans cette ville ? Le gouvernement et les médias ne passent-ils pas leur temps à geindre que nous avons le taux de natalité le plus bas au monde ?

Toutes ces poussettes semblent dangereusement hautes – le modèle scandinave qu'on voit partout en ce moment. J'ai envie de crier à leurs mères : « Ces enfants vont tomber ! Arrêtez d'envoyer des textos en marchant ! »

Un petit bébé me regarde depuis sa poussette, et fronce les sourcils pendant que sa maman passe en revue un présentoir d'accessoires dans la rue. Il est emmailloté dans une couverture en cachemire bicolore que j'ai déjà vue sur des blogs de mode bébé européenne – elle a dû coûter plus que mon salaire mensuel. Je jette un regard dur à la mère – elle semble hagarde, malgré sa tonne de maquillage.

Je ne veux pas entendre parler d'un garçon – tout ce que je veux, c'est une toute petite fille, que j'habillerai de robes aux tons doux et élégants, beiges, roses et gris, et que je ferai sauter sur mes genoux. Je ne prendrai pas une de ces poussettes instables, mais un modèle robuste avec un gros panier dessous pour quand j'irai faire les courses avec elle pour lui préparer ses bouillies. Du porridge bio avec des petites bouchées de viande, de champignons, de haricots et de carottes. Ni sel ni sucre avant qu'elle ait au moins deux ans. Pas de biscuits, de jus de fruits ni de télévision, hors de question.

Parfois, je me réveille au milieu de la nuit parce que j'ai rêvé que mon bébé dormait à côté de moi, que je lui ai roulé dessus et qu'elle étouffe. Je me réveille haletante, le dos couvert de sueur.

Je n'en parle pas à mon mari, bien sûr. Je n'en parle à personne.

En montant les marches de mon office-tel, je manque de me cogner dans quelqu'un qui passe en trombe. Nous reculons toutes deux d'un pas, et je vois que c'est une locataire de l'étage au-dessus. C'est l'une des filles du Loring Center, qui passe son temps à commander des repas en livraison à toute heure de la nuit, celle qui s'est fait faire une opération énorme sur le visage récemment, et a encore des bandages tout autour de la mâchoire. Elle s'excuse avec une courbette.

— Pas de problème, réponds-je dans un chuchotement.

Elle s'incline encore une fois et dévale les marches, d'un pas léger, insouciant malgré l'état de sa figure. Où va-t-elle, avec une tête pareille ?

Je me retourne pour la regarder s'éloigner en sautillant dans la rue. Elle a l'air tellement libre. Comme elles toutes… la bande de filles du dessus.

Si j'avais su que je finirais par envier les enfants d'un orphelinat, je n'aurais pas vécu dans une telle terreur parce que ma grand-mère me menaçait d'aller m'y déposer.

En fait, cette fille est la raison pour laquelle on est venus habiter ici, dans cet office-tel, mon mari et moi. Avant notre mariage, nous étions allés dans plusieurs agences immobilières près de son travail, dans le quartier de Yeoksam. Nous étions assis devant un plan des environs lorsque j'ai entendu des voix derrière moi qui parlaient du Loring Center. J'ai cessé de respirer et écouté de tout mon être.

Il y a longtemps, ma grand-mère m'a emmenée dans l'un des établissements du Loring Center, situé dans le quartier limitrophe du nôtre. Elle m'a fait asseoir sur les marches et ordonné de penser à la bêtise que j'avais commise ce jour-là et de me demander si je méritais de rentrer à la maison avec elle, ou d'être déposée ici comme les autres enfants dont les parents ne voulaient pas. Elle m'a montré une grande boîte qui sortait du mur et m'a dit que tout ce qu'elle avait à faire était de sonner la cloche accrochée au-dessus de la boîte pour que quelqu'un vienne me faire entrer.

Les filles assises derrière nous dans l'agence immobilière parlaient de leur dortoir au Loring Center de Cheongju, et se disaient que louer un appartement ensemble serait comme de vivre à nouveau là-bas. Elles étaient tellement naïves, ces filles, qu'elles discutaient de ça devant un agent immobilier.

Mais, à ma grande surprise, la personne qui les recevait leur a donné un prix qui semblait non seulement raisonnable, mais bon marché, et leur a promis que l'office-tel était neuf et propre. Une fois les filles parties visiter l'appartement avec lui, j'ai interrogé notre agent sur l'office-tel dont ils venaient de parler.

— Je n'ai pas pu m'empêcher d'entendre la conversation derrière nous…

— Mais ce n'est pas pour les couples mariés, a-t-il répondu, sourcils froncés.

En entendant où travaillait mon époux, il avait envisagé des appartements plus chers pour nous.

— Moins cher, cela nous convient. J'aimerais voir cet office-tel, s'il vous plaît.

Et c'est ainsi que nous nous sommes installés à Color House, heureux d'avoir trouvé un loyer bon marché. Et que j'ai eu l'occasion de voir ces filles aller et venir – peut-être que j'aurais pu être l'une d'elles, en d'autres temps.

Alors peut-être aurais-je été aussi libre qu'elles. J'adorerais être seule, vivre avec une colocataire, commander des nouilles à 2 heures du matin, me réveiller dans une délicieuse solitude, sans personne qui me demande ce que j'ai prévu pour la journée.

J'aimerais pouvoir inviter une ou plusieurs d'entre elles, mais pour cela il me faudrait une personnalité entièrement différente. J'aimerais pouvoir leur dire que je me sens comme elles, que nous sommes pareilles. J'ai envie de leur expliquer que, moi aussi, j'ai été abandonnée par ma mère.

Je suppose que penser à ma mère rend le fait de ne pas réussir à avoir de bébé encore plus difficile. Ce n'est pas tomber enceinte qui pose un problème, mais le fait que ces bébés meurent chaque fois. J'ai lu quelque part qu'une fausse couche, c'est un bébé qui s'autodétruit parce qu'il sait qu'il y aura un souci. Cela me transperce, cette façon de préférer se suicider que de m'avoir pour mère.

Quand je pense à ma mère, j'imagine que c'est une femme riche – qui s'est construite toute seule, invincible. J'aime aussi imaginer qu'elle est seule et torturée par le regret d'avoir abandonné son bébé. Parfois, dans les espaces publics, je regarde l'air de rien autour de moi à la recherche d'une femme bien habillée, avec des lunettes de soleil coûteuses, cachée derrière un coin de rue avec une expression affamée.

« Après t'avoir abandonnée, je n'ai jamais connu le bonheur », dit-elle quand elle trouve enfin le courage de venir me parler.

Quand je pense à ma grand-mère, cela dit, je comprends pourquoi ma mère est partie. Si j'avais eu le moindre cran en tant qu'enfant, je me serais enfuie également.

Elle est là, quelque part – ma mère. Chaque fois qu'elle voit un bébé, elle pense à moi.

Je n'avais même pas conscience que toutes ces choses venimeuses que crachait ma grand-mère à propos du fait que ma mère m'avait abandonnée étaient vraies. Je pensais que ma mère était avec mon père à l'étranger, pour son travail. Je n'ai compris que lorsqu'il est revenu que ma mère nous avait quittés tous les deux.

Mon père est venu me chercher chez ma grand-mère quelques semaines après l'accident de mon cousin. Ma grand-mère ne m'avait pas adressé la parole pendant ces semaines – elle avait aussi cessé de me nourrir –, elle désertait totalement la maison pendant la journée, car elle ne supportait pas d'être sous le même toit que moi. Je me préparais du riz et mangeais de la nourriture sèche qui n'était pas bonne crue.

Mais, quand mon père est venu me chercher – c'est à porter à son crédit qu'en apprenant l'accident il ait bouclé ses bagages et abandonné sa vie en Amérique du Sud avec une femme locale –, ma grand-mère a fait une de ces histoires, vous n'avez pas idée ! Elle hurlait, elle s'étouffait, elle lançait des objets et me serrait si fort contre elle que ses ongles m'entraient dans la peau. Je me tortillais pour me dégager et courais vers mon père, que je ne connaissais même pas, en criant : « Père, père ! »

Quand il m'a amenée dans son nouvel appartement à Séoul, il a dit qu'on prenait tous les deux un nouveau départ. Qu'on pouvait être heureux désormais.

Il est plus de 1 heure du matin et je suis une fois de plus penchée sur la cuvette des toilettes.

La nausée ne me vient que la nuit, se réveillant une fois que mon époux s'est déjà endormi. C'est surtout dans ma gorge – j'ai l'impression d'être sur le point de vomir à intervalle de quelques minutes, mais rien ne vient, puis je me sens affamée, mais quand je réfléchis à la nourriture disponible à la maison, j'ai de nouveau envie de vomir.

Quelque chose ne te convient pas, bébé? ai-je envie de demander alors que je touche timidement le bas de mon ventre. *Est-ce que c'est la glace? Les nouilles?* Je n'arrive à rien manger d'autre ces jours-ci, et c'est pour ça que j'ai le ventre d'une femme enceinte de cinq mois et non de deux. Je me suis mise à porter des robes amples et informes pour cacher mon abdomen proéminent – mais je suis certaine que les yeux acérés le remarqueront avant longtemps. J'en ai les poings qui se serrent lorsque j'imagine ce qu'ils diront – et ce sera encore pire si je perds celui-ci aussi. Certes, ils ne sont pas au courant des autres fausses couches – ils m'ont juste fait payer le fait de prendre trois journées d'arrêt maladie d'affilée la dernière fois.

Actuellement, dans mon poste au Développement nouveaux produits, ma supérieure immédiate est une femme célibataire de trente-sept ans envers qui j'éprouve *presque* de la pitié chaque fois que nous avons une soirée d'équipe. À la minute où le repas commence, la conversation roule sur les raisons pour lesquelles personne n'a voulu l'épouser.

— On pourrait faire un tour de table et proposer des hypothèses concernant Mlle Chun, déclare M. Lee, le chef de service, une fois que M. Cho, le grand patron, a commandé le plat de viande. Qu'en pensez-vous, monsieur Cho ?

Alors les hommes dissèquent chacun à son tour sa taille (trop grande), son éducation (trop menaçante), sa personnalité (trop forte), ses tenues (trop sombres) et commencent à lui donner des conseils sur le moyen d'attirer un homme (ajouter de charmantes minauderies à sa façon de parler).

Pendant tout ce temps, elle glousse et plaisante avec eux sur ses défauts. « Je sais, il faut vraiment que j'atténue ma première impression », dit-elle avec un sourire douloureux qui montre ses dents.

Toute la soirée, elle fait de son mieux pour paraître bien le prendre.

Ceux qui paient pour les méfaits du peloton d'exécution sont évidemment nous, ses subordonnés. Le lendemain, elle va inévitablement nous hurler dessus pour « travail inacceptable » et nous faire rester au bureau jusque tard dans la nuit avec elle. Elle est heureuse au bureau – n'ayant personne qui l'attende à la maison. Mais, même si elle n'était pas si horrible, son ineptie totale m'empêcherait d'être désolée pour elle. La seule raison pour laquelle elle continue à avoir des promotions, c'est parce qu'elle reste presque tous les soirs jusqu'à 23 heures et qu'elle s'en vante à haute voix le lendemain, avec nous comme témoins. L'équipe managériale la considère comme « loyale ».

Je n'ai aucun désir de rester après minuit chaque soir pour une société qui me traite comme une fourmi qu'on écrase avec le talon de sa chaussure. Mais ceux qui le font, ceux qui n'ont pas de famille, sont ceux qui avancent. La femme carriériste que j'imagine avoir pour mère… elle fait sans doute partie de ceux-là.

Je sais qu'il est trop tôt pour que le bébé bouge – ou pour que je le sente bouger, en tout cas –, mais je jurerais que j'ai senti un petit mouvement juste sous mon nombril. Je pose la main à cet endroit, écoute et attends. Quoi, je n'en ai pas la moindre idée.

— Je t'en prie, reste. Je t'en prie, s'il te plaît, reste.

Miho

Je me demande souvent où je serais aujourd'hui, si mon oncle et ma tante n'avaient pas décidé qu'ils ne pouvaient plus me garder.

Ils auraient peut-être continué à m'élever, si ma cousine Kyunghee n'avait pas été aussi intelligente. Elle avait cinq ans de plus que moi et, depuis l'âge de dix ans, avait montré des signes d'un potentiel éclatant que ses professeurs – même dans notre école endormie et désolée au milieu des champs de roseaux – n'avaient pas tardé à souligner et vanter. « Kyunghee sait faire des divisions complexes de tête, Kyunghee sait reproduire une nature morte très ressemblante de mémoire, Kyunghee connaît tous les rois de l'histoire de Corée. » Moi aussi, j'étais fière d'elle, ma cousine si talentueuse, et ce que j'aimais le plus au monde était prendre mon carnet de croquis et m'asseoir sous le grand arbre à côté du restaurant de mon oncle et ma tante, et dessiner pendant qu'elle faisait ses devoirs à mes côtés, les lèvres plissées de concentration alors qu'elle progressait lentement dans son manuel.

— Ne te salis pas les doigts, me disait-elle parfois quand elle levait les yeux de ses devoirs, parce que, déjà à l'époque, je préférais estomper toutes les arêtes de mes dessins avec les doigts.

Je ne travaille plus tellement avec des crayons, mais, quand je les reprends, ça me fait penser à elle.

Kyunghee ne me prêtait pas tellement attention. Son cerveau était toujours occupé à déchiffrer les choses qui l'intéressaient, et elle n'avait pas envie de bavarder. Mon oncle et ma tante me laissaient en général seule également. Ils tenaient une « cafétéria pour taxis » pour les chauffeurs, et servaient trois types de soupe pour gueule de bois et des accompagnements simples. C'était sans doute le restaurant le moins cher de la ville, au bord d'une prairie clairsemée, et nous vivions dans deux chambres à l'arrière du restaurant.

Je ne sais pas d'où ça venait – cette motivation qu'avait Kyunghee. Elle ne vivait que pour les louanges et travaillait sans relâche. Pendant que je traînais et regardais la télé destinée aux clients, elle s'asseyait dans un coin et finissait ses devoirs à peine rentrée à la maison. Lorsqu'elle ne comprenait pas un problème, elle se rendait à l'école en avance et trouvait n'importe quel professeur ou membre du personnel à qui poser des questions jusqu'à ce qu'on lui montre la réponse. Inutile de préciser que tous les adultes l'adoraient à cause de ce comportement. Mon oncle et ma tante ne savaient pas comment l'aider, mais ils étaient reconnaissants qu'elle arrive à se débrouiller toute seule.

— Je ne sais pas de qui elle tient ça, disaient-ils en secouant la tête, très fiers, quand des clients qui la voyaient étudier faisaient une inévitable remarque à ce sujet.

À l'opposé, j'étais très mauvaise à l'école. Le seul cours que j'aimais un peu était celui d'art, mais même là j'avais du mal à suivre les consignes précises. Je redoutais les maths, le coréen aussi. Les sciences me laissaient perplexe, et je trouvais la sociologie absurde. « Ça lui vient du côté de sa mère », ai-je souvent entendu ma tante dire à mon oncle. Elle ne faisait aucun effort pour cacher l'antipathie que lui inspirait ma mère, dont elle prétendait qu'elle avait rendu mon père alcoolique. Mes parents avaient parié, ils buvaient, se disputaient, et pour finir ils avaient emprunté de l'argent à mon oncle et ma tante pour s'enfuir quelque part – ensemble ou séparément, personne ne le savait.

Cependant, ils ne me tenaient pas grief de mes parents, mon oncle et ma tante. S'ils avaient eu une deuxième fille, plus lente que l'aînée, je pense qu'ils l'auraient traitée de la même façon que moi. Kyunghee était leur soleil, et c'était bien naturel.

Quand j'avais neuf ans, et que Kyunghee était au collège, sa professeure l'a un jour raccompagnée pour expliquer qu'il fallait qu'elle postule au lycée scientifique accéléré. L'enseignante était une jeune femme à l'air solennel, avec une frange sévère et des yeux de chouette.

— C'est presque certain qu'elle sera acceptée si on la dirige un peu, et qu'on lui donne un coup de pouce. Mais il faut qu'elle commence à préparer l'examen immédiatement, si vous décidez de le faire.

Pour préparer l'examen, il fallait des cours particuliers, et cela coûtait de l'argent. Cela faisait longtemps que le restaurant marchait mal. Je pouvais de moins en moins regarder la télévision, car mon oncle et ma tante l'éteignaient lorsqu'il n'y avait pas de clients, pour économiser l'électricité.

— Alors c'est à ce moment-là qu'ils t'ont envoyée à l'orphelinat ?! a demandé Ruby, incrédule.

Ils écoutaient tous mon histoire avec effarement. Ruby, Hanbin, leur ami Minwoo et moi étions dans un petit *izakaya* bondé sur la place Saint Marks, en train de manger des yakitoris et de boire du *shochu*. Ruby et Minwoo étaient fascinés, captivés, alors que Hanbin gardait un visage dénué d'expression.

— Euh, ça paraît affreux quand tu le dis comme ça.

C'était la première fois que je racontais cette histoire à des amis. J'avais certes dû écrire un essai personnel pour mon dossier de bourse, et avais dû aborder certains points lors de mon entretien avec le comité qui avait pris la décision finale de m'envoyer à New York, mais là c'était différent. C'était comme de prendre une douche au milieu de la pièce avec tout le monde qui regarde.

— De quelle autre façon tu le dirais ? a répliqué Ruby.

Je ne me souviens pas de ce qu'ils m'ont dit à propos de mon départ pour le Loring Center. Je ne pense pas avoir protesté. Je suppose que ça a dû être difficile pour moi au début. Je ne me souviens pas. Ou, pour être plus précise, j'ai fait beaucoup d'efforts pour ne pas me souvenir. Et maintenant, je pense vraiment que ça allait.

Pendant les premiers mois, mon oncle et ma tante venaient encore me voir à intervalle de quelques semaines. Kyunghee les a accompagnés, une fois. Elle a regardé autour d'elle et n'a pas dit grand-chose. Ensuite, elle a été trop occupée pour venir. Ma tante apportait de grandes boîtes de nourriture, et parfois des glaces. De temps en temps, ils m'emmenaient quelque part avec la voiture – le plus souvent, à la papeterie, où j'avais le droit de choisir ce que je voulais. Je prenais en général des stylos à encre-gel fluo, ceux qui viennent du Japon et coûtent plus de deux mille wons pièce, et dont la pointe ne s'érafle jamais. Je savais qu'ils se sentaient coupables et j'essayais de leur montrer les meilleurs coins du centre – la salle de classe des petits était lumineuse et propre, et les enfants étaient mignons à regarder lorsqu'ils ne pleuraient pas, et nous avions même une petite bibliothèque très colorée pleine de livres en anglais que Miss Loring avait choisis elle-même. Mis à part chez les tout-petits, il n'y avait que des filles au centre. Les garçons plus âgés étaient envoyés dans d'autres établissements partout dans le pays. Nous, les grandes filles – on était quatre de la même tranche d'âge –, avions une grande pièce à nous avec chacune un box pour nos lits et bureaux. Nous avions aussi un téléviseur, pour lequel nous nous disputions sans cesse. Et Miss Loring avait décidé de consacrer une pièce aux arts plastiques lorsqu'elle avait découvert que j'aimais dessiner. C'était autrefois une salle de réunion avec une longue table et des chaises en plastique, mais à présent il s'y trouvait des seaux en fer-blanc remplis de crayons de couleur et de peinture, et de grandes feuilles de papier recyclé rangées sur les étagères. Lorsque les autres filles sont allées au collège public du quartier, Miss Loring m'a envoyée dans un petit établissement expérimental spécialisé dans l'art pour y faire mes années de collège.

— Est-ce que la maison te manquait ? a demandé Ruby. Quand je suis entrée en pension, je n'ai pas réussi à manger pendant plusieurs semaines.

— C'est parce que la nourriture ne te plaisait pas, a commenté Minwoo en mordant dans une aile de poulet délicatement grillée. Je me souviens que ton chauffeur devait t'apporter des repas japonais de Boston plusieurs fois par semaine.

— Même ça, c'était affreux, a répondu Ruby en levant les yeux. Je déteste la cuisine asiatique de Boston. Mais bref.

Je ne crois pas que « la maison » me manquait tellement. Il n'y avait pas grand-chose à regretter. Pendant les derniers mois que j'avais passés là-bas, ma tante plongeait dans une détresse solitaire pendant l'après-midi, lorsque, souvent, il n'y avait pas de clients. Les cheveux dans la figure, elle pleurait sur la planche à découper en émincant des légumes, salant carottes et courges de ses larmes. Kyunghee évitait la maison, et passait la nuit dans le box d'études qu'elle louait au mois. Mon oncle disparaissait souvent en annonçant qu'il allait dénicher des clients. Le stress était palpable. Ce n'est que récemment que j'ai pris conscience que les larmes de ma tante étaient peut-être causées par son état.

Ma tante a accouché à l'automne, cinq mois après m'avoir déposée au Loring Center, d'un petit garçon qu'ils ont prénommé Hwan. J'ignorais qu'elle était enceinte jusqu'au jour où elle est arrivée au Loring Center avec sa chemise tendue à craquer sur son ventre énorme. Le doute n'était pas permis. Je ne l'ai jamais rencontré, mon cousin, parce que, après sa naissance, ils ne sont pas revenus. Mais, à ce moment-là, j'étais chez moi au centre. Les filles avec qui je vivais étaient devenues mes sœurs – celles que je couvrais, à qui je me plaignais, et avec qui j'échangeais mes vêtements.

Au centre, je n'avais jamais l'impression qu'on avait jeté de l'acide sur mon cœur, comme lorsque je voyais mon oncle et ma tante plongés dans leurs problèmes d'argent, ou lorsque Kyunghee tentait de m'aider dans mes devoirs et soupirait, exaspérée, quand je n'arrivais pas à suivre ses explications. Quelles que soient nos disputes au centre, nous étions une unité impénétrable, rebelle devant la moindre trace de mépris ou de pitié de la part des autres enfants de l'école, ceux qui avaient des parents et une maison. Nous étions insolentes et pleines d'assurance dans notre unité. Les enseignants ne s'en prenaient jamais à nous parce qu'ils ne pouvaient prédire les conséquences s'ils le faisaient. Une fois, Sujin avait frappé une fille de sa classe qui avait prétendu que sa mère était une mendiante. Miss Loring avait débarqué, vêtue à dessein de son manteau de vison qui balayait le sol, avec le chapeau assorti. La vision de M. Kil suant à grosses gouttes alors qu'il essayait de lui parler en anglais (et c'était notre professeur d'anglais !) nous a fait hurler de rire pendant des jours.

Les seuls moments où j'éprouvais de la douleur, c'était juste après les visites de mon oncle et ma tante, lorsque je les voyais repartir à pied vers l'arrêt de bus, ma tante d'un pas de plus en plus chaloupé à mesure que son ventre s'arrondissait de visite en visite.

Elle avait peur, je le sais, des personnes handicapées qui vivaient au centre. Il y avait plusieurs garçons de mon âge, dans un bâtiment séparé du nôtre. Deux d'entre eux semblaient normaux, mais l'un des deux frappait les gens quand il n'était pas bien, et l'autre était incapable de regarder longtemps dans la même direction. Nous, les filles, ne leur parlions pas – l'ignorance nous rendait cruelles à l'époque –, mais nous connaissions leurs familles qui venaient les voir, et nous savions sur quels bancs ombragés ils aimaient s'asseoir. Ça nous permettait de les éviter. Mon oncle et ma tante ne disaient rien lorsque les handicapés et leurs soignants croisaient notre chemin, mais ma tante mettait d'instinct sa main sur son ventre proéminent.

La dernière fois que ma tante est venue, elle était obligée de s'asseoir et de reprendre son souffle en haletant au bout de quelques minutes. Elle disait qu'elle sentait le bébé sur son pelvis et que sa tête lui cognait les os du bassin chaque fois qu'elle faisait un pas.

J'ignorais que c'était leur dernière visite, mais après leur départ Miss Loring est venue me dire qu'ils m'avaient laissé une enveloppe d'argent, à charge pour elle d'y veiller. Ils ne l'avaient jamais fait auparavant. Lorsqu'elle m'a montré la somme, j'étais stupéfaite – je n'avais jamais vu autant d'argent, ni même entendu parler d'un montant pareil, en une seule fois. Ils avaient dû l'emprunter : je savais qu'ils n'avaient jamais disposé de tels fonds.

Mais si j'avais su que c'était la dernière fois que je les voyais, j'aurais été contente. J'étais reconnaissante de ne plus jamais avoir à leur dire au revoir.

— Je me fiche de la situation de ta tante, a déclaré Ruby. Qui se comporte comme ça ?!

Cela faisait près d'une heure que nous mangions dans l'*izakaya*, mais personne ne semblait ralentir la cadence. La table était submergée de petites assiettes de grillades, et les serveurs circulaient, effrénés, pour apporter des plats aux autres clients. Comme toujours, je pensais à la facture, à combien elle s'élèverait avec toute cette viande. La langue en particulier était chère. Les rasades sans fin de *shochu* allaient aussi saler l'addition, et je prenais garde à ne pas boire beaucoup.

Cela me permettait de moins culpabiliser lorsque, inévitablement, Hanbin ou Minwoo (mais le plus souvent Hanbin) réglait la note. Jamais je n'ai entendu Ruby proposer de le faire. Lorsque, dans les premiers temps, j'avais proposé de participer, Hanbin m'avait tapoté la tête en riant, sous le regard amusé de Ruby.

Ruby avait le visage empourpré. Elle a enlevé sa veste en fourrure camel. Le vêtement a glissé de son siège vers le sol. Je me suis penchée pour le ramasser avec soin et l'ai drapé sur son dossier, laissant mes doigts traîner dans la douceur épaisse du vêtement.

— Alors tu ne les as jamais revus ? a-t-elle demandé en attrapant une brochette de cœurs de poulet. Ils ne t'ont même pas passé un coup de fil ? Tu sais où ils habitent, maintenant ?

Elle a soulevé la bouteille de *shochu* et l'a secouée pour montrer qu'elle était vide. Minwoo a appelé un serveur pour en commander une autre, puis il a aperçu un ami à une autre table et s'est éloigné pour lui parler.

— On pourrait peut-être changer de sujet, si ça met Miho mal à l'aise, a suggéré Hanbin en tendant le bras vers le verre de Ruby, encore à moitié plein.

Il l'a fini avant de le poser de son côté de la table.

— Et je crois que tu bois trop vite, lui a-t-il dit.

Je l'ai regardé et j'ai pensé qu'il avait les épaules très larges. Dans son épais pull-over côtelé à col roulé, il semblait sorti d'un catalogue de la Nouvelle-Angleterre, comme s'il allait prendre la pose devant un chalet en rondins et des sapins couverts de neige. Il gardait un visage impassible la plupart du temps – il n'avait pas dit un mot pendant mon récit. J'y avais juste surpris un soupçon de désapprobation. Envers qui, ce n'était pas clair.

— Oh, ferme-la, a répondu Ruby avec grossièreté. Si elle était mal à l'aise, elle ne nous en aurait pas parlé. Tu n'as pas envie d'en entendre plus ?

Elle ne le regardait même pas.

Si quelque chose me mettait mal à l'aise, c'était plutôt la sauvagerie avec laquelle Ruby s'adressait à Hanbin. J'ai baissé les yeux vers mon assiette. J'espérais qu'ils remarqueraient que je ne consommais pas beaucoup. Je mangeais toujours plusieurs coupes de yaourt ou un morceau de tofu avec de la sauce soja du marché asiatique avant de les retrouver, pour me remplir le ventre.

— Bien sûr que j'ai envie d'en entendre plus, a répondu Hanbin en me regardant.

J'ai contemplé ses cheveux, brillants sous la lampe, pour éviter de croiser son regard.

— Mais pas si ça fait remonter de mauvais souvenirs. Je suis désolé d'apprendre tout ça. Ça a dû être tellement dur pour toi…

Les rides de son front se sont accentuées.

J'ai marmonné une réponse, gênée. Je ne voulais pas qu'il ait pitié de moi, et je regrettais de leur avoir parlé de ça. Je savais qu'entendre cette histoire changerait leur façon de me traiter. L'anxiété frissonna dans ma poitrine comme une chauve-souris noire.

— La morale de l'histoire, c'est que tout a tourné au mieux, a décrété Ruby, d'une voix têtue et triomphale. Elle ne serait pas là si elle était restée avec son oncle et sa tante.

Ce qu'a dit Ruby était vrai. Je n'aurais jamais eu la chance de décrocher une bourse pour l'Amérique, car je n'aurais même pas su qu'une telle chose était possible. C'est la Loring Foundation qui avait de telles relations, et c'était Miss Loring qui nous faisait pratiquer l'anglais chaque semaine, affirmant que cela nous serait utile un jour. C'était elle également qui avait laissé un budget dédié aux fournitures artistiques lorsqu'elle était morte subitement, en léguant toute sa fortune personnelle au centre. Je n'avais qu'à demander, et on me donnait de l'argent pour acheter du plâtre, de la peinture, du papier, des burins ou des couteaux. Puis est arrivé le grand scandale, il y a quelques années, de toutes ces bourses *chaebol* qui n'étaient accordées qu'aux enfants de politiciens ou de procureurs, et que les familles *chaebol* voulaient garder dans leur poche. Soudain, les fondations devaient fouiller pour trouver de vrais enfants nécessiteux à qui offrir leurs bourses, et une orpheline sortie d'un orphelinat, c'était le top du top. En tant que plus ancienne et plus grande des fondations, le Loring Center représentait le dessus du panier des orphelinats. Quand j'ai rencontré les membres du comité responsable du programme d'échange à la SVA, ils se pâmaient d'enthousiasme en se présentant. « Nous savons déjà tout de vous ! C'est *euphorisant* d'avoir une personne comme vous pour recevoir les avantages de ce programme. » Mon parcours était parfait pour illustrer les brochures, les newsletters adressées aux donateurs et les chroniques *feel-good* des journaux.

Quand j'ai obtenu mon diplôme et suis rentrée en Corée, je n'ai jamais essayé de retrouver mon oncle et ma tante. Il m'arrivait de penser à eux avec une pâle curiosité, à ce qu'ils diraient s'ils me voyaient maintenant, s'ils me demanderaient de leur rendre leur argent. Je me suis souvent demandé où Kyunghee était allée à la fac, si elle avait réussi à entrer dans l'une des trois plus prestigieuses universités du pays, comme elle en avait l'objectif. Elle voulait devenir médecin. Mais je crois que c'est parce que nous ne connaissions à l'époque pas d'autre métier qui rapporte de l'argent.

Après l'*izakaya*, nous sommes partis pour une fête dans l'appartement de l'un des amis de Minwoo et Hanbin, à Soho. La musique était déjà très forte en sortant de l'ascenseur au bout du couloir. Un rythme hip-hop farouche qui ne me préparait en rien à l'allure de l'appartement lui-même. Un couloir sombre s'ouvrait brusquement sur un vaste loft qui devait avoir cinq mètres de hauteur sous plafond. Tous les canapés et fauteuils étaient recouverts de velours bleu cyan qui contrastait vivement avec un énorme lustre en cristal rouge. Je n'étais pas encore accoutumée aux intérieurs de ce monde-là – celui des riches Coréens en Amérique. L'utilisation bizarre et fastueuse des couleurs dans ce logement me laissait perplexe, submergée. Même l'odeur du lieu était lourde et inhabituelle – comme des racines qu'on ferait brûler avec des fleurs et des épices. Je n'avais encore jamais rien respiré de tel, mais c'était onéreux, je l'ai deviné immédiatement.

Un barman blond en uniforme – seule personne non coréenne de la soirée – préparait des cocktails sur l'îlot en marbre de la cuisine. Il y avait peut-être dix autres personnes, certaines beaucoup plus âgées – jeunes trentenaires au moins. Alors que Ruby, Hanbin et Minwoo saluaient leurs amis, je me suis écartée pour chercher la salle de bains – une pièce caverneuse et sombre, éclairée de globes fantomatiques et de larges bougies de marque. Je me suis lavé les mains en me regardant dans le miroir au cadre doré, et me suis demandé comment j'allais vivre cette soirée jusqu'au bout. Je ne pouvais pas coller aux basques de Ruby sans parler à personne d'autre. Ça serait encore plus bizarre, ai-je estimé. Je pouvais m'aventurer seule quelques minutes, puis me rapprocher de Ruby et Hanbin plus tard, quand tout le monde serait un peu plus éméché et ne me prêterait pas attention.

Quand je suis enfin ressortie de la salle de bains, je me suis rendue à la cuisine pour demander un cocktail à la canneberge.

— Et un Old-Fashioned, merci.

En me retournant, j'ai découvert un garçon grand et mince en veste de cuir. Il avait un visage triangulaire aux traits émaciés, les joues creuses. Il m'a semblé le reconnaître de la fac.

— Tu ne serais pas à la SVA? a-t-il demandé en me toisant.

Il sentait le savon américain. J'ai acquiescé.

— Toi aussi?

— Ouais, je suis en deuxième année.

— Moi en première.

Le barman a tendu nos verres et j'ai pris les deux. J'ai donné le sien au garçon.

— Comment tu connais Byung-joon? a-t-il demandé avec un signe de tête vers le salon d'où nous parvenait le rythme des voix surexcitées.

— Je ne connais personne ici. Sauf les amis avec lesquels je suis venue, je veux dire. C'est la personne qui habite ici?

— Oui, on est chez Byung-joon, a-t-il expliqué en prenant une gorgée de son whisky. Tu es venue avec qui?

— Ruby, Hanbin et Minwoo. Je ne sais pas si tu les connais?

— Oui, oui. J'étais au lycée avec Minwoo et en primaire avec Hanbin. Ils sont de nouveau ensemble, c'est ça? Hanbin et Ruby?

— Oui. Ils se sont remis en couple, ai-je répondu en baissant les yeux vers mon verre.

— Ces deux-là, c'est toujours comme ça, a-t-il souri, comme si c'était une blague entre nous.

Avec ce sourire, son visage était soudain plus chaud – comme celui d'un vampire qui aurait bu son content de sang pour la nuit.

— Alors, tu étais où au lycée ?

J'ai senti mon cœur se serrer. C'était sans doute la question qu'on me posait le plus souvent quand je rencontrais de nouvelles têtes parmi les jeunes Coréens venus étudier dans la ville. Dans ces cercles, il n'y avait qu'une poignée de réponses possibles, et chacune indiquait un milieu, un contexte. Si la plupart avaient fréquenté des pensions sur la côte Est, quelques-uns étaient allés au lycée en Corée, dans des établissements en langue étrangère. Les premiers étaient nettement plus riches et parlaient un anglais plus courant, les seconds étaient davantage geek. Les premiers avaient tendance à éviter les seconds. Je n'entrais dans aucune de ces deux cases, bien entendu.

J'avais le choix : soit donner le nom de mon lycée, qui comprenait celui de la province dont j'étais issue. Je serais alors étiquetée plouc, et il me regarderait d'un air effaré. Soit être plus vague.

— Je suis allée dans une petite école d'art en Corée, ai-je répondu en espérant que ça lui suffirait.

Ce qu'il pensait de moi ne m'importait guère, mais j'en étais venue à redouter le moment où les yeux s'écarquillaient, voire où on se moquait carrément. Trop tard, je me suis souvenue qu'il fréquentait la SVA, et qu'il allait forcément me demander le nom de l'école d'art.

— Seoul Arts ? a-t-il demandé d'un air connaisseur.

— Non… J'étais à Cheongju, en fait.

— Cheongju ? Oh, wouah ! C'est super intéressant. Je n'ai jamais rencontré quelqu'un de Cheongju. À part, tu sais, de lointains parents, ce genre de choses.

Il m'a regardée avec curiosité.

— Cheongju…, a-t-il répété.

J'ai fait de mon mieux pour sourire.

— Tu n'as pas d'accent, ni rien, a-t-il commenté. En fait, je ne sais pas si les gens de Cheongju ont un accent. Désolé, est-ce que c'était grossier de ma part ?

Il a souri de nouveau et retiré sa veste. À la rougeur de son cou, j'ai pris conscience qu'il avait déjà beaucoup bu. Sa gorge empourprée contrastait fortement avec la pâleur de son visage.

— C'est quoi, ta spécialité ? me suis-je enquise.

Sans doute pas les beaux-arts, à mon avis.

— Design. Mais j'ai pris pas mal de cours de cinéma ce semestre, en fait. Je me demande si je peux changer. Comment tu as atterri ici ?

— Eh, Jae, ça faisait longtemps !

Nous nous sommes tous deux retournés. Hanbin s'installait sur le tabouret de bar à côté de moi. Il a salué Jae d'un signe de tête. Le garçon a d'abord eu l'air surpris, puis content.

— Hanbin ! Oui, très longtemps ! La dernière fois, c'était lors de cette partie de poker à Boston, non ? On ne s'est pas vus depuis ?

— Eh ouais, mec.

Hanbin a fait un geste au barman et commandé un whisky.

— J'étais justement en train de discuter avec ton amie. Il se trouve qu'elle est à la SVA, elle aussi, a déclaré le garçon. Je m'appelle Jae Kong, au fait.

— Moi c'est Miho.

— Vous vous connaissez par Ruby ? a-t-il deviné.

J'ai acquiescé.

— Oui, Miho est une de nos amies très proches, a complété Hanbin. C'est l'une des meilleures amies de Ruby, en fait.

C'est peut-être mon imagination, mais sa voix m'a paru avoir un ton tranchant comme l'acier.

— Wouah, a dit le garçon en me regardant de nouveau. Trop cool !

Hanbin s'est mis à me parler d'un film japonais que nous avions regardé chez Ruby la semaine précédente. C'était étrange qu'il en reparle, car il n'était pas spécialement intéressant, et il s'était endormi avant même la moitié. Au bout de quelques minutes à être ignoré de la sorte, Jae a aperçu une autre connaissance et s'est éloigné d'un pas nonchalant.

— Je suis désolé s'il t'a embêtée, a déclaré Hanbin brusquement, en faisant tournoyer son whisky. Il est un peu énervant. Je crois que Ruby était en classe avec lui en Corée.

— Il ne m'embêtait pas, ai-je répondu en secouant la tête.

— Tu sais, même avant d'être au courant pour l'orphelinat, je savais que tu étais différente, a-t-il repris sans me regarder. Je n'étais pas conscient que c'était ça la raison, cependant. Ça a dû être très dur de traverser tout ça. Ça fait réfléchir. Genre, tous les gens que je connais sont à peu près pareils… ils ont eu le même genre d'enfance. Faire ta connaissance, c'est différent, tu vois ce que je veux dire ?

Il s'est passé une main dans les cheveux d'un air distrait, et je me suis dit une fois de plus qu'il était très beau.

— Et puis tu es tellement normale.

J'ai froncé les sourcils, incertaine.

— Qu'est-ce que ça veut dire, ça ?

Il avait l'air d'attendre des éloges pour sa remarque.

— Je ne sais pas, j'ai l'impression que je serais un peu amoché si j'avais traversé la même chose que toi… sans vouloir être blessant, a-t-il ajouté en hâte.

Ma gêne était si brûlante au creux de mon ventre que je me suis dépêchée de prendre une gorgée de ma boisson. Mais il me parlait de façon plus intime que jamais auparavant, et pour cette raison je n'avais pas d'autre choix que de prolonger ce moment comme s'il était semblable à n'importe quel autre.

Hanbin m'a regardée, et il a tendu le bras pour me toucher l'épaule. Il y a posé la main un moment avant de la presser. Je suis restée là, même après qu'il a retiré sa main.

— Ce que je veux dire, c'est que je suis content que tu sois là. Et pas ailleurs.

La vérité, c'était que je ne savais pas si je méritais d'être là. Le hasard du timing du scandale des bourses *chaebol* et de mon histoire m'avait ouvert des portes. Je n'étais pas sûre de mon travail.

Au début, quand je m'étais installée à New York et avais rencontré Ruby, Hanbin et tous leurs amis, je les avais laissés voir mon insécurité, ma terreur, simplement parce que je me noyais dans une sorte de panique devant ce monde nouveau. Ils n'avaient encore jamais rencontré quelqu'un de si brut de décoffrage, et ils ont dû me considérer avec stupeur. Ils se drapaient si bien dans leur assurance, lumineux et satisfaits.

— Hum, merci, ai-je répondu à Hanbin de ma voix la plus blasée. Je crois que Ruby te cherche.

Je la voyais dans le coin, en train de nous faire signe. Hanbin m'a regardée une seconde, puis il s'est tourné et l'a rejointe, se mêlant au groupe qui s'était formé autour d'elle. Elle n'était même pas en train de parler – elle buvait son verre et ne semblait pas écouter la conversation le moins du monde, mais c'était toujours elle le centre de l'univers. Elle communiquait à la soirée une vie crépitante, par sa simple présence, dans son manteau de fourrure, avec sa bouche tachée de cerise, les yeux brillants de dérision.

J'ai pris ma boisson et me suis tournée à la recherche du garçon qui m'avait abordée un peu plus tôt. Quand on n'a personne à qui parler dans une fête, le mieux est de paraître chercher quelqu'un, cela, je le savais. J'ai fait le tour du rez-de-chaussée en prêtant l'oreille aux bribes de conversation que je parvenais à entendre, puis je suis montée à l'étage, où les murs étaient peints en magenta pour contraster avec les luminaires ébène. J'imaginais combien il devait être satisfaisant de peindre un mur de cette couleur, et me suis demandé si ce serait le travail idéal pour moi, et combien de temps il fallait pour être qualifiée. J'aimerais vraiment ça – étaler des couleurs soutenues sur les murs, y peindre des fresques fantastiques et délicates. Je voyais bien les New-Yorkais dépenser des sommes folles pour des fresques d'intérieur.

J'ai entendu un bruit de voix au bout du couloir, et ai suivi le son jusqu'à une porte entrouverte. Téméraire, j'ai poussé davantage le battant.

C'était un bureau qu'on aurait cru sorti d'un décor de film, avec une table en acajou devant la fenêtre et les étagères qui montaient jusqu'au plafond, couvertes de livres. Au milieu de la pièce, quatre ou cinq personnes étaient assises sur deux canapés vert olive qui se faisaient face. Elles parlaient et buvaient pendant qu'un caniche nain reniflait la moquette.

— Eh ! Viens par ici.

Le garçon à qui j'avais parlé en bas me faisait signe depuis sa place. La conversation s'est arrêtée alors que je m'approchais en tentant de paraître naturelle malgré tous les yeux rivés sur moi.

— Attends, je vais t'approcher un fauteuil.

Il est allé chercher la chaise du bureau et l'a installée à côté des canapés.

— Voici Byung-joon, qui habite ici, a dit Jae en désignant de la tête l'un des gars sur l'autre canapé.

L'intéressé a levé la tête pour me saluer d'un petit hochement.

— Je vous présente… désolé, comment tu t'appelles, déjà ? a-t-il demandé en se tournant vers moi.

— Qu'est-ce que…, a commencé la fille assise à sa droite avant d'éclater de rire. Tu ne connais même pas son prénom ? C'est trop drôle !

Elle avait des cheveux peroxydés aux épaules et des lunettes papillon.

— Je lui ai parlé en bas, a-t-il répondu d'une voix faussement vexée. C'est Ruby qui l'a amenée, c'est sa meilleure amie.

À ces mots l'humeur a changé, passant d'un intérêt poli à une franche curiosité.

— Comment tu connais Ruby ?

— Tu étais en classe avec elle ?

— Tu es en quelle année à la SVA ?

J'ai souri et utilisé une phrase que j'avais entendu Ruby sortir une fois pour éluder des questions.

— Ne vous en faites pas pour ça.

Ça les a fait rire, et ils ont cessé leur interrogatoire, l'air presque penauds, avant de reprendre leur précédente conversation.

— C'est quoi ton prénom, déjà ? ai-je demandé au garçon.

— Jae. Et je suis ton aîné à la SVA, alors tu dois te montrer plus respectueuse, a-t-il plaisanté.

Je me suis inclinée profondément.

— Bien sûr, *sunbaenim*. Je m'appelle Miho. Tu es aussi étudiant en arts ? ai-je demandé en me tournant vers Byung-joon.

— Qui ça, moi ? s'est étonné Byung-joon. Non, je suis à la NYU.

— Je me disais juste que les couleurs sont vraiment frappantes dans cet appartement, me suis-je justifiée, le cœur battant la chamade. Alors je me suis demandé si tu étais en arts, comme nous.

— Non, non, a-t-il répondu d'un ton presque dédaigneux. C'est ma décoratrice qui a choisi. Elle a tout fait venir du Portugal, y compris le peintre. Il était inclus avec la peinture.

Le téléphone de Byung-joon a sonné et il a répondu en anglais.

— OK, faites-le monter, a-t-il ordonné.

Puis il s'est levé pour annoncer :

— Les pizzas sont arrivées ! J'ai commandé chez *Papa John's* !

Tout le monde a poussé des vivats.

— Mec, je n'ai pas mangé de pizzas *Papa John's* depuis que je suis en Corée !

— Génial !

— Je meurs de faim !

J'étais encore en train d'apprendre le degré approprié de réaction dans ce monde. Les choses pour lesquelles il ne faut pas exprimer de surprise ni de plaisir. Celles pour lesquelles il faut s'enthousiasmer. Je n'étais pas censée être émerveillée par la beauté inhabituelle de l'appartement, mais une pizza à pâte épaisse appelait une émeute.

Je suis restée assise pendant que la plupart des autres se levaient pour suivre Byung-joon, le chiot lui aboyant sur les talons. Je surveillais Jae du coin de l'œil. S'il se décidait à imiter le groupe, je lui emboîterais le pas.

— Tu n'as pas faim ? a-t-il demandé, toujours assis.

J'ai secoué la tête.

— Pas vraiment. On a dîné avant de venir.

— Moi aussi, mais je suis sûr que j'aurai de nouveau faim dans une minute.

— Tu ne devrais pas descendre, dans ce cas ?

— Non, en général il en commande des tonnes… On ne va pas tomber en panne, a expliqué Jae en levant les yeux au ciel. Ensuite il se plaint du résultat sur son régime pauvre en sucres. Pour le dîner, il nous a fait manger des sashimis dans son restaurant de sushis préféré, mais ensuite il a faim, genre, deux heures plus tard.

J'ai ri. C'était agréable, de parler à un garçon comme si ça me venait naturellement. J'aurais aimé y arriver mieux avec Hanbin.

— Alors, comment tu connais Byung-joon ?

— Oh, c'est un ami de ma famille. Nos pères étaient ensemble au lycée et à la fac. J'ai grandi avec lui, on peut dire. Et toi ? Tu as beaucoup d'amis de Cheongju ici ?

— Non.

J'aurais pu ajouter « Bien sûr que non », mais je me suis abstenue.

— Ils sont en Corée. La plupart se sont installés à Séoul pour leurs études supérieures, ai-je développé.

— Logique. Cheongju, c'est tout petit, non ?

— Oui, c'est tout petit.

C'était même si petit qu'on avait l'impression que toute la ville nous connaissait, nous les enfants du Loring Center. Orphelins, handicapés, ou délinquants. Notre abandon effrayait les gens, comme si ça pouvait être contagieux.

Lorsqu'ils nous rencontraient pour la première fois, la plupart étaient surpris lorsque nous avions toute notre tête, puisque ce n'était pas le cas de tous. Mais ils nous ignoraient quand même. Dans notre ville, le mot « Loring » était synonyme d'« attardé ». « Il ne serait pas un peu Loring ? » ou « Tu as l'air d'une pauvre Loring ! ». Une fois au lycée, le terme était tellement passé dans le vocabulaire local que de nombreux élèves ne savaient même pas que ce n'était pas un véritable mot anglais.

— J'ai trop hâte de quitter ce trou paumé de merde ! hurlait mon amie Sujin chaque fois qu'elle rentrait au centre après des ennuis avec les professeurs.

J'avais de la chance : les enseignants de mon lycée artistique m'appréciaient, mais Sujin avait été rangée dans la case des fauteurs de troubles dans son établissement. Et nous n'avions plus Miss Loring derrière nous. Cela faisait désormais des années qu'elle était décédée, et les directeurs ne restaient presque jamais plus d'une année.

Je ne m'étais jamais attendue à ce que Sujin s'en sorte toute seule, mais elle est partie à la première occasion. Elle s'est créé une petite vie à Séoul, un pas à la fois, nous rapportant qu'à Séoul le mot « Loring » était inconnu de tous. Deux des autres filles sont également parties à la capitale peu après elle, mais j'étais la première à m'envoler pour l'Amérique. Sans être adoptée, je veux dire.

— Tu en veux encore ? a proposé Jae en montrant mon verre, lourd et vide dans ma main.

— Ouais.

— Oh, il y a tout ce qu'il faut ici, tu n'as pas besoin de descendre.

Il s'est levé pour se diriger vers l'une des étagères derrière moi. J'ai vu alors qu'elle contenait la même chose qu'un bar, des verres en cristal et des carafes de liquides ambrés.

— Sauf si tu reprends de la canneberge, a-t-il corrigé en s'arrêtant pour me regarder.

— Non, pas de problème. Un whisky, c'est bien.

— Tiens, a-t-il dit en remplissant un verre avant de me le tendre. Il y a de la glace dans le seau sur la table.

Il s'est servi également.

On s'est mis à parler de la fac – quels professeurs nous appréciions et lesquels il valait mieux éviter –, des cafés qui avaient les meilleurs sièges pour étudier, et des endroits où acheter des fournitures d'art. Il avait une jolie voix, qui accélérait sous le coup de l'excitation lorsqu'il parlait de choses qu'il aimait. Il était plus animé que les autres jeunes que j'avais rencontrés à la SVA – et par cela même, il semblait vulnérable, un trait qui me touchait, car je ne l'avais pas rencontré depuis que j'étais arrivée à New York.

— Et j'ai entendu dire que bosser à la bibliothèque, ça paie bien. Si tu cherches un boulot étudiant. Enfin, je ne sous-entends pas que c'est le cas...

Il s'est tu, l'air gêné. C'était attendrissant aussi.

— En fait, j'ai déjà un job. Je travaille dans l'une des galeries d'étudiants.

Je n'ai pas précisé que c'était celle de Ruby, que c'était comme ça que nous nous étions rencontrées.

— Ah, cool ! s'est-il écrié, soulagé de ne pas m'avoir vexée.

Le simple fait que ça l'ait inquiété m'a fait éprouver une bouffée d'affection pour lui.

Sans me laisser le temps de réfléchir ou de m'arrêter, je me suis penchée pour l'embrasser sur la joue.

C'était juste une petite bise, puis je me suis redressée dans mon fauteuil – nous étions tous deux surpris de ce que je venais de faire. Il m'a souri, puis, dans un geste fluide, m'a pris les deux mains pour m'attirer sur le canapé. Il s'est mis à m'embrasser, les lèvres froides, humides et épicées par le whisky.

— Tu es très jolie…, a-t-il murmuré. Tes cheveux sont irréels… comme dans un tableau. Je suis bien content d'avoir engagé la conversation, en bas.

Je riais un peu, sans aucune raison, appuyée contre lui. C'était exaltant, ce canapé moelleux, les livres qui nous environnaient, sa chaleur à travers son pull. J'avais les joues tièdes sous l'effet de l'alcool, et le hip-hop que j'avais trouvé trop fort au rez-de-chaussée semblait bas et apaisant à présent. Je ne savais pas du tout comment enchaîner maintenant, mais j'étais follement contente.

La porte s'est ouverte et Byung-joon est entré dans la pièce, Hanbin sur les talons. Ils se sont tous deux arrêtés net en nous voyant enlacés.

— Eh bien, qu'est-ce donc ? s'est écrié Byung-joon. Je croyais que tu ne savais même pas comment elle s'appelait.

Piquée, j'ai rougi, mais Jae s'est contenté de rire.

— Je faisais semblant de ne pas être intéressé, a-t-il répondu du tac au tac, comme si c'était une plaisanterie.

Byung-joon a ri un peu lui aussi, mais d'un air préoccupé, comme s'il était déjà en train de penser à autre chose. J'ai jeté un regard à Hanbin, qui nous toisait d'un air glacial.

— On parlait du job de Miho dans une galerie, a repris Jae. Tu devrais aller y faire un tour, Byung-joon. Tu ne m'as pas dit que tu voulais acheter quelque chose pour ta cuisine ?

Byung-joon a eu l'air peiné.

— Si, mais j'ai quelque chose de très spécifique en tête, alors je crois que je vais juste écouter ma décoratrice.

J'étais mortifiée à l'idée que Hanbin puisse croire que j'essayais de me mettre en valeur.

— Je travaille dans la galerie de Ruby, ai-je dit sans le regarder. Elle a de très belles sélections, même si c'est une galerie d'étudiants.

— Ah, la galerie de Ruby ? a répété Byung-joon, décontenancé. J'avais entendu dire qu'elle en avait ouvert une… Elle expose uniquement des travaux d'étudiants ?

— Pour le moment, a répondu Hanbin. C'est une façon pour elle de se former.

Il regardait des livres, passant les doigts sur l'étagère.

— Bien sûr, a renchéri Byung-joon. Dans ce cas, je dois absolument aller aider une amie. Et voir les nouveaux artistes qui feront fureur demain ! a-t-il ricané. Non que Ruby ait besoin d'aide, s'est-il repris, avec un coup d'œil à Hanbin.

— Ça l'amuse, a répliqué Hanbin. Miho pourra te raconter.

Il continuait à fuir mon regard, et ça me donnait le tournis. Mon cœur semblait s'envoler, glisser et tomber tout à la fois. Et ma tête ! Je rougissais de plus belle. J'étais contente que Hanbin ne me regarde pas.

— Tiens, a dit Jae en versant du whisky dans mon verre avant de me le rendre. Je ressers quelqu'un d'autre ?

Byung-joon a dit « oui », et Jae l'a servi aussi.

— Tu es toute rouge, a déclaré Hanbin brusquement.

J'ai levé les yeux et vu que c'était à moi qu'il parlait depuis l'endroit où il se tenait, à côté de l'étagère.

— Genre, rouge comme une tomate.

J'ai plaqué les mains sur mes joues et eu la surprise de les trouver brûlantes.

— Tu ferais sans doute mieux d'arrêter de boire, si tu veux avoir l'air moins folle, a-t-il conclu.

— Tout ce dont tu as besoin, c'est de prendre un Pepcid avant de boire, a tempéré Jae. C'est une petite astuce que j'utilise, parce que je deviens super rouge, moi aussi. Tiens, je vais t'en donner.

Il a sorti son porte-monnaie de sa poche et en a retiré un étui de comprimés blancs, qu'il m'a tendu.

— Ça ne sert à rien maintenant. Il faut les prendre avant de commencer à boire, a contré Hanbin.

J'ignorais ce qu'était le Pepcid… Une drogue ? Mais je n'allais pas demander. J'ai pris les comprimés et les ai glissés dans mon sac à main.

— J'essaierai la prochaine fois, ai-je marmonné. Il faut que j'aille aux toilettes.

J'avais surtout besoin de voir à quoi ressemblait mon visage – si j'avais l'air aussi folle que le prétendait Hanbin.

Lorsque j'ai croisé celui-ci en quittant la pièce, il m'a dit à voix basse :

— Tu ferais mieux de rentrer, Miho. Ne te couvre pas de ridicule. C'est gênant.

Une fois la porte refermée derrière moi, j'ai senti les larmes monter et je me suis hâtée vers la salle de bains que j'avais aperçue plus loin dans le couloir. J'ai mis le verrou et commencé à pleurer pour de bon, jusqu'à ce que je me voie dans le miroir et m'arrête, horrifiée. J'avais le visage déformé, féroce, taché de marbrures rouges. J'ai baissé le regard et fermé les yeux.

Du remords, c'est tout ce que je me suis autorisée à ressentir. « Tellement Loring », auraient-elles dit si elles avaient pu me voir en cet instant, toutes les filles du centre. « Arrête d'être si Loring », les entendais-je huer. Parce que, en secret, de l'une à l'autre, entre nous, même nous, nous utilisions ce mot ainsi.

Ara

Je n'aime pas retourner à Cheongju. Je culpabilise, car ce n'est pas la faute de mes parents si leur fille unique ne leur a pas rendu visite depuis trois ans. Je sais que les autres domestiques de la Grande Maison ont doublement pitié d'eux, déjà parce qu'ils ont une fille muette, et ensuite parce qu'elle est ingrate, avec ça. Elle préfère passer les fêtes seule que faire le voyage comme tout le reste des habitants du pays.

Peut-être que c'est pour ça que je me sens si bien avec Sujin ou Miho. Aucune n'est du genre à rêver de famille. N'importe qui d'autre me reprocherait d'être une mauvaise fille, ou demanderait comment ça se fait que je ne me retire pas là d'où je viens, meurtrie par une ville impatiente.

Mes parents sont vieux. Ils devraient avoir une fille dévouée et généreuse, qui leur enverrait une part de son salaire et leur rendrait visite chaque mois pour leur annoncer une promotion et des conquêtes amoureuses. Dans les fictions télé, on voit des filles comme ça à la pelle – avec leurs yeux de biche et le visage plissé de chagrin lorsqu'elles font passer leurs parents miséreux et bien-aimés avant leurs merveilleux prétendants riches à millions, parce qu'on ne peut évidemment pas avoir les deux. Je n'ai jamais rencontré une telle fille dans la vraie vie, mais c'est peut-être parce qu'elles sont toutes à la maison, occupées à être vertueuses. Kyuri, je crois, s'en rapproche, mais elle a son lot de problèmes, qui tueraient sa mère et sa sœur si jamais elles les découvraient.

Mais pour Sujin, et pour elle seule, je songe à rentrer à la maison pour le Nouvel An lunaire, et à l'amener avec moi. Cette semaine encore, je l'ai vue fondre en larmes devant le miroir de notre salle de bains, agitée et désespérée, et je me suis demandé comment lui changer les idées, pour qu'elle arrête de penser à l'état de son visage. Ça va déjà beaucoup mieux, mais elle n'arrive pas à accepter que ça reste aussi obstinément enflé.

— Toutes les blogueuses ont leur œdème qui diminue tellement plus vite. Ça fait plus de deux mois ! Ce n'est pas normal, on est d'accord ? Je devrais appeler le docteur Shim, pas vrai ? Tu ne crois pas, Ara ? Et j'entends toujours un cliquètement dans ma mâchoire quand je *marche*. Ça ne peut pas être normal, sinon ils me l'auraient dit à la clinique, pas vrai ?

C'est vrai qu'elle semble avoir la mâchoire plus gonflée que les blogueuses, mais le bas de son visage ne ressort plus comme celui d'un poisson, ce qui était le cas autrefois. Au contraire, sa bouche est tellement rentrée qu'à mon avis, et je me garde bien de le dire, elle semble édentée. Même si je lui répète qu'elle sera beaucoup plus belle que toutes les blogueuses le moment venu – sa transformation sera d'autant plus spectaculaire qu'elle aura pris plus de temps –, elle repousse mon bloc-notes quand j'écris cela.

C'est évidemment Taein qui m'a donné l'idée et le courage d'y penser. Dans son dernier message SwitchBox, il a dit qu'il rentrait chez lui à Gwangju avant de partir pour la tournée mondiale de Crown. Ça sera son premier retour à la maison depuis le *début* du groupe. Il dit que nos racines sont ce qui fait de nous qui nous sommes, et qu'il ne changerait pas les difficultés de son passé pour tout l'or du monde, parce que ce sont elles qui donnent forme à ses paroles, sa musique, et même sa danse aujourd'hui. Et s'il peut trouver le courage de rendre visite à sa mère avec laquelle il est en froid et à ses quatre frères aînés, qui l'ignoraient autrefois et lui ont fait un procès pour avoir une part de ses bénéfices avec Crown, moi aussi je peux rentrer à la maison. Je dois reconnaître que ça me donne chaud partout, de m'embarquer dans ce voyage parallèle avec Taein.

Sujin commencera par protester. « Et notre tradition ? » dira-t-elle. À chaque grande fête, nous nous rendons dans un spa différent et passons la journée entière à déambuler d'une pièce à thème à une autre, d'un bassin de pierre à un autre, et le soir nous nous endormons devant la télé avec un masque à la bave d'escargot étalé sur la figure, et de l'huile de fleurs de *Jeju* dans nos cheveux cassants.

Au fil des ans, nous avons été surprises du nombre de personnes que nous avons vues dans ces bains. C'est bon de savoir que nous ne sommes pas seules à ne pas vouloir rentrer à la maison.

J'aime notre tradition à nous autant que Sujin, mais j'ai lu quelque part qu'il vaut mieux éviter les saunas pendant un mois après une opération pour limiter le risque d'infection, et, bien que la sienne remonte à plus de deux mois, je préférerais qu'elle ne s'y rende pas. Être dévisagée par des inconnus serait également catastrophique pour son état mental.

Aussi quand ma mère envoie son habituel texto timide pour s'enquérir de mes projets pour le Nouvel An lunaire, et me dit qu'elle espère que je vais venir à la maison, car elle doit discuter d'un point important avec moi, je finis par accepter. Et j'ajoute que Sujin m'accompagnera. *Elle se remet d'une importante opération et a besoin de changer d'air*, écris-je. C'est pour que ma mère sache qu'elle ne doit pas nourrir l'espoir fragile que ça devienne une habitude. J'imagine ma mère bouche bée devant ma réponse inattendue, s'élançant vers le garage de la Grande Maison pour trouver mon père.

Pendant que nous serons à la maison, Sujin devra concentrer toute son énergie sur moi, pour m'empêcher de me mettre dans tous mes états. Pour compenser mes horribles souvenirs, elle va devoir se donner corps et âme.

C'est fou ce que je suis prête à faire pour elle.

Nous voyageons le jour même du Nouvel An lunaire, car les billets pour les jours précédents étaient épuisés depuis longtemps. Miho est avec nous. Elle a entendu que nous rentrions à Cheongju, et elle voulait venir aussi pour se rendre sur la tombe de son professeur au Loring Center. Je me suis sentie obligée de l'inviter à séjourner avec nous, et elle a accepté avec empressement malgré mon manque d'enthousiasme. Kyuri était déjà partie rendre visite à sa mère depuis quelques jours, et j'étais contente de ne pas avoir besoin de l'inviter aussi.

Ça sera extrêmement inconfortable, ai-je prévenu Miho, en soulignant *extrêmement* plusieurs fois. *Tu vas dormir par terre. Sur une simple couverture, pas une natte. Et on n'a plus d'eau chaude dès le début de l'après-midi, ou dès que trop de gens ont pris des douches à la suite. Et on a des toilettes à la turque.*

— C'est très bien, a répondu Miho d'un ton serein en enroulant sa longue queue-de-cheval sinueuse autour de son poignet maigre. Je ne me lave les cheveux que deux fois par semaine de toute façon, et en plus j'ai appris que la maison de tes parents était un immense *hanok* vieux de plusieurs siècles. Je crois que je me souviens d'avoir entendu Sujin le mentionner quand nous étions plus jeunes. J'ai *vraiment* envie de la voir.

Son visage vif et piquant débordait d'espoir.

J'ai secoué la tête.

— Attends, tu ne vis pas dans un domaine *hanok* ?

J'ai soupiré en me demandant comment tout lui expliquer, le caractère antique et irréel de la vie de mes parents. En plus, pourquoi est-ce que je me massacrerais les mains dans un salon de coiffure si j'étais l'héritière d'un *hanok* pluriséculaire ? C'est un miracle que Miho ait survécu si longtemps dans ce monde avec si peu de jugeote.

Je suis allée trouver Sujin, qui se dévisageait une fois de plus dans le miroir de la salle de bains comme un fantôme, ses cheveux emmêlés tombant le long de ses joues, et lui ai tapoté l'épaule.

— Oh, fiche-moi la paix, a-t-elle dit d'un ton fâché.

Je l'ai tapotée de nouveau, fort.

Peux-tu te rendre utile, s'il te plaît? ai-je écrit pour le lui montrer. *Miho croit que je viens d'une famille riche, et j'ai besoin que tu lui expliques comment ce sera en réalité de séjourner chez moi.*

Sujin non plus n'a jamais dormi là, mais elle est venue plusieurs fois chez moi quand nous étions au collège, avant l'accident.

— Mais pourquoi elle croit une chose pareille ? s'étonne Sujin.

Mais elle avait à présent l'éclat de la mission dans le regard lorsqu'elle est passée devant moi d'un pas vif pour rectifier les idées de Miho. J'avais envie d'ajouter que c'était certainement à cause de Sujin que Miho se trompait ainsi.

— Apparemment, il faut que tu comprennes deux, trois trucs, l'ai-je entendue dire à Miho d'un ton autoritaire.

Je suis rentrée dans ma chambre, et j'ai claqué la porte.

Ainsi, nous voici, Sujin, Miho et moi, assises ensemble au fond d'un bus « express » cahotant, nos sacs entassés. Même au centre-ville de Cheongju – ne parlons même pas des collines à l'arrière de la ville – on ne saura pas quoi penser de nous. Une Sujin à l'optimisme retrouvé, cachée derrière d'énormes lunettes de soleil et un foulard bariolé. Miho l'éthérée emmaillotée dans un manteau en fausse fourrure vert émeraude. Et moi, craintive comme une souris. Ma seule touche de gaieté réside dans mes cheveux : je les ai teints en fuchsia il y a dix jours, dans un accès de panique après l'achat des billets pour la maison. Les racines apparaissent déjà d'une façon volontairement cool (j'espère). M. Kwon était ravi que je me teigne en rose, et il m'a proposé de faire la décoloration initiale lui-même : il nous pousse toujours à expérimenter les couleurs sur nous, et plus c'est fou, plus il est content. Il dit que les clients sont plus satisfaits de confier leur chevelure à des gens imaginatifs. Je sais que d'ici une semaine, ça commencera à se faner, mais pour le moment ça me rend heureuse, comme si j'avais lancé un signal au monde. Déjà, j'ai remarqué que les gens réagissent avec beaucoup de prudence face à une personne aux cheveux fuchsia, même si cette personne est muette.

Par chance, le bus est presque vide – la plus grosse partie des légions d'enfants dévoués a déjà transité depuis des jours vers les provinces – et le chauffeur estime le temps de trajet à un peu moins de trois heures.

Sujin et Miho se disputent pour savoir si Sujin doit se rendre au Loring Center et sur la tombe de Miss Loring avec Miho ou non. Elle n'y a jamais remis les pieds depuis le jour où elle est partie.

— Je ne comprends pas, je pensais que tu appréciais Miss Loring, dit Miho, blessée.

— Tu prends vraiment tes rêves pour la réalité ! s'offusque Sujin en me regardant d'un air effaré. Demande à Ara. Est-ce que j'appréciais une seule personne au Loring Center ? Surtout la Blanche ? Je n'arrive pas à croire que tu aies pu imaginer ça une seule seconde !

Je lui tapote le dos et écris *elle détestait tout le monde* sur mon calepin. Sujin le passe à Miho.

— Mais Miss Loring était tellement gentille ! Elle nous a légué tout son argent, tu te souviens ? Toutes nos fournitures scolaires, le matériel d'art, nos vêtements… c'était tout grâce à elle. Tu es forcément reconnaissante pour ça ?

Miho lance un regard atterré à Sujin, qui sort la lèvre, vexée.

— *Toi*, elle t'aimait bien, parce que tu avais du talent et que tu étais jolie, rétorque-t-elle. *Moi*, je ne suis jamais allée dans la salle d'arts plastiques. Elle n'aimait que les enfants qui sortaient du lot parce que ça la valorisait. Comme Yunmi, de la classe en dessous de nous. Miss Loring l'aimait bien parce qu'elle était belle et qu'elle savait chanter. Elle lui a dégotté une bourse pour des études de musique.

Sujin hausse les épaules avant de nuancer :

— Nous autres, ce n'est pas qu'elle ne nous aimait pas, c'est juste que… Oh, peu importe, tu ne peux pas comprendre. Et d'ailleurs, je reconnais totalement que je n'arrêtais pas les bêtises, donc c'était normal qu'elle ne m'aime pas.

— Tu viens juste de dire que ce n'est pas vrai qu'elle ne t'aimait pas, objecte Miho.

— Oh, tais-toi.

Miho fronce les sourcils et se retourne sur son siège avec colère, bousculant la pile de bagages à côté d'elle. Le sac du dessus, qui lui appartient, tombe avec un bruit sourd.

— Merde ! siffle Miho en le contemplant, hagarde.

Nous la regardons.

— C'était mon cadeau pour tes parents, explique-t-elle avec désolation.

Elle se lève d'un bond et prend le sac sur ses genoux. Elle l'ouvre et en sort une grosse boîte noire, avec le logo du grand magasin *Joye* gravé dans une jolie police longiligne.

— C'est quoi ? chuchote Sujin.

Je leur avais dit à toutes les deux, en vain, que ce n'était pas la peine d'acheter des cadeaux pour mes parents – que c'était du gâchis. Mais elles ne m'ont pas écoutée. Sujin a apporté un gros gâteau à la crème et au thé vert de la nouvelle boulangerie de Shinyoung Plaza, où la queue fait tout le tour du pâté de maisons. « Mais au moins il te plaira à *toi*, même si tes parents ne l'aiment pas », a-t-elle répondu, lorsque je lui ai écrit, exaspérée, que mes parents ne mangeaient pas de pâtisseries occidentales et qu'ils ne devineraient jamais qu'elle l'avait payé pas loin de cent mille wons. Et si jamais ils apprenaient le prix, ça leur ferait exploser la tête. Ils la trouveraient panier percé au point d'en être criminelle, et même obscène.

Miho force un peu pour soulever le couvercle et soupire de bonheur : la profonde boîte carrée est remplie de rangées bien nettes de roses parfaites, à la délicate teinte rose poudré. Elles dégagent une odeur frappante, délicieuse dans l'air confiné du bus. J'échange un regard avec Sujin : je n'avais jamais vu ce genre de bouquet, mais, de toute évidence, il est monstrueusement cher. Et les fleurs sont le pire cadeau possible pour des gens comme nous ! Miho devrait le savoir et ne pas gaspiller son argent ! Je me remets à soupirer, et Sujin me donne un coup de coude.

— Elles sont magnifiques, dit-elle. Et cette chute ne les a absolument pas abîmées.

— Elles sont censées tenir *un an*, vous vous rendez compte ? La mère de Hanbin a déposé un brevet en Corée pour cette technologie chimique l'année dernière.

Je soupire et lui souris. J'espère au moins qu'elle a obtenu une réduction de son petit ami, même si j'en doute fort. Il ne me reste rien d'autre à faire que me tourner vers la fenêtre. Nous sommes à présent sur l'autoroute. Le nombre de constructions en cours est incroyable, bien que nous nous éloignions à toute vitesse de Gangnam. Chaque bâtiment est surmonté par une énorme grue orange qui fait pivoter d'immenses poutres et planches dans les airs. L'échelle de ces nouveaux immeubles d'habitation me coupe le souffle. Je n'arrive pas à les imaginer se remplir tous de gens, de meubles et de lumière. Des centaines, non, des milliers d'appartements, si loin du cœur de la capitale, et pourtant je ne pourrais jamais m'en payer un, même en économisant toute ma vie. D'une certaine façon, je serai contente quand nous approcherons de la maison et que le paysage se transformera en rizières et en lopins cultivés. Ça me rappellera le chemin parcouru, et non les buts inaccessibles.

À la station de taxis de la gare de Cheongju, nous devons attendre une demi-heure qu'un véhicule se présente, car personne n'aime travailler le jour du Nouvel An. J'ai lu quelque part que, parmi les chauffeurs qui travaillent les jours fériés, beaucoup sont des repris de justice qui ne peuvent pas rentrer dans leurs familles à cause de la honte. Par chance, il y a un banc à côté de la station, et nous nous serrons les unes contre les autres pour nous réchauffer. Miho et Sujin gloussent devant les regards hostiles que nous essuyons de la part des rares passants.

— *Home sweet home*, commente Sujin d'un ton théâtral.

C'est vrai, à Gangnam personne ne nous accorderait un regard – malgré le manteau vert, les cheveux roses, tout ça. Le simple fait que nous attendions à la station nous désigne comme « différentes ». Les autres passagers avaient des voitures et des membres de leur famille qui les attendaient le long du trottoir, avec des sourires impatients.

Après trois ans d'absence, c'est difficile de croire que ce petit bâtiment à un étage de la taille d'un supermarché de Séoul est le principal centre de transit ici. Quand j'étais jeune, j'avais l'impression que le reste du monde était comprimé dans cette gare routière, où l'on voyait des gens au pas rapide, avec de gros bagages, se diriger vers des vies au sombre éclat de glamour.

Un unique taxi tourne à l'angle de la rue déserte, et nous y montons avec un soupir de soulagement. Sujin donne l'adresse au chauffeur.

— Il y a un grand domaine *hanok* par là-bas, c'est ça ? demande le chauffeur en nous regardant mieux dans le rétroviseur. Il paraît qu'ils tournent plein d'émissions de télé là-dedans. Lee Hoonki, l'acteur, est venu il y a quelques mois. C'est mon copain qui l'a transporté. Vous habitez dans le coin, les filles ?

— Non, non, répond Sujin. Nous passons juste quelques jours ici, parce qu'on a des connaissances dans le coin.

Il y a un silence, puis Sujin renoue brusquement la conversation avec le chauffeur, ce qui ne lui ressemble pas. Je me demande si elle est en train de se souvenir de la même chose que moi – que nous allons passer à côté de l'Arche sur le chemin vers chez moi.

Peut-être que si je me concentre suffisamment, j'arriverai à la conclusion que si je ne suis pas rentrée chez moi depuis trois ans, c'est parce que je ne voulais pas passer à côté du lieu de ma blessure. Vous voyez, il n'y a qu'une seule route vers la Grande Maison, et on ne peut pas faire autrement.

Je suis sûre que la plupart des gens ne remarquent même pas la petite arche de pierre lorsqu'ils passent à côté à pied ou en voiture – elle est émoussée, et si loin du chemin de terre qu'on se demande même pourquoi elle a été construite. Je dois être la seule personne à lui attacher la moindre signification. Quand nous étions au collège, c'était là que les adolescents rebelles aimaient traîner à la tombée de la nuit – chaque crevasse était bourrée de mégots de cigarette, d'emballages de chewing-gum et de briquets cassés. Dans les années qui ont suivi mon accident, je n'ai plus jamais vu personne s'y attarder. Des rumeurs de taches de sang et de malchance avaient circulé dans les écoles du coin.

Jusqu'à ce que je perde la voix, mes parents économisaient pour acheter un petit appartement en ville, dont on leur avait assuré qu'il doublerait de valeur en dix ans. L'une des autres gouvernantes de la Grande Maison avait un fils agent immobilier. Cet homme avait des relations dans le comité d'urbanisme, et il connaissait les plans de développement.

Donc, ce n'est pas seulement moi qui ai perdu ma voie dans la vie ce jour-là, mais mes parents également. C'est pour ça que je suis partie. Je ne supporte pas de voir mes parents toujours logés dans la petite annexe sur le domaine de la Grande Maison, alors qu'ils devraient rentrer chaque soir dans un étincelant appartement neuf qui vaudrait quatre fois plus que ce qu'ils l'auraient payé, grâce à la nouvelle gare ferroviaire. D'après ce que postent mes anciens camarades de classe sur les réseaux sociaux, ce quartier autrefois pourrissant scintille désormais de vie et d'argent. Mais les économies de mes parents ont été englouties par une farandole de spécialistes qui leur ont tous répété ce que je savais déjà : que j'avais perdu la voix et qu'il était peu probable que je reparle un jour.

Je crois que le plus dur, c'était de voir mes parents tellement terrifiés pour moi. Je ne sais pas vers quel genre de vie ils avaient cru que je me dirigeais, sachant que je n'avais jamais particulièrement brillé à l'école et n'avais pas d'ambitions particulières, mais ma mère surtout en a été prostrée de chagrin. Elle a dû être hospitalisée un certain temps.

Ce n'est que récemment que j'ai compris qu'ils s'inquiétaient maintenant à l'idée qu'aucun homme normal ne veuille m'épouser. La pensée que je ne connaisse jamais la maternité était tellement affreuse que cela a provoqué une nouvelle bouffée de culpabilité de ne pas m'avoir donné de frères et sœurs. « Nous pensions que nous étions trop vieux, a dit ma mère en se tordant les mains. Nous avons été égoïstes, et maintenant tu vas te retrouver toute seule quand on sera morts. »

Souvent, quand je me trouve dans un lieu bondé et bruyant, je regarde tout autour de moi les gens qui parlent, et je me fais la remarque qu'une grande partie de leur être est concentrée dans leur voix, et que je vis désormais avec une fraction de cette existence. Et ensuite je joue à un jeu absurde avec moi-même : aurait-il été préférable de perdre plutôt l'ouïe, ou la vue ? Mon sentiment d'autoapitoiement s'accroît quand j'écoute réellement les conversations.

Quand notre taxi se gare devant la grille principale de la Grande Maison, je dois indiquer au chauffeur de continuer.

— N'est-ce pas ici l'entrée ? demande-t-il, perplexe.

Sujin doit lui expliquer qu'il y en a une autre après l'angle, et Miho colle le nez à la vitre pour mieux voir alors que nous filons le long de la propriété.

Ma famille n'est pas obligée d'utiliser l'entrée de service – mes parents passent par la porte principale plusieurs fois par jour en vaquant à leurs tâches –, mais l'entrée de service est plus proche de notre petite annexe et je n'ai pas envie de croiser quelqu'un de la Grande Maison en cet instant. La voiture noire est stationnée sur l'avant – l'imposante Equus, maintenant âgée de quinze ans sans doute, mais toujours aussi étincelante grâce au soin qu'en prend mon père.

Mon père, que tout le monde dans le voisinage appelle Changee, est le chauffeur de la Grande Maison depuis qu'il est rentré de l'armée, âgé d'un peu plus de vingt ans. Il était le plus jeune fils du serviteur du maître, et il a épousé ma mère, la fille de la femme de chambre. Ils m'ont eue très tard. Mon père est un homme taciturne qui n'a pas hérité le goût de son propre père pour les armes. J'ai entendu Jun, le plus jeune des fils de la Grande Maison, parler de mon célèbre grand-père à des camarades de classe, un jour. Ils étaient en train d'examiner l'énorme gourdin de bois exposé dans la salle de méditation de son père.

— C'est Seo-sshi qui l'a fait... C'était « l'esclave de corps » de mon grand-père. On dit qu'il a tué plusieurs hommes avec.

— Il peut nous en fabriquer un ? Il est toujours là ?

J'étais en train de faire les vitres du salon. Je me suis penchée dans l'espoir de les apercevoir.

— Eh bien, nous avons Changee, le fils de Seo-sshi, mais il est juste chauffeur et je ne pense pas qu'il sache fabriquer des armes. Mais peut-être que je lui dirai d'aller apprendre pour m'en faire une.

J'étais sur le point de prendre mon courage à deux mains pour lui dire ce que je savais du gourdin – qu'il avait été utilisé dans une bagarre contre un gang local au marché, et qu'un étranger avait proposé de l'acheter pour une forte somme. Mais lorsque j'ai entendu ces mots de Jun, j'ai jeté mon chiffon mouillé par terre, le geste le plus rebelle que je pouvais effectuer. Faisant le serment de ne jamais remettre les pieds dans cette demeure, je suis partie en rage vers l'annexe. À peine étais-je arrivée que ma mère m'a dit de courir apporter des gâteaux de riz à la Grande Maison, car Jun avait amené des invités.

Quand mes parents se sont mariés, ma mère a déménagé dans une petite annexe construite en hâte à l'extrémité du domaine comme cadeau de mariage, loin des logements des autres domestiques. Parce que c'était la seule structure de la propriété à ne pas avoir l'architecture traditionnelle d'un *hanok*, c'était aussi la plus petite et la plus laide – une longue boîte de béton avec un toit bleu qui abritait deux pièces étriquées et une cuisine. Le portrait austère de mon grand-père avait dominé ma chambre toute ma vie. Et c'était dans cette même chambre que Sujin et Miho allaient séjourner avec moi.

Quelques jours plus tôt, j'avais envoyé un texto à ma mère pour savoir si on pouvait emprunter des nattes à la Grande Maison. « On ne peut pas demander une chose pareille. Où as-tu la tête ? » avait-elle répondu.

J'avais fermé les yeux d'agacement en lisant son message. Il y avait des ailes entières désertes et sans usage, et sans doute des dizaines d'épaisses nattes brodées, luxueuses. Petite, j'étais la chouchoute de Lady Chang – elle aurait dit « oui » si j'avais demandé. Mais mes amies et moi allions dormir sur de minces couvertures.

Alors que nous franchissons l'entrée de service, Miho s'arrête théâtralement au milieu du sentier pour examiner les jardins.

— C'est *tellement* magnifique, dit-elle d'une voix rêveuse qui commence maintenant à me taper sur les nerfs. Ça date de quand ? Plusieurs siècles, non ?

Je hausse les épaules. Le domaine a plus d'un siècle, ça je le sais. La Grande Famille est obsédée par sa lignée.

— Tu n'as jamais demandé ? s'étonne Miho.

Elle pose un regard affamé sur la mare aux nénuphars, la pagode, les jardins de pins taillés, la Grande Maison elle-même avec ses boiseries ouvragées et le toit en pente. D'énormes grenouilles de pierre montent la garde devant l'entrée de chaque bâtiment. La pelouse a été tondue à la perfection par mon père – cela fait partie de ses devoirs.

— Ce n'est pas sa famille à elle, qu'est-ce que tu veux que ça lui fasse ? réplique Sujin d'un ton cinglant.

Je la remercie d'un grand sourire.

— Si je vivais ici, je ne partirais jamais, commente Miho sans cesser d'admirer.

Comme on pouvait s'y attendre, elle continue même quand nous atteignons enfin l'annexe. Elle pose ses sacs dans le salon sombre et déclare que c'est super cool de voir où j'ai grandi, et que j'avais beaucoup de chance d'avoir une chambre pour moi toute seule, enfant.

Mes parents ne sont pas là, évidemment, bien que je leur aie indiqué par texto quel bus nous prenions. Peu importe qu'on soit un jour férié – ce sont au contraire leurs plus grosses journées de travail, avec davantage de cuisine, de ménage, de courses et de rituels.

J'essaie de voir les lieux à travers les yeux de Miho et Sujin, et c'est aussi douloureux que je m'y attendais. Le papier peint du salon a jauni dans les coins et, à l'autre bout de la pièce, un papier tue-mouche triangulaire est incrusté de cadavres d'insectes – quelques-uns dans les derniers soubresauts de leur vie. J'espère que Miho ne remarque pas les savates « Adidis » assorties de mes parents dans l'entrée.

Miho me sourit et demande où sont les toilettes. Je fais un signe vers la droite. J'entre dans la cuisine, où Sujin s'est déjà servi du thé d'orge qu'elle a déniché dans une carafe au frigo, et déguste un gâteau de riz. Ma mère en a laissé une assiette sur la table.

— C'est un peu flippant, comme rien n'a changé, déclare Sujin avec un geste autour d'elle. J'ai l'impression d'être redevenue collégienne. C'est ta mère qui les a faits, pas vrai ? Tu en apportais à l'école.

Elle pousse l'assiette vers moi, mais je secoue la tête. Même enfant, je voyais bien combien de travail et de nettoyage cette recette exigeait, et je n'aimais pas en manger.

Nous allons trouver ma mère dans la cuisine de la Grande Maison. Elle est en train de faire des raviolis avec Mme Youngja et Mme Sukhyang à la table ronde. Mme Youngja et Mme Sukhyang poussent des cris d'excitation et agitent leurs mains pleines de farine en me voyant.

— Regardez qui voilà ! Ara ! Avec des cheveux roses ! Seigneur ! Et tu as pris du poids !

— Non, au contraire ! Elle a maigri !

Mme Youngja et Mme Sukhyang commencent aussitôt à se disputer. Ma mère me fait signe d'approcher. Sans un bruit, elle m'enlace dans un câlin plein d'émotion, et mon cœur tressaille de culpabilité quand je vois combien son visage s'est ridé. Sa peau paraît fine et poudreuse, et des mèches grises irrégulières strient sa chevelure. A-t-elle pu vieillir autant dans ce qui m'a paru un si court laps de temps ?

J'écris un message de bonne année et le lui montre. J'écris aussi les prénoms de Sujin et Miho et leur fais signe d'entrer dire bonjour.

Elles approchent timidement, font une courbette. Les personnes âgées les mettent mal à l'aise.

— Ça faisait longtemps, dit ma mère à Sujin.

Je suis soulagée de n'entendre ni tristesse ni reproche dans sa voix. Elle semble trop épuisée pour s'offusquer de voir la fille dont elle pensait autrefois qu'elle avait une mauvaise influence sur moi.

— C'est merveilleux d'être de retour ici ! s'écrie Sujin très fort.

J'attends que ma mère fasse une remarque sur le visage de Sujin – on dirait une tout autre personne, après tout –, mais elle ne dit rien.

— Tu es déjà venue ? demande Mme Youngja tout en fouillant le réfrigérateur à la recherche de quelque chose à nous offrir. Tu étais en classe avec Ara ?

Mme Youngja a rejoint le personnel relativement récemment – elle a commencé à travailler dans la Grande Maison quand j'étais au lycée. Mme Sukhyang a au moins dix ans de plus que ma mère, mais elle paraît le même âge, sans doute grâce à la vibrante teinture noir bleuté de ses cheveux.

— Au collège, oui, répond ma mère.

Et là, elle ajoute quelque chose qui me prend par surprise.

— Tu sais, une de ces gamines de l'orphelinat.

La gorge nouée, je me tourne vivement vers Sujin et Miho. Mme Youngja et Mme Sukhyang font de même. Les deux filles n'ont pas entendu cette appellation, ni ce ton, depuis bien longtemps.

— J'ai grandi là-bas aussi, révèle Miho d'un ton égal.

Les femmes claquent la langue avec compassion – « les pauvres petites, privées de maman », c'est ce qu'on éprouve en général. Mais nous savons toutes qu'à l'instant où nous quitterons la cuisine, cette compassion sera sapée par autre chose. *Je suis désolée*, dis-je à Sujin par gestes. Elle bat des cils rapidement pour dire que tout va bien, que je ne dois pas m'en faire.

— Venez, venez, vous avez besoin de manger après un si long voyage, nous enjoint Mme Sukhyang.

Elle soulève le couvercle de l'une des marmites sur le fourneau, et dépose les raviolis avec précaution.

— Elles habitent à Gangnam, vous savez, annonce Mme Youngja d'un air sagace à Mme Sukhyang.

En dehors des bouchons d'un jour férié, c'est à peine à deux heures de route en bus, mais je sais qu'aucune des deux ne s'est jamais approchée de l'endroit où nous vivons maintenant. Tous leurs enfants sont dans la région de Cheongju ; certains d'entre eux un peu plus loin, à Daejeon.

Ma mère apporte du *kimchi* et de la sauce pour les raviolis sur la table, et nous indique de nous asseoir. Miho la remercie d'une voix douce, et Sujin également.

— Elle est devenue beaucoup plus jolie, dit Mme Youngja à ma mère.

— Quel style ! ajoute Mme Sukhyang.

— C'est le Gangnam Style, rient-elles de concert.

— Vous restez jusqu'à quand ? demande Mme Youngja.

— Nous partons après-demain, répond Sujin.

— Quoi ? Si vite ! Mais alors, il n'y a pas de temps à perdre, s'affole Mme Sukhyang. Tu ferais mieux de demander à Ara très vite.

— Lui demander quoi ? s'enquiert Sujin.

Les femmes la regardent, et je sais ce qu'elles pensent – trop directe, pas de manières, ça doit être l'orphelinat. J'en ai la peau qui me picote, mais Sujin m'adresse un clin d'œil.

Ma mère a l'air peinée, mais elle semble se décider. Ça ne peut pas être bien sérieux si elle va m'en parler dans une cuisine pleine de monde.

— Comment ça se passe, au salon de coiffure ? me demande-t-elle lentement.

— Ça se passe *super*, intervient Sujin. Ara pourrait me couper les cheveux les yeux fermés, maintenant. Elle a tellement de clients réguliers qu'il faut appeler au moins une semaine à l'avance pour prendre rendez-vous. Toutes ces femmes riches qui réclament une permanente japonaise ! Elles *adorent* discuter avec elle. Elles disent qu'elle est très apaisante.

— C'est vrai ? s'extasie ma mère, toute fière.

Je m'apprête à hausser les épaules, mais Sujin me flanque un coup sous la table. Avec une grimace, je hoche la tête.

De quoi voulais-tu me parler ? écris-je.

Ma mère prend le bloc-notes et le rapproche pour mieux voir. Elle inspire un grand coup.

— Maintenant que tu es à la maison, je voudrais que tu prennes un peu de temps. Tu vieillis, et beaucoup de tes amies se marient.

Qu'est-ce que tu racontes ? écris-je, furieuse. *Personne ne se marie. Tu ne regardes pas les infos ? C'est un problème dans tout le pays !*

Elle attend que je finisse d'écrire, puis lit.

— Eh bien, ici, tout le monde se marie. Tu connais Hyehwa ? De la boulangerie ?

Hyehwa était dans mon lycée en même temps que moi. Nous acquiesçons, Sujin et moi.

— Elle se marie le mois prochain ! Je la vois chaque semaine quand nous allons chercher le pain. Peut-être que tu pourrais passer la féliciter en personne, pendant que tu es là.

J'avais pensé que mes parents auraient fini par renoncer avec leur fille muette, têtue et obsédée par une idole. Hyehwa était une vraie sainte-nitouche à l'école. Peut-être que Sujin l'avait bousculée une ou deux fois, je ne me souviens plus. Je regarde Sujin, qui prend un air très innocent tout en remplissant sa cuillère de bouillon.

— Moon, le coiffeur, cherche une assistante, annonce brusquement ma mère. Tu te souviens de lui ?

Bien sûr, je le connaissais. M. Moon avec ses cheveux hirsutes, sa barbe et sa voix rocailleuse. Un été, quand j'étais au lycée, j'ai balayé son salon et, parfois, je gardais son fils. Il me donnait des échantillons de teinture que je passais à Sujin.

Ça doit bien marcher pour lui, s'il a besoin d'une assistante, écris-je.

Sa femme et la sœur jumelle de celle-ci travaillaient également dans le salon, je me le rappelle. Mais ma mère ne peut quand même pas imaginer que je viendrais travailler dans l'échoppe minuscule de M. Moon !

— Sa femme est partie. Sa belle-sœur aussi. Elles sont retournées à Daejeon.

Oh, c'est triste.

— Son fils t'aimait vraiment bien, ajoute ma mère.

Le bébé Moon, avec ses yeux chafouins, ne m'aimait pas du tout. Il se mettait à hurler comme un goret chaque fois que je l'emmenais faire un tour dans sa poussette.

— On a parlé de toi, et il garde de très bons souvenirs, reprend ma mère.

Les deux autres femmes me regardent avec des yeux de chouette.

— Il demande souvent de tes nouvelles.

— C'est un brave homme, ce Moon, renchérit Mme Sukhyang, avec un hochement de tête. Il était trop bien pour sa traînée de femme.

J'échange un regard amusé avec Sujin, mais Miho se penche vers l'avant.

— Quel âge a-t-il ?

— Oh, il est encore jeune, répond Mme Youngja. Je l'ai vu aider le médecin herboriste à déplacer de gigantesques cabinets de médicaments l'autre jour. Moon les portait sur ses épaules, torse nu, comme de vulgaires sacs de riz !

— Je me demande s'il pourrait lui offrir autant que son salaire à Gangnam, cependant, poursuit Miho d'un air grave, sans me regarder.

— Son *salaire* ? s'étrangle Mme Sukhyang. Ce n'est pas l'argent, la question !

Elle se tait un instant, posée.

— C'est de savoir quel genre d'homme apprécie les cheveux roses ! conclut-elle avec triomphe.

— Il faut être réaliste, Ara, dit ma mère, les yeux rivés sur moi. Il aimerait te voir pendant que tu es là.

— Tu m'étonnes, grommelle Sujin d'un air sombre. Elle a dix ans de moins que sa femme, qui était déjà très jeune !

— Pourquoi est-elle partie ? demande Miho.

— Je ne l'ai jamais aimée, décrète Mme Sukhyang d'un ton appuyé. Quand ils ont ouvert, elle m'a fait une coupe horrible que Moon a dû rattraper ensuite. Et je crois qu'elle était *ivre*.

Personne d'autre ne dit un mot.

— Va le voir juste une fois, supplie ma mère. Une fois, c'est tout. Est-ce trop demander de la part d'une mère ? Une chance pour sa fille d'avoir une vie normale ? À Gangnam, les gens ne sont pas normaux. Ils ne vivent pas de façon normale. Ici, on prendrait soin de toi. Ce serait confortable. Juste une *conversation*. C'est tout ce que je demande.

Je ferme les yeux et inspire. Je perçois l'énergie de Sujin, perturbée, presque hystérique. Moi qui voulais lui changer les idées, c'est réussi. Pour elle, je ferme les yeux comme si je souffrais, alors qu'en réalité, je trouve ça totalement hilarant. M. Moon ! Et le bébé Moon !

— On va la travailler, ne vous inquiétez pas, répond Miho d'une voix rassurante. Vous pouvez être certaine qu'on va en parler toute la nuit.

Je suis au désespoir alors que nous quittons la cuisine. Ma mère vient de nous envoyer à la cave chercher des jarres de *kimchi* blanc.

— Wouah, murmure Miho derrière moi alors que nous passons sans bruit devant le couloir principal pour descendre l'escalier.

Je ne sais pas ce qui l'ébahit comme ça. C'est juste une très vieille baraque pleine de très vieux meubles occidentaux qui ne vont pas du tout avec l'architecture traditionnelle. Ça n'est pas comme une de ces auberges *hanok* bien entretenues avec du mobilier incrusté de nacre et des paravents de soie brodés.

À la cave, nous trouvons des rangées sans fin de jarres. Je me dirige vers le coin du *kimchi* blanc et choisis le plus petit pot. À ma gauche, Miho est en train d'ouvrir le plus gros, et l'arôme âcre et épicé se répand dans la pièce sombre.

— Ça sent trop bon, dit-elle.

Sujin lui donne une tape sur la main et remet le couvercle en place.

Pourquoi tu as dit à ma mère que tu essaierais de me persuader? écris-je.

— Pourquoi refuserais-tu de le voir? s'étonne Miho.

— Qu'est-ce que tu racontes, espèce de folle? s'écrie Sujin.

— Écoute, sans compter le fait que ça rendrait ta vieille mère heureuse et la ferait taire en ne gaspillant que dix minutes de ton temps, pourquoi ne pas aller voir à quoi pourrait ressembler une vie différente?

Miho soulève le couvercle d'une autre jarre et, cette fois, elle y glisse un doigt pour le lécher. Elle se tourne vers moi et hausse les épaules.

— À ta place, j'examinerais toutes les possibilités pour voir quelle est la meilleure. Comme ça, quel que soit ton choix, tu seras convaincue de faire le bon.

Je secoue la tête. Peut-être que ça fonctionne pour elle, mais je n'ai pas besoin d'aller voir M. Moon pour savoir à quoi ressemblerait ma vie à Cheongju. Ça n'a même aucune importance de savoir à quel point il est gentil, ou s'il ferait un bon époux. Pour moi, tout ce qui compte est ce que je lis dans les yeux des gens quand ils me regardent, ici. Ce serait juste un tiret de plus sur la longue liste de la modeste existence de la fille des domestiques de la Grande Maison, muette et seconde épouse. Je préfère mourir seule au milieu de la ville, à écouter la voix de Taein tous les jours sur mon téléphone.

Ce qui me rend triste, c'est que ma mère pense que la vie n'a rien de meilleur à m'offrir.

— Eh bien, dit Sujin. Miho n'a pas tort.

Je la dévisage avec rage.

— Ça ferait plaisir à ta mère qu'on aille le voir, et ça serait marrant !

Je secoue violemment la tête.

— Oh, allez…, insiste Sujin. Il n'y a rien d'autre à faire par ici, de toute façon.

Tu pourrais aller revoir le Loring Center avec Miho, réponds-je.

— Et pourquoi je ferais une chose pareille ? demande-t-elle, les yeux brillants.

C'est le jour de l'an, il n'est sans doute pas dans sa fichue boutique, écris-je pour Sujin avant qu'on se mette en chemin vers l'abri à vélos. Aucune de nous n'a apporté de gants, et nous aurons les doigts gelés si nous allons en ville à bicyclette.

— Eh bien, dans ce cas, nous pourrions aller prendre un café à la boulangerie et féliciter Hyehwa. Et lui demander une réduc', propose Sujin avec un sourire diabolique.

Nous tournons au coin, et Sujin nous guide vers l'une des grilles intérieures. Elle a une bonne mémoire, celle-ci. Nous n'avons fait du vélo que quelques fois, et c'était il y a de nombreuses années. Mon père garde toujours les bicyclettes de l'appentis propres et huilées, bien que je doute que quiconque les utilise, maintenant que tous les enfants de la Grande Maison ont quitté le nid.

Devant l'abri à vélos, nous tombons nez à nez avec un homme qui descend le sentier dans un épais manteau noir. C'est le plus jeune fils, Jun, qui nous regarde avec un sourire surpris, les mains dans les poches. Cela fait des années que je ne l'ai pas vu, depuis qu'il est parti au service militaire. Ma mère m'a dit qu'il était devenu chercheur dans le nucléaire, et qu'il travaillait pour l'État. C'est le seul des enfants qui ne soit pas encore marié.

— Bonjour, dit-il. Qui êtes-vous ?

Il a une voix amicale, intéressée, alors qu'il nous regarde toutes les trois, mais surtout Miho. C'est vrai qu'elle paraît particulièrement décalée ici, avec son manteau vert émeraude et ses cheveux, ramenés en une queue-de-cheval haute pour la balade à vélo, qui volent au vent.

Les filles reculent un peu. Je le salue d'une courbette et croise son regard.

— Oh, mais c'est Ara ! s'écrie-t-il, surpris. Ce sont tes amies ?

Il a pris ce ton jovial et paternaliste de la Grande Famille que je déteste tant. Je hoche la tête.

— Bonjour, intervient Sujin. Nous rendons visite aux parents d'Ara pour le Nouvel An.

— Ah, je vois, répond-il en se passant la main dans les cheveux. Des nouvelles amies de Séoul.

— Bonne année, dit Sujin sans le contredire.

Elle l'a déjà rencontré plusieurs fois dans notre ancienne vie.

— Bonne année, répète-t-il.

Avec une nouvelle courbette, je suis la première à me remettre en route pour entrer dans l'appentis, les filles sur les talons. Alors que je prends mon vieux vélo et en cherche d'autres qui aillent à Sujin et Miho, je lève les yeux et le vois, toujours au bout du sentier à nous contempler, jusqu'à ce qu'il croise mon regard. Il m'adresse un signe du bras et je me détourne, feignant de ne pas l'avoir vu.

Quand j'étais à l'école, je ne vivais que pour ces instants où j'apercevais Jun. Pendant ces années, j'aidais ma mère dans la Grande Maison après la classe, afin de pouvoir m'asseoir sur sa chaise, et parfois même son lit, quand ma mère ne regardait pas. Si ma vie était une fiction, il serait tombé amoureux de moi et se serait battu contre ses parents pour une fin heureuse avec la fille de la gouvernante.

Mais nous voici, mes amies et moi, en train d'entrer dans la ville sur de vieilles bicyclettes, pour aller jeter un coup d'œil à un vieil homme esseulé qui a échoué en amour, est père d'un garçon, et pense déjà en termes de concessions.

Et tout ça pour rire, bien sûr.

Ça m'est égal, simplement parce que tout m'est égal depuis des années, depuis le jour où j'ai perdu la voix.

Ça nous prend presque vingt minutes d'arriver en ville parce que Miho n'est pas très à l'aise sur un vélo. Sans compter qu'elle ne cesse de s'arrêter pour admirer les arbres, bien que Sujin et moi hurlions qu'il fait froid et qu'elle ferait mieux de prendre une photo avec son téléphone pour l'admirer plus tard. « Mais les couleurs ne sont pas pareilles sur une photo », proteste-t-elle.

La boulangerie est dans la même rue que le salon de coiffure Moon, mais les filles insistent pour qu'on commence par le salon. Il n'y a aucune voiture, car tout le monde est encore en train de manger et de s'amuser à la maison en famille.

— On n'entre pas, ni rien, déclare Miho en haletant alors qu'elle pédale plus fort. Alors arrête de t'inquiéter comme ça, Ara ! Je veux juste avoir une image de ce à quoi il ressemble.

Sujin se contente de rire et de tirer la langue, vaguement dans ma direction.

Ça me semble particulièrement cruel de la part de Miho d'insister sur ce point alors que son petit ami, Hanbin, est non seulement vraiment beau et riche, mais qu'en plus il a notre âge et n'a pas d'enfants. Si je ne la connaissais pas, je penserais qu'elle ne veut voir Moon que pour se moquer de moi. Mais elle est si sincèrement curieuse de tant de choses que je suis obligée de la croire. Souvent, elle engage la conversation avec des inconnus dans le métro. Comme ils réagissent avec surprise et méfiance, elle est toujours effarée de leur hostilité. « À New York, tu peux parler à n'importe qui de n'importe quoi, n'importe quand, et avoir une conversation si longue que tu tomberas un peu amoureuse de cette personne, alors que tu ne la reverras jamais », m'a-t-elle expliqué. Maintenant, ça lui paraît bizarre qu'en Corée, si tu essaies de nouer une conversation avec quelqu'un à qui tu n'as pas été présentée, les gens te regardent comme si tu étais un rat menaçant. Pourtant, même la plus ténue des présentations par une connaissance archi-lointaine suffit à ce qu'ils te chouchoutent comme si tu étais leur sœur perdue de vue depuis des lustres.

Nous arrêtons nos vélos en face du salon, qui est aussi petit que dans mes souvenirs – juste trois fauteuils en cuir pivotants, dans une boutique qui ressemble à un aquarium en verre, avec une enseigne qui indique en anglais « MOON HAIR & STYLE » et « OPEN » sur la porte. La seule raison pour laquelle j'ai accepté de monter sur ce vélo est que j'étais certaine que ce serait fermé en ce jour férié. Qui se ferait couper les cheveux aujourd'hui, de toute façon ? Cela ne porte-t-il pas malheur de se couper les cheveux au Nouvel An ?

Il est à l'intérieur, en train de passer le balai, le dos tourné. Le sol est jonché de cheveux. Je me souviens d'avoir nettoyé ce sol pour lui, tentant de le faire le plus vite possible afin que le client suivant puisse s'asseoir. L'été où j'ai travaillé là, quand le salon n'était ouvert que depuis quelques mois, il y avait beaucoup d'attente pour passer entre les mains de M. Moon, surtout après la coupe drastique qu'il avait infligée à la propriétaire de l'épicerie. Cela avait transformé miraculeusement le visage de cette dame, et par conséquent sa personnalité. Il ne s'embêtait jamais avec ses propres cheveux, toujours hirsutes et ébouriffés. Et à présent, même de l'autre côté de la rue, je vois qu'ils sont sales et grisonnants.

— On dirait qu'il a besoin d'une coupe, remarque Sujin. Peut-être que tu pourrais entrer et t'occuper de lui.

Miho se met à glousser. Je fais une grimace, sors mon bloc-notes, et suis en train de chercher mon stylo lorsque j'entends Sujin faire :

— Oh, oh…

Lorsque je lève la tête, M. Moon est sur le seuil, porte ouverte, et nous fait signe d'approcher. Son visage habituellement neutre semble enthousiaste.

— C'est à nous qu'il s'adresse, pas vrai ? demande Sujin en jetant un coup d'œil tout autour pour vérifier.

— Regarde comme il est content de te voir ! chuchote Miho.

Réprimant de nouveaux gloussements, Miho saute de son vélo et commence à le pousser pour traverser la route, et Sujin l'imite. Furieuse, je les suis.

— Ça faisait longtemps, dit-il lentement sans me quitter des yeux. Tu es à la maison pour les fêtes ? Ça doit être tes amies.

Il salue Miho et Sujin de la tête.

— Bonne année ! répond Sujin avec une courbette. Ara me passait toujours les teintures que vous lui donniez quand elle travaillait ici. J'étais en classe avec elle.

— Ah, c'est toi, cette amie, dit M. Moon en la reconnaissant. Elle m'a demandé du violet une fois, je crois.

— Exact ! Pendant les vacances d'été, s'écrie Sujin.

— Le rose me plaît, reprend M. Moon avec un signe de tête. Ça a dû demander du temps.

Je lui adresse un sourire chancelant.

— Ara travaille dans un très grand salon à Gangnam, maintenant, explique Sujin.

— Sa mère me l'a dit. C'est une belle réussite !

— Vous passez le jour de l'an ici, dans le salon ? s'étonne Miho.

Je lui fais les gros yeux, mais elle feint de ne pas me voir.

— Oui, ma foi… Pas grand-chose d'autre à faire, hélas. Et j'ai eu quelques clients ce matin. Des gens occupés, tu sais, qui ne trouvent pas le temps autrement.

Je tends le bras pour tapoter l'épaule de Sujin, et désigne la boulangerie d'un coup de menton.

— Ah, nous étions en chemin pour dire bonjour à notre amie de la boulangerie qui se marie bientôt, annonce Sujin.

De toute évidence, ma torture a suffisamment duré. Elle enfourche sa bicyclette.

— C'était bon de vous revoir ! lance-t-elle.

Je m'apprête à sauter en selle à mon tour lorsque M. Moon reprend la parole :

— En fait, j'ai quelque chose pour toi, Ara. Tu veux bien entrer une seconde ?

— On sera à la boulangerie, Ara ! crie Miho.

Elles s'éloignent toutes les deux, ces traîtresses. Je mets mon vélo sur la béquille et le suis lentement en haut des marches et dans la boutique.

Dedans, le monde est étouffé et sent la laque, la cire et l'huile pour cheveux. C'est l'odeur familière qui me réveille d'un coup – je ne m'étais pas aperçue jusque-là que j'étais dans un état proche du rêve. Rentrer à la maison, voir Jun, pédaler dans les rues mornes ne m'avait pas semblé réel.

Au fond du salon, M. Moon ouvre le tiroir d'un buffet en bois et fouille dans une pile de cahiers. De près, je vois qu'il a beaucoup vieilli – il a l'air fatigué et son visage s'est empâté. Il a la peau plus foncée et plus tannée qu'autrefois, mais ses yeux ont eu un éclat plein d'émotion qui m'a alarmée lorsqu'il m'a regardée. Je prends un spray de coiffage et feins de l'examiner avant de le reposer.

— J'étais en train de nettoyer les tiroirs l'autre jour, et j'ai trouvé ça, dit-il en me le tendant. Je crois que c'est à toi ?

En effet, le cahier bleu électrique est à moi, et date du lycée, de mon cours d'éthique et de morale. J'ai dû l'oublier un des soirs où j'ai travaillé ici. Je le parcours, étonnée par mon écriture bien nette. « Ordre public et éthique sociale », « Règles de la société moderne », « Philosophie de la morale ». C'était une matière facile, et j'avais eu la surprise de me retrouver parmi les dix meilleurs élèves de tout le niveau – en trois ans de lycée, c'était bien la seule matière que j'avais réussie sans effort. Peut-être étaient-ce mes années de *noonchi* accru – mon talent pour déchiffrer les autres me faisait rarement défaut –, mais les réponses dans les QCM me semblaient si évidentes que ça en devenait idiot.

Je lui adresse un petit sourire et une courbette de remerciement, et roule le cahier pour le mettre dans mon sac. Alors que je me tourne pour partir, M. Moon se racle la gorge.

— Je suis content de savoir que tu réussis bien à Séoul, commence-t-il.

Je sens à son ton qu'il s'apprête à poursuivre. Je soupire intérieurement et envoie par télépathie un signal de détresse à Sujin.

— Tu as sans doute tout ce qu'il te faut comme fournitures, hein ? demande-t-il avec un geste embarrassé vers la boutique autour de nous. Sinon, je pourrais te donner quelque chose… de l'huile de coiffage, des masques…

Je secoue la tête.

— Bien, alors.

Il inspire et se tourne pour me faire face.

— Tu sais, j'ai toujours pensé que je vivrais à Séoul. C'est drôle. On ne réalise pas combien on est figé dans ses habitudes en vieillissant.

J'attends d'entendre ce qu'il a à me dire.

— Je suis content que tu vives de cette façon aventureuse que je n'ai jamais connue. Ça me rend très fier quand j'ai de tes nouvelles. C'est curieux. J'imagine que ce sera comme ça un jour avec mon fils, mais les gens disent qu'il ne faut jamais trop attendre de ses enfants, alors je ne sais pas. Je suppose que je ressens ça parce que j'ai eu une influence sur ta vie, et que ces aventures ont été possibles grâce à moi.

Il toussote, intimidé, et je suis totalement perplexe. Il s'essuie les mains sur son pantalon et reprend :

— Je sais, j'ai pris conscience ces derniers temps que je suis un imbécile. Ne pas avoir d'enfant vers qui rentrer le soir, et ne pas avoir ses cris, ses caprices et ses besoins qui emplissent chaque instant de ma vie... ça laisse beaucoup de temps pour réfléchir et penser aux conversations qui auraient dû avoir lieu, mais ne se sont pas produites. Si je devais mourir demain, je veux avoir dit tout ce que j'avais à dire aux gens que je connais.

Il se met à me raconter que c'est lui qui a appelé la police ce soir-là – le soir où j'ai été blessée. Il se rendait à la Grande Maison parce que Lady Chang était venue pour la première fois dans la boutique et y avait oublié son foulard. Il ne supportait pas l'idée que Lady Chang s'inquiète pour son coûteux accessoire abandonné aux clients, et il n'avait pas son numéro de téléphone. Il l'a donc emballé soigneusement dans un sac de courses et s'est mis en chemin vers la Grande Maison après son dernier client de la soirée.

Il avait pris beaucoup de plaisir à cette promenade dans le crépuscule, jusqu'à ce qu'il commence à entendre les sons reconnaissables entre tous de la violence. La peur avait été sa première réaction – il avait fait demi-tour pour s'éloigner d'un pas rapide, mais presque aussitôt après il avait repris ses esprits. Les cris étaient ceux de jeunes filles. Imaginant le pire, il s'était senti tenu d'intervenir. Il avait appelé la police avec son téléphone et leur avait indiqué l'endroit avant de leur décrire ce qu'il entendait. À peine avait-il raccroché qu'il se faufilait en direction de l'Arche.

Il m'a vue en premier, dit-il. Il m'a reconnue, car je venais au salon avec ma mère. En fait, c'était elle qui l'avait présenté à Lady Chang, qui encore à ce jour est une fidèle cliente.

Il m'a vue, a vu ce qui était en train de m'arriver, et s'est mis à courir vers nous. On aurait cru – d'après lui – que la fille allait me tuer. Apparemment prise de folie, elle me fracassait la tête avec un objet et ne montrait aucun signe de vouloir s'arrêter. Il s'est mis à crier « Police ! Police ! » et d'autres choses dont il ne se souvient pas. En un instant, tous les jeunes, moi comprise, avaient disparu, et il était resté stupéfait. Il avait fait quelques pas hésitants dans la direction par laquelle j'étais partie. Puis, entendant les sirènes, il avait décidé de rester parler à la police plutôt que d'être vu en train de courir et pris pour l'un des agresseurs. De fait, la police avait semblé pleine de soupçons. Mais, par chance, ses vêtements n'étaient pas tachés, alors que beaucoup de sang avait été répandu ce soir-là. Ils lui ont demandé s'il avait reconnu quelqu'un, et il avait répondu que c'était l'une de ses plus jeunes clientes, mais qu'il ne connaissait pas son nom. C'était la vérité. À l'époque, il ne savait pas non plus que je vivais à la Grande Maison.

—J'ai récemment appris… hier, en fait, quand l'une des femmes qui travaillent avec ta mère est venue pour sa permanente… que le fait que je prenne de tes nouvelles et que je demande comment ça se passe pour toi à Séoul a été interprété à tort pour quelque chose qui ressemblerait à un intérêt sentimental. Surtout depuis… eh bien, je suis sûr que tu es au courant… ce qui s'est produit avec mon épouse, poursuit-il, les yeux baissés. Ça m'a fait beaucoup de peine de penser que les gens imaginent cela de moi, mais je ne savais pas comment rectifier. C'est pour ça que j'étais si surpris de vous voir, toi et tes amies, en train de me regarder par la vitrine juste maintenant, parce que je me demandais bien comment clarifier la situation.

Son téléphone sonne et il le sort de sa poche. « Ko, Avocat », s'affiche sur son écran. Il refuse l'appel avec une grimace, puis se tourne à nouveau vers moi. Il inspire.

— Même si l'existence ne me fait pas de cadeaux en ce moment, le souvenir d'avoir sauvé une vie… d'avoir fait quelque chose qui compte… je peux m'y raccrocher, dit-il avec émotion. C'est peut-être ma seule bouée de sauvetage. Et je suis tellement heureux de pouvoir te le dire. Ce que ta vie représente pour tes parents… tu le comprendras un jour, quand tu auras des enfants à ton tour.

Plus tard, quand Sujin et Miho ressortent enfin de la boulangerie chargées de sacs en papier remplis de pain et de gâteaux généreusement offerts par Hyehwa, je suis assise sur le trottoir. Je contemple le ciel d'hiver sans nuages et me demande si je suis plus heureuse maintenant qu'il y a vingt minutes, quand j'ignorais ce que je sais maintenant.

— Coucou ! Alors, il t'a demandé ta main ? s'enquiert Sujin en arrachant un morceau de chou à la crème pour me le donner.

C'est froid et sucré, et je tends immédiatement la main pour en avoir plus.

— Je n'arrive pas à croire que quelqu'un de notre âge se marie déjà, soupire Miho en se retournant vers la boulangerie. Tu veux entrer lui dire bonjour ?

À travers la vitrine embuée, j'aperçois Hyehwa, très soignée, en train d'arranger des tranches de cake. Je secoue la tête.

— Je suis désolée, mais se marier avant trente ans, c'est juste ridicule, commente Sujin dans un chuchotement théâtral. Quelle dinde !

Elles se disputent pour savoir si nous devons aller toutes ensemble au Loring Center maintenant, ou si Sujin peut rentrer toute seule à la Grande Maison.

— Tu crois qu'Ara a envie de venir ? Alors on va faire ce que *tu* n'as pas envie de faire, et tu ferais mieux de l'accepter, décrète Miho en tendant le bras pour pousser un peu Sujin.

Sujin accroche les sacs de pain et de gâteaux aux poignées de son vélo, soupire avec résignation, et déclare que les victuailles ont intérêt à aller aux enfants, sans une miette pour les enseignants. Et, sur ces mots, nous enfourchons toutes trois nos vélos gelés et grinçants. Nous nous dirigeons vers le Loring Center, chacune tentant de saisir sa version mouvante du passé.

Kyuri

Ça fait maintenant trois semaines que Bruce n'est pas venu au bar à hôtesses. Et lors de ses deux dernières visites, il m'a fait asseoir à côté d'investisseurs étrangers adipeux, clairement pour me punir. La découverte de ses fiançailles me laisse encore un goût amer dans la bouche, mais Madame a fait des remarques sur son absence et il faut que je lui rabatte le caquet. J'ai essayé de lui envoyer des textos, mais il ne se donne même pas la peine de répondre. Salaud.

Je ne sais pas ce qui me prend, mais, lorsque arrive le dernier dimanche du mois, j'annonce à Sujin que je vais l'inviter à dîner à *Seul-kuk*, au *Reign Hotel*, pour le jour férié. Le 1er mars et les commémorations du Mouvement de l'indépendance approchent depuis des semaines… j'ai passé mon temps les yeux rivés sur le calendrier, à attendre que les jours passent.

Il me faut plusieurs tentatives pour la convaincre de venir, car les points de suture sont toujours visibles sur ses paupières boursouflées, et le bas de son visage semble enflé, comme un vieux ballon triste. Je lui dis qu'elle est jolie et que personne ne remarquera rien.

— J'ai toujours du mal à mâcher…, répond-elle lentement, en secouant la tête. J'ai les dents qui ne sont pas alignées. Et je me sens encore tellement gênée dans la rue, même avec un masque.

— Ils font le meilleur *jajangmyeon* du monde… les nouilles seront super tendres, dis-je pour la contrer. Et il y a de la soupe. Des tas de sortes. De la soupe d'aileron de requin. Est-ce que tu en as déjà mangé de la *vraie* ?

— Ça ne se vend plus. Et jamais je ne pourrais manger l'aileron d'un requin, le pauvre. Et *Seul-kuk*, ce n'est pas le restaurant chinois le plus cher de tout le pays ? L'une de mes clientes de l'onglerie m'en a parlé. Un bol de *jajangmyeon*, c'est presque quarante mille wons là-bas ! Kyuri, tu n'es pas sérieuse. Toi qui fais tellement attention à l'argent d'habitude !

Elle a les yeux écarquillés dans son visage enflé.

— Écoute, j'ai envie de savoir si c'est aussi bon que ce qu'on raconte à la télé, d'accord ? Alors tu viens, oui ou non ?

Lorsque nous nous pointons au *Reign Hotel* un peu avant 19 heures et empruntons l'ascenseur jusqu'au premier étage – Sujin ayant pris une heure pour s'habiller, même avec mon aide et mes accessoires –, le restaurant est plein et le majordome nous demande d'attendre dans le hall. Et c'est ce que nous faisons, installées dans les fauteuils de soie rouge près de l'entrée. Je tourne vivement la tête chaque fois que j'entends la sonnerie d'un ascenseur.

— Mais qu'est-ce que tu as ?! siffle Sujin.

À cet instant, je vois arriver un groupe qui doit être eux. Une famille de quatre personnes, sur leur trente et un, qui semblent tendus. La mère, l'air endimanchée avec son tailleur en maille vert pomme et une broche en forme de perroquet sur le col, caquette comme une poule en enlevant des poussières du costume du père, qui la repousse. Le frère semble agréable, grand, la fille porte une robe rose pâle très conventionnelle, à manches longues, et un sac à main Chanel assorti, qui date de deux saisons. Elle est jolie, dans un genre épuisé, mais plate comme une planche – et beaucoup plus jeune que ce que j'aurais imaginé. Bruce passe son temps à me dire qu'il adore mes seins. « Je fantasme dessus au bureau, me répète-t-il. Ça me rend dingue d'imaginer te titiller les tétons pour qu'ils durcissent. »

Et juste après eux, l'autre ascenseur s'ouvre et Bruce sort d'un pas raide. Ses parents et deux sœurs filiformes en robe de mousseline apparaissent à sa suite. Il a une mèche de cheveux sur les yeux, et j'ai envie de la lui remettre en place.

La mère de Bruce est affreusement maigre, habillée en grand deuil ou presque, en soie noire de la tête aux pieds. D'énormes diamants scintillent à ses oreilles, son cou et ses poignets.

— Ah, bonsoir ! s'écrient les mères. Quel plaisir de vous rencontrer enfin !

Les hommes se serrent la main d'un air bougon. S'ensuit une répugnante orgie de courbettes et de politesses de tous les côtés. Bruce, les mains dans les poches, arbore un grand sourire, comme s'il ne redoutait pas ce moment depuis des mois.

— On dirait une *sangyeonrae*, me chuchote Sujin à l'oreille. Ils ont l'air tout droit sortis d'un film ! Tu as déjà vu des bijoux pareils ? Ça doit être du vrai, non ?

— Si nous entrions ? murmurent-ils.

Ils passent en file, aucun d'entre eux ne nous accordant la moindre attention. Bruce et sa petite amie ferment la marche. Ils chuchotent ensemble en souriant. Puis il me voit.

Pendant une seconde, il arrête de marcher. Je le regarde, tête penchée de côté, les doigts sur le premier sac Chanel qu'il m'a offert – un modèle jumbo à rabat en cuir rouge grain caviar, avec des fermoirs en or. C'est un objet magnifique, ce sac. Mon plus précieux trésor. Il cligne des yeux, stupéfait et dérouté, mais presque aussitôt son visage prend une dureté de pierre. La petite amie lève un regard interrogateur vers lui. Il lui passe un bras autour de la taille et l'entraîne devant nous, dans le brouhaha feutré du restaurant.

— Excusez-moi, votre table est prête si vous voulez bien me suivre, annonce une voix dans mon oreille.

Je sursaute un peu. Sujin, tout excitée, part devant avec le majordome dédaigneux, et je les suis, hébétée. Alors que nous commençons le repas, le serveur n'arrête pas de nous recommander la fichue formule. Je me résigne à payer deux fois le montant exorbitant que j'avais déjà budgété dans ma tête. Au moins, Sujin passe un bon moment : elle dépose jusqu'à la dernière goutte de chaque sauce dans nos deux assiettes.

— Tu es consciente du prix de cette tranche d'ormeau ? Comment ça, tu n'as pas faim ? Arrête d'être ridicule, Kyuri !

Au milieu du repas, je reçois un texto.

Ta vie est finie, espèce de salope psychopathe !

Il vient de Bruce, bien sûr. Envoyé depuis la pièce d'à côté, à une vie et un univers d'ici.

Il y a quelques années, j'ai eu une amie qui a quitté notre bar à hôtesses lorsqu'elle s'est fiancée. Une copine de sa mère lui avait arrangé une *blind date*, ça s'était bien passé, et voilà qu'elle allait se marier. Je ne sais pas comment elle a remboursé ses dettes envers l'établissement.

On sortait souvent boire ensemble, et elle était très heureuse de sa nouvelle vie. Elle me montrait le trousseau qu'elle était en train de constituer pour l'appartement où elle allait vivre avec son époux. Nous nous extasiions sur la jolie dentelle de sa parure de lit, sur son adorable table de salle à manger ivoire devant le mur à la peinture vive.

Un jour, je l'ai appelée, et la ligne n'était plus attribuée. Elle avait changé de numéro parce qu'elle ne voulait plus recevoir de coups de fil de moi ou des autres filles.

J'ai compris, bien sûr. J'avais pensé, naïvement, que je serais là au mariage, à lui tenir son voile et à lui lancer des poignées de riz et des pétales de rose dans la nef. Mais j'étais contente qu'elle échappe à cette vie, et je ne lui en ai pas voulu.

Quelques mois après son mariage, elle m'a appelée avec un numéro masqué. Elle semblait joyeuse, mais distante. « Je suis toujours tellement occupée, c'est incroyable ! » a-t-elle clamé en se lançant aussitôt dans son récit. « C'est fou le temps que ça prend de faire les courses, le ménage, la cuisine, et de faire tourner une maison. Et je dois m'occuper de mes beaux-parents. Ils sont retraités et nécessitent beaucoup de soins. C'est ce qu'ils attendent de moi. »

Elle ne m'a pas posé une seule question. À la fin de cette brève conversation, elle m'a dit qu'elle était désolée d'avoir changé de numéro, et qu'elle me souhaitait bonne chance. Puis elle a raccroché et ne m'a jamais rappelée.

J'ai déjà eu des amies qui avaient été prises par des hommes qui voulaient en faire leurs maîtresses. Ces filles quittaient alors la boutique, avec moult promesses de nous inviter dans leur nouvel appartement quand elles seraient bien installées. Bien sûr, il n'était pas question d'amour ni rien, mais ce qui me mettait toujours en colère étaient les braises d'espoir qu'elles ne pouvaient cacher dans leurs yeux. Les hommes les avaient attisées par leurs paroles. Parfois cela prenait un an, parfois deux, mais elles finissaient toujours par revenir. Sans exception.

Elles avaient joué à la maîtresse de maison dans un joli appartement, parfois même dans un magnifique appartement, et s'étaient exercées à la monogamie. Elles nous avaient invitées à regarder la télé. Elles avaient passé beaucoup de temps à attendre. Les raisons de leur retour étaient assez variées : parfois elles ne supportaient pas les soupçons des voisins, dont elles affirmaient qu'ils savaient qu'elles étaient des femmes entretenues, et craignaient qu'elles fassent chuter le prix du mètre carré. Parfois elles se retrouvaient enceintes et avortaient. D'autres fois l'épouse découvrait le pot aux roses et venait leur jeter leur café brûlant à la figure en les menaçant de leur arracher l'utérus.

Le plus souvent, cependant, c'étaient les hommes qui se lassaient les premiers. Et lorsque les filles revenaient, elles étaient plus âgées, souvent plus grosses, et devaient faire des régimes extrêmes et prendre des pilules et tout ça, sinon les maquerelles les humiliaient régulièrement. Et l'éclat d'espoir dans leurs yeux était écrasé pour toujours.

Mais, pour en revenir à Bruce… je ne sais pas ce qui m'a pris ce dimanche-là au *Reign Hotel*. J'ai toujours considéré l'espoir comme une folie naturelle de la jeunesse dont il fallait se défaire le plus tôt possible.

C'est inexplicable pour moi, et je ne me croyais pas capable de me surprendre moi-même. Peut-être que j'étais plus attachée à lui que je le pensais. J'aurais dû savoir que je ne pouvais pas me le permettre.

Lorsqu'elle l'apprend, Madame me gifle. On est lundi, le lendemain, et je suis en train d'arranger mon maquillage dans la salle d'attente sombre et bondée. Elle déboule en courant aussi vite que le lui permettent sa minirobe en dentelle moulante et ses hauts talons. Elle est au téléphone, mais cherche frénétiquement quelqu'un. « Toi », articule-t-elle en me désignant de son doigt osseux. « Toi, viens ! »

Je referme mon poudrier avec un claquement, me lève et la suis dans une pièce déserte. Dans l'obscurité silencieuse, j'entends une voix métallique, comme surnaturelle, hurler dans le téléphone de Madame.

« Je vais vous ruiner, *vous*. Vous comprenez ce que je peux vous faire ? QUI JE SUIS ? QUI JE CONNAIS ? Vous ne pourrez plus jamais travailler ! » Avec horreur, je reconnais la voix hystérique qui grésille. C'est Bruce.

Madame commence par essayer de l'apaiser, mais il continue à hurler sans la laisser en placer une. Elle se tient raide comme un piquet, et ne cesse de serrer et desserrer son poing libre – ses griffes vernies s'ouvrent et se referment.

— Elle est devant moi et je vais la tuer de mes mains, fulmine-t-elle dans le téléphone. Laissez-nous régler ça. Je vous en prie, accordez-vous quelques jours pour réfléchir avant de prendre une décision sur un coup de tête, s'il vous plaît. Je suis tellement, tellement navrée !

Lorsqu'elle raccroche, elle me gifle avec une telle force que je tombe. J'étais déjà en train de pleurer de terreur, et elle est dans une telle rage qu'elle attrape un verre à whisky du service posé sur la table, et le lance sur le mur. Il explose tout autour de moi comme un feu d'artifice.

— Espèce de salope ! Est-ce que tu es folle ? Qu'as-tu fait !

Au fracas du verre brisé, la porte s'ouvre à la volée et des filles se précipitent pendant que Madame hurle qu'on lui apporte une bouteille vide. Si Yedam et Seohyeon n'étaient pas là pour la retenir, elle serait en train de me fracasser une bouteille sur le crâne. On m'a raconté qu'elle l'avait déjà fait une fois, à une fille qui avait giflé un client. La fille avait déjà de lourdes dettes envers elle quand ça s'est produit, et elle a eu besoin de cinquante points de suture sur le cuir chevelu. Le client était sur le point d'attaquer l'établissement en justice, mais en apprenant les blessures de la fille, il a renoncé, radouci.

Le manager arrive en courant. Il dit à Madame que tout va s'arranger, que Bruce est juste en colère sur le coup, mais que ça va passer, et que Kyuri est le meilleur atout du bar, n'est-ce pas ? Tellement d'hommes la réclament chaque soir, et Madame ne veut pas perdre toute cette clientèle, pas vrai ?

Haletante, Madame reste plantée au milieu de la pièce sans regarder personne. Je n'entends rien d'autre que des sanglots étouffés, à bout de souffle, et je prends conscience qu'ils viennent de moi. Puis elle pivote sur ses hauts talons et quitte la pièce d'un pas raide sans un mot de plus. Les filles m'aident à me relever et me serrent dans leurs bras. Elles demandent ce qui s'est passé, pourquoi Madame est dans une telle fureur ? Elles veulent savoir, pour ne pas faire la même erreur, quelle qu'elle soit.

Je leur dis que l'un de mes clients réguliers est en colère contre moi, et n'entre pas dans les détails.

Pendant une semaine, je retiens mon souffle et vis comme si je nageais dans un rêve. Au travail, dans les salons, je suis pétillante, pleine d'esprit, effervescente à la limite de la frénésie. Quelques-uns de mes clients me demandent pourquoi je suis tellement surexcitée. « Est-ce qu'il t'est arrivé quelque chose de bien ? Annonce-nous la bonne nouvelle ! » disent-ils quand, incapable de tenir en place, je saute partout, ivre à perdre la tête. Ils me trouvent encore plus sympa que d'habitude.

— C'est pour toi que je viens ici, Kyuri, déclarent-ils en se tapant la cuisse d'un air admiratif.

Et ils appellent le serveur pour commander une nouvelle tournée. Je chante, je danse, je fais le grand écart, et ma robe de location moulante se déchire. Ils hurlent de rire. « Je ne m'attendais pas à ça dans un établissement dix pour cent », remarquent certains nouveaux clients qui sont venus avec des habitués. Mais c'est dit d'une voix amusée, pas réprobatrice.

Pendant tout ce temps, je prie pour que la rage de Bruce retombe. Le manager m'a déjà annoncé que Madame a ajouté une pénalité pour son verre cassé et sa facture de nettoyage à mes dettes envers elle.

— Je préfère que tu saches qu'elle va peut-être te faire rembourser d'autres choses en plus, juste pour évacuer sa colère. À ta place, je laisserais passer, suggère-t-il nerveusement en tirant sur ses manchettes. Il est nouveau, et très gentil, contrairement aux autres managers. Il ressemble à un adolescent avec sa frange trop longue – même s'il doit approcher la quarantaine au moins. Il a une peau horrible, et il est tellement adorable que j'aimerais lui conseiller des masques. Pourtant, je suis certaine que sa gentillesse ne durera pas éternellement. L'argent ne tardera pas à le changer. Lorsqu'il m'avertit, je me tais et tripote mes ongles, qui ont bien besoin d'un nouveau vernis. Je les ai négligés de façon honteuse.

Le vendredi, l'un des amis de Bruce – l'avocat bien en chair – vient avec ses clients et ses collègues. Lorsque Sejeong entre dans la pièce où je travaille et me l'apprend, je m'excuse un instant et me rends en hâte dans celle où il se trouve.

— Oh, non, non, non…, s'écrie-t-il, alarmé, son visage potelé tout rouge lorsque j'entre et m'assieds près de lui. Pas toi !

— Pourquoi ? dis-je gaiement en remettant mes cheveux vers l'arrière, le cœur battant. Tu n'es pas content de me voir ? Tu m'as tellement manqué !

— J'ai su ce qui s'est passé…, répond-il à voix basse. Tout notre groupe d'amis… on est tous au courant.

Il se penche en avant et chuchote :

— Je ne voulais pas venir ici, mais mon client a insisté, d'accord ? Et j'aurais pu raconter l'histoire à mon client aussi, et il serait sans l'ombre d'un doute allé ailleurs, mais il se trouve que ma petite amie habite dans le coin et que je veux passer la voir avant de rentrer chez moi.

Je le regarde, malheureuse. Je n'ai bu que quelques verres dans mes deux premières pièces, mais j'ai déjà le cœur serré comme si on me l'écrasait.

— Je ne vois pas ce que j'ai fait de si grave.

Je sais que je ne devrais pas en parler, surtout ici et maintenant, mais je ne peux pas m'en empêcher.

Il me dévisage, incrédule.

— C'est justement ça qui est terrible. Tu es sérieuse ? Est-ce que tu es cinglée ? Il faut vraiment qu'on t'explique ? Je ne sais même pas par où commencer. Est-ce que tu comprends à quel point sa famille aurait pu être humiliée à cause de toi ? Au *Reign Hotel*, en plus ? Tu te fous de moi ?

Il élève la voix. Cela attire l'attention et le silence se fait. Les autres filles essaient de ranimer très vite les conversations, mais un homme maigre et grisonnant s'adresse à lui d'une voix tranchante.

— Que se passe-t-il ? demande-t-il, manifestement contrarié. Pourquoi l'ambiance est-elle en train de changer de la sorte ?

De toute évidence, c'est lui le client.

L'avocat dodu semble paniqué.

— Désolé, monsieur, répond-il d'une voix étranglée. Euh, cette fille… elle essayait de jeter discrètement sa boisson, alors ça m'a énervé.

Je suis prise de court, mais je me reprends et baisse la tête.

— Je suis navrée, monsieur, dis-je au client. J'ai bu trop vite, alors je voulais juste souffler un peu, mais j'ai eu tort.

J'ai l'estomac tellement noué que ça me fait mal, mais je me hâte de prendre mon verre et de siffler mon whisky.

— C'est du velours, ce soir ! reprends-je avec un grand sourire. Vous avez commandé du haut de gamme.

Le client rit et déclare qu'il aime mon style. Il fait un signe vers mon verre, et je me dépêche de le remplir à nouveau. Je respire un grand coup et descends encore un shot. Il me brûle la gorge.

— J'aime les gens qui savent boire, tonne-t-il. J'adore cet endroit. Personne n'essaie de se débiner de la fête. Je suis sûr que tu t'es trompé, Shim-byun. Les filles, ici… elles ont un foie en acier.

— Bien sûr, monsieur, moi aussi j'aime beaucoup cet endroit ! renchérit l'avocat. Kyuri, que vous voyez, est l'une des plus jolies filles de la boutique. Nous étions juste en train de nous taquiner. Elle a beaucoup d'humour.

— Ah, vraiment ? demande le client. Tu es drôle, en plus ? Pourquoi tu ne viens pas t'asseoir ici, alors ?

Il tapote le siège à côté de lui et, d'un signe de tête, indique sèchement à Miyeon, qui lui tenait compagnie, de changer de place avec moi.

— Quel honneur !

Je me lève aussitôt. La pièce tourne autour de moi, mais je n'en tiens pas compte.

— Je te préviens, si tu essaies de jeter ta boisson en douce alors que tu es avec moi, tu auras de gros ennuis, m'intime-t-il alors que je m'installe à ses côtés. Je dépense beaucoup d'argent ici, et je ne supporte pas ce genre de choses.

— Bien sûr que non, monsieur. Ça ne me traverserait pas l'esprit ! En vérité, j'attendais qu'on me resserve, mais je ne voulais pas vous faire passer pour des petits buveurs en comparaison, messieurs.

Je jacasse, en vérité, et ne sais même pas ce que je raconte, mais il me ressert et nous buvons, buvons, et buvons encore. Je ne me souviens de rien après ça.

Le lendemain matin, je vomis tellement dans mon lit que Miho est réveillée par le bruit et qu'elle court à la supérette m'acheter une poudre pour la gueule de bois et une boisson de réhydratation. Elle passe le reste de la matinée à laver mes draps. Je vois des rivières d'étoiles et suis incapable de me lever. Pendant que Miho accroche les draps pour les faire sécher, je me rendors sur le sol de ma chambre, serrant mon oreiller sans taie contre ma poitrine.

Quand je me réveille enfin de nouveau, c'est presque l'heure du dîner. J'entends un bruit de casseroles dans la cuisine, et, lorsque je me traîne hors de ma chambre, je vois que Sujin est en train de réchauffer de la soupe pour gueule de bois sur le fourneau.

—Miho a dû partir à l'atelier, alors elle m'a appelée, explique-t-elle en me voyant. Je suis allée à cette échoppe de soupes que tu aimes bien, près du salon de toilettage. J'adore cet endroit ! Aujourd'hui on voyait tous les toutous dans les baignoires *hinoki* avec des mini-serviettes enroulées sur la tête comme des petites grands-mères !

Elle se met à rire tout en remuant la soupe bouillonnante avec une cuillère en plastique.

Comme je ne réponds pas, elle plisse les yeux et fait un geste vers la chaise de cuisine. Je m'y affale.

—Combien tu as bu, hier soir ? demande-t-elle timidement.

Je suis tout juste capable de hausser les épaules. Je me prends la tête entre les mains avec précaution.

Elle verse la soupe dans un bol et me l'apporte avec une cuillère, des baguettes et du *kimchi*.

Je la regarde alors qu'elle commence à se servir également en chantonnant avec gaieté.

Je sais que Sujin n'est pas idiote. C'est juste qu'elle paraît un peu simple parce qu'elle retrouve toujours naturellement un état positif. Ce serait un trait de caractère essentiel pour survivre dans ma profession, bien que je ne connaisse personne qui puisse vraiment s'en sortir sans cicatrices.

On pourrait croire que me voir dans cet état est un avertissement suffisant de passer son chemin.

Mais je sais ce qu'elle penserait même si je lui disais ce qui se passe : elle penserait que c'est ma faute, que j'ai fait de très mauvais choix. « Je t'avais dit que c'était une mauvaise idée d'aller à *Seul-kuk* ». Elle ne sait pas ce que ce travail vous fait – que vous ne pouvez pas garder votre ancienne perspective. Vous ne pourrez pas économiser parce que vous n'en aurez jamais les moyens. Vous ferez jour après jour des choses que vous pensiez ne jamais faire. Vous serez affectée de façons que vous n'auriez jamais imaginées.

Je le sais, parce que c'est ce qui m'est arrivé. Je n'aurais jamais pensé finir comme ça, sans argent, avec le corps qui commence à lâcher, et la date de péremption qui approche.

Je me mets à manger en silence alors qu'elle me rejoint à table.

La police arrive un mardi. Nous sommes en train de nous préparer pour ce qui est toujours notre plus grosse soirée, avec tous les salons réservés. Jusque-là, Madame était contente – avec presque un sourire sur son visage de crapaud alors qu'elle passait d'un salon à l'autre, vérifiant les filles, et leur ordonnant d'aller se changer lorsqu'elle n'aimait pas la façon dont leur robe les moulait. Quand elle me croisait, elle m'ignorait.

Les policiers sont deux. Nous n'avons pas été prévenues : ils sont descendus sans attendre que le portier appelle. Du rez-de-chaussée, on entend juste un « Police ! » étranglé, mais il est trop tard – ils sont déjà là, et soudain les filles détalent vers les vestiaires, terrifiées, hors d'haleine. En général, ils préviennent des jours à l'avance lorsqu'ils font une descente dans un bar à hôtesses, et il s'agit d'une simple formalité – une blague, pourrait-on dire. Mais un raid sans avertissement… S'il se passe quelque chose de grave, ce sont les filles qui paient. Ce n'est jamais la maquerelle ni le propriétaire de l'établissement, toujours un pauvre type interlope, mais qui se prétend de la haute, avec une épouse qui fait de la lèche aux gens plus riches et essaie de prétendre que leur argent n'est pas sale. C'est comme ça depuis toujours, et ça le restera. Nous, les filles, on est dressées depuis des années : « Racontez que c'est vous qui avez voulu coucher avec le client. Vous vouliez juste un peu d'argent. Compris ? » Du coup la fille fait de la prison et paie une amende pour prostitution, et la société la méprise comme quelqu'un qui fait ça pour un peu d'argent facile. Les filles qui y laissent leur peau – battues à mort ou suicidées –, on n'en parle même pas aux informations.

Je suis la seule à m'attarder dans le couloir. Je veux savoir ce que disent les flics. Il y en a un d'âge moyen, l'air agacé, qui s'ennuie, et un bleu, planté là bouche bée. Il a l'air d'un collégien, ce jeune flic.

— Écoutez, moi non plus je n'aime pas venir ici, mais il se trouve qu'une personnalité officielle a rapporté qu'il y avait de la prostitution dans cet établissement, alors qu'est-ce qu'on peut faire, hein ? aboie le plus vieux des deux à Madame.

Il abat une liasse de papiers sur le comptoir.

— Voilà, l'accusation est écrite ici : tentative de prostitution et de fraude. Ce monsieur affirme que vous lui avez facturé des millions de wons. Mon chef m'a envoyé, il dit que l'ordre vient de l'un des chefs de son chef. Je ne sais même pas de qui il parlait. Pour vous dire si ça remonte haut. Est-ce que vous me comprenez ?

Madame est au désespoir.

— C'est un terrible malentendu ! s'écrie-t-elle d'une voix tremblante.

Elle espère qu'ils y liront de la peur, mais je sais que c'est de la colère. Elle essaie de faire appel à leur esprit chevaleresque. C'est vraiment dommage qu'elle soit laide comme le péché.

Ils l'ont sûrement fait exprès, car il ne saurait y avoir de pire timing. Il est 18 h 30 à présent, et les premiers clients vont bientôt arriver. S'ils voient la police, tout le chiffre d'affaires de la nuit est perdu, et certains pourraient même ne jamais revenir. Madame ajoutera ça à mon ardoise, j'en ai la certitude. Ma dette s'élèvera à plusieurs dizaines de millions de wons avant la fin de la nuit. Je me sens sur le point de défaillir.

Je vois que Madame est en train de faire les mêmes calculs que moi. Elle regarde l'horloge avec frénésie avant de se tourner de nouveau vers les policiers.

Je me reprends, inspire et m'avance.

— Est-ce que la plainte a été déposée par Choi Jang-chan ?

C'est le vrai nom de Bruce.

— Oui, répond le flic le plus âgé avec colère. Qui êtes-vous ?

— Sa petite amie, réponds-je en me raclant la gorge, nerveuse. Nous nous sommes disputés. Il fait ça pour se venger.

Les deux flics échangent un regard puis me toisent de la tête aux pieds. Il y a un silence méfiant.

— Est-ce vrai ? C'est juste une chamaillerie d'amoureux ? finit par dire le plus âgé.

Il a sur le visage une expression qui dit : « Ces richards… tous les mêmes ! » Il est maintenant en rage.

— Je connais son nom, pas vrai ? J'ai des textos qui montrent que nous sommes très proches. Je ne sais pas ce qu'il a raconté sur moi à la police, mais il est très en colère en ce moment parce que je me suis rendue à un endroit où il ne voulait pas que j'aille. C'est une longue histoire, et gênante à raconter. Écoutez, je vais venir au commissariat et faire ma déposition. Mais, s'il vous plaît, ne laissez pas notre dispute de couple interférer avec les affaires ici. Ce n'est pas la faute de la boutique, c'est la mienne.

J'adresse une profonde courbette à Madame.

— Je suis tellement navrée… Je ne sais pas quoi dire.

Je m'incline encore et me recroqueville, mais au fond de moi je me sens plus forte, presque euphorique.

Madame ouvre et ferme la bouche plusieurs fois. Elle est en train de décider de la suite. Le policier le plus âgé également ; il me regarde avec dégoût. Le jeune est muet de stupeur.

— Les disputes d'amoureux ! s'exclame finalement Madame. Les riches, de nos jours, ils exagèrent ! Ce n'est pas parce qu'ils sont en colère qu'ils peuvent porter des accusations envers un commerce alors que le gagne-pain de beaucoup en dépend ! Sans parler de votre profession surchargée. Je suis certaine que vous avez mieux à faire que de courir après la petite amie d'un homme riche simplement parce qu'il connaît vos supérieurs. Ce n'est tout simplement pas normal.

On peut lui faire confiance pour piquer la fierté et la bonne conscience d'un homme afin de le pousser dans la direction voulue.

— Ridicule, marmonne le vieux policier avec amertume.

Nous le regardons tous à présent, pour voir ce qu'il va dire. Madame consulte une fois encore l'horloge, et je sais qu'elle est en train d'enchaîner les mini-attaques cardiaques. Le manager va bientôt devoir commencer à appeler les clients avec des réservations pour leur dire de ne pas venir.

— OK, toi, dit-il en me montrant du doigt. Tu viens avec nous tout de suite. Et ne t'imagine pas que tu vas d'abord te changer ou quoi que ce soit. J'ai déjà perdu suffisamment de temps à descendre ici.

J'entends un soupir de soulagement collectif, étouffé. Dans le couloir, les filles et les serveurs sont cachés derrière des portes entrouvertes et écoutent la conversation.

Alors que je me hâte vers l'escalier en suivant les forces de l'ordre, notre manager accourt vers moi, et me fourre sa veste de costume dans les bras. Je lui adresse un sourire plein de gratitude. Dans la voiture de police, je l'enfile et fouille les poches. J'y trouve un peu de liquide et un petit sachet de fruits secs, merci Seigneur. La nuit va être longue.

Quand j'ai travaillé à Miari, j'ai vu et vécu des expériences dont je pensais qu'elles représentaient le point le plus bas de mon existence. J'ai vécu et travaillé parmi des gens qui étaient si mauvais ou si perdus qu'ils avaient la tête absolument vide de toute pensée. Quand je suis arrivée là-bas, je me suis juré d'en sortir le plus vite possible, et quand je l'ai fait, ils m'ont traitée de salope toxique et sans pitié. Ils ont dit que j'étais incroyablement ingrate de les abandonner alors qu'ils avaient tant fait pour moi. Ils comptaient les choses qu'ils voyaient vraiment comme des faveurs : « Je t'ai donné du temps libre chaque semaine pour aller aux bains », « Je t'ai acheté ces chaussures hors de prix », « Je t'ai aidée à décorer ta chambre de passes », « Je t'ai amenée chez le médecin quand tu étais malade ».

En parlant de ces médecins et pharmaciens très snobs qui tiennent des cabinets dans des quartiers comme Miari et profitent des filles qui y travaillent et de leurs maladies : ils ne valent pas plus cher que la racaille qui vient vendre ses lubrifiants et ses robes « cousues main » que les filles portent dans leurs vitrines qui s'éclairent de rouge la nuit.

Ils ne valent pas plus cher que les managers, les maquereaux, les politiciens, les policiers et le public qui méprisent seulement les filles. « C'est toi qui l'as choisi », disent-ils. Tous de la racaille, jusqu'au dernier.

Au commissariat, ils me font attendre des heures pour prendre ma déposition, pour me punir. Ils ne savent pas à quel point je suis reconnaissante d'être ici plutôt qu'au travail, en train de boire. Quand je suis enfin autorisée à partir, il est tard et il y a déjà une poignée de gens ivres dans les rues, appuyés aux lampadaires des passages piétons, à attendre que les feux changent.

Je sais que je devrais avoir faim, mais je ne ressens rien d'autre qu'une migraine qui approche à nouveau. Il faut que je fasse quelque chose avant qu'elle me tombe dessus à plein régime, dans les heures qui viennent. Sinon, je ne pourrai même plus marcher droit. Je trouve une chaise devant une supérette et sors mon téléphone de la poche de la veste en soie du manager.

J'ai reçu plusieurs textos. L'un est du manager qui me dit de ne pas m'inquiéter, que les affaires n'ont pas été impactées du tout. Madame ne pourra pas prétendre le contraire, car il y a des tas de témoins qui peuvent garantir que la soirée a été animée.

Il me dit aussi de ne pas revenir à la boutique après le commissariat. « Rentre te reposer », écrit-il avec un émoji clin d'œil et un autre qui transpire.

Il y a quelques textos des filles – les plus jeunes qui prennent modèle sur moi – qui me demandent comment je vais.

Je leur envoie un smiley à chacune. Je n'ai pas la capacité de m'étendre davantage. Et je n'ai guère de temps avant que la migraine se déclenche pour de bon. Il faut que je trouve une pharmacie.

Je commence à composer un nouveau texto.

Salut, c'est moi, écris-je. C'est pour Bruce.

Je sais que je n'aurai sans doute pas l'occasion de te dire ça en personne puisque tu ne veux pas me parler.

Je sais que j'ai fait une énorme erreur en me rendant au restaurant comme ça. Je le comprends maintenant.

Tu me manquais. Et j'avais envie de voir avec quel genre de fille tu allais passer le reste de ta vie. Je voulais aussi voir ta famille. C'était de la simple curiosité de ma part. Je n'avais aucune mauvaise intention à ton égard, je te le jure.

Je sais que ce sera difficile à croire pour toi, mais c'est vraiment tout ce que je voulais faire. Je voulais juste te voir dîner avec la fille que tu vas épouser.

Je n'allais pas te parler là-bas. C'était juste ce que je pouvais avoir de plus approchant de quelque chose comme ça… être avec toi dans un endroit de ce genre.

Et je n'ai pas fait d'esclandre, pas vrai ? J'aurais pu, si j'avais voulu.

Tu as été si bon avec moi que ça m'a blessée d'apprendre que tu allais te marier. Et tu ne me l'as même pas dit directement, parce que tu ne pensais pas que c'était nécessaire. Peut-être que j'aurais dû continuer à me comporter comme si rien n'avait changé. Mais j'ai des sentiments. Tu devrais le savoir.

Tout le monde est tellement en colère contre moi, et mes dettes à la boutique vont devenir inextricables à cause de ce que j'ai fait. Je me doutais des conséquences, mais je suis quand même allée te voir avec elle. Parce que j'étais terriblement amoureuse de toi. Tu le sais, n'est-ce pas ?

Je veux juste te dire que je suis désolée. Je sais que je ne te reverrai jamais. J'espère que tu pourras me pardonner.

Ma migraine est arrivée à son niveau maximal, et elle étend ses tentacules dans tout mon corps. En tremblant, je finis de rédiger le texto et appuie sur « envoyer ». Je me masse les tempes de toutes mes forces, mais cela ne diminue en rien la douleur. Les passants me regardent avec inquiétude, car je me balance d'avant en arrière sur cette chaise. Je me lève et cherche des yeux une pharmacie, même si je sais que cinq ou six antalgiques ne suffiraient pas à me soigner, et que le médecin m'a mise en garde de ne pas en prendre plus de trois à la fois. « Ce genre de dosage, c'est pour les femmes qui viennent d'accoucher », m'a-t-il prévenue. *Et pour celles qui ne pourront jamais devenir mères ?* avais-je envie de demander.

Je trouve une pharmacie et entre en titubant pour demander la plus forte dose d'antidouleur qu'ils puissent me délivrer. Alors que je cherche la monnaie dans la poche de la veste, je sens mon téléphone vibrer et je le sors.

C'est un texto de Bruce.

D'accord, dit-il. *Maintenant, va te faire foutre.*

Pleurant presque de soulagement, je tends l'argent et quitte la pharmacie sans attendre la monnaie.

Alors que la porte se referme derrière moi, j'entends le pharmacien crier : « Vous êtes sûre que ça va, mademoiselle ? ». Sa voix douce tombe sur moi comme de la pluie. Je lève la main et hoche la tête, puis je sors les pilules de leur emballage épais.

Ça va. J'ai survécu à la journée, encore une fois. Tout ce dont j'ai besoin maintenant, c'est que ces putains de pilules fassent effet.

Miho

En ce qui concerne l'amour, je ne suis pas aussi sotte que le pense ma colocataire, Kyuri. Ces derniers temps, elle me regarde avec une grande pitié, qui alterne avec du mépris, et je sais qu'elle songe au chagrin d'amour qui m'attend. Elle considère que c'est entièrement ma faute, car c'est moi qui ai tendu un piège à mon cœur. Et que j'ai fait preuve d'une négligence coupable à l'égard de mes meilleures années de séduction.

C'est son boulot de connaître les hommes, évidemment, et elle pense qu'elle peut cerner Hanbin, mon petit ami, et savoir comment il me quittera. Elle croit que les filles doivent opérer comme des plantes carnivores, et ne s'ouvrir que pour les proies qu'elles peuvent réellement attraper.

Bien sûr, Kyuri ne peut s'empêcher de penser ainsi, puisque sa propre vie reste volontairement dénuée d'amour. Quand je lui demande si elle aimerait se marier un jour, elle renifle. « Pas mon destin », répond-elle. Et elle bat de ses cils soyeux comme du vison en s'étonnant de ma grossièreté pour avoir abordé ce sujet avec elle. Mais Kyuri est celle d'entre nous – même en incluant la sensible Sujin qui vit vissée à son écran de télé – qui pleure le plus quand l'un des personnages doit quitter l'autre pour des raisons sacrificielles.

Kyuri souffre aussi d'un délire de persécution. Cette opinion n'appartient qu'à moi et je la garde secrète. Elle se voit comme une victime – des hommes, de l'industrie des bars à hôtesses, de la société coréenne, du gouvernement. Elle ne remet jamais son propre jugement en question, ni le fait qu'elle crée elle-même ces situations et se roule dedans. Mais c'est une autre histoire.

Un jour, quand nous aurons cessé depuis des années de vivre ensemble, je me lancerai dans une série sur Kyuri. J'en ai la certitude absolue. Je ne peux pas commencer maintenant, quand je suis au milieu de ma série sur Ruby, ni tant que je vis avec Kyuri. J'ai besoin de temps et de distance entre nous. Mais c'est pour ça que j'apprécie tellement le fait de vivre avec Kyuri *maintenant*. Je donne la becquée à la muse qui vit dans un puits tout au fond de mon cerveau – en écoutant les histoires de Kyuri, en la regardant boire jusqu'à sombrer dans l'oubli tous les week-ends, être obsédée par son visage et son corps, et ses vêtements et ses sacs à main. Je prends des photos d'elle et de ses affaires à chaque occasion. J'en aurai besoin pour me la rappeler. Les autres filles aussi, j'ai une lueur d'elles tapie dans les régions périphériques de mon esprit. La terrifiante transformation de Sujin et la chère, silencieuse Ara avec son éducation antédiluvienne. Cela prendra des années, cependant, avant que je puisse les retranscrire sur le papier ou en sculpture.

En ce qui concerne Hanbin, je n'ai pas besoin de sa mère ni de Kyuri pour savoir qu'il ne sera pas mon salut.

Parfois, quand il me tient contre lui et que je me sens liquide entre ses bras, je me demande si autre chose dans ma vie pourra me sembler réel après ça. C'est comme si j'avais voyagé au-delà de la Terre et rejoint, touché une étoile brûlante. C'est à la fois insoutenable et terrifiant.

Je suis contente, donc, de savoir que je n'aimerai plus jamais quelqu'un de la sorte. Je ne survivrais pas une deuxième fois. En Amérique, un de mes professeurs a dit une fois que les meilleures œuvres d'art viennent d'une vie insupportable – si vous survivez, évidemment.

Quand je suis allée trouver Hanbin environ un mois après que Ruby s'était tuée, il m'a dit qu'il avait peur. Peur de dormir, parce qu'elle vivait dans ses rêves. Peur de parler aux gens, au cas où ils le jugeraient. Quand finalement il s'était aventuré dehors, les gens le regardaient avec un mélange d'horreur, de reproche, de pitié et de soif, et il n'avait jamais su que de telles combinaisons d'expressions étaient possibles sur un visage humain.

Il avait demandé s'il y avait une lettre pour lui, ou une lettre, tout simplement. Les employés de son père avaient dit à Hanbin que, si elle s'était tenue à l'écart de gens comme lui, ça ne serait pas arrivé.

Il paraissait si petit à ce moment-là, c'était comme si son échine s'était recourbée vers l'intérieur, comme un serpent sur le point de dormir.

Son visage torturé m'avait brisé le cœur, et pour la première fois j'étais aveuglée de rage envers Ruby, parce qu'elle l'avait blessé, lui – nous – avec son égoïsme imprudent et destructeur. À moi-même, je répétais ce que d'autres avaient dit d'elle. Qu'une personne aussi privilégiée n'avait pas le droit d'être malheureuse.

Alors je suis allée vers Hanbin et je l'ai couché à côté de moi, et je suis restée allongée à ses côtés sur son lit, qui sentait la sueur, les larmes, le musc et le chagrin, et je l'ai réconforté avec mon corps, et quand nous nous sommes trouvés enlacés, cela a semblé la chose la plus naturelle du monde.

Ensuite, c'était comme si j'avais suffoqué toute ma vie, et que je ne parvenais à respirer que maintenant.

Dans mon atelier, je travaille encore une fois sur une nouvelle sculpture de Ruby lorsque le directeur du département fait irruption pour m'interrompre. Je déteste quand il fait ça, et j'ai accroché un gros panneau « NE PAS DÉRANGER » sur la porte, mais il est en anglais et peut-être que ça ne fait pas tilt pour lui.

— Tout se passe bien ? demande-t-il, rayonnant.

Il est évident à son expression autosatisfaite qu'il a des nouvelles, et qu'elles sont probablement bonnes. Il décrit plusieurs cercles autour de moi et de ma sculpture, puis se racle bruyamment la gorge. Peut-être est-il perturbé par l'œuvre, bien qu'elle soit extrêmement sage par rapport à ce qu'on peut voir dans notre département. Les travaux des premiers cycles, notamment, me font écarquiller les yeux. Ça me donne envie de poser des questions sur leurs parents. J'ai eu une enfance notoirement difficile, mais ces jeunes étudiants dont les riches géniteurs peuvent payer ce genre d'études sans bourse et avoir des enfants qui choisissent la carrière d'artiste dans ce pays… ce sont eux qui apparemment ont rencontré des profondeurs infinies de désespoir et de haine.

Le directeur a aimé la dernière pièce que j'ai produite – l'installation avec le bateau. Il a tenu à ce que je prenne tellement de photos de moi devant le bateau que j'ai fini par dire pour plaisanter que j'aurais dû créer un espace pour y monter. À ma grande horreur, il a dit que ce serait une extraordinaire nouvelle série, et que je devrais m'inclure dans tout ce que je ferais à l'avenir. « Je serai ravi de prendre les photos moi-même… ça serait une collaboration ! » s'est-il écrié, émerveillé.

Cette dernière sculpture est un départ pour moi, parce que j'utilise de l'acrylique sur bois, et que j'y inclue également du tissu. Dans celle-ci, Ruby est un *kumiho* sous forme humaine, une fille terrifiante qui transporte un panier de bijoux, ses perles de pouvoir cachées parmi eux. Elle a les épaules couvertes d'une cape à capuche en peau de renard qui se fond dans son corps et se transforme en pattes arrière de renard. Ses neuf queues couvrent le sol derrière elle. Elle vient de se gaver de viande – de chair humaine – et du sang lui dégouline sur le menton. Je suis en train de travailler sur sa bouche. J'essaie de faire en sorte qu'on voie ses dents blanches alors que le reste de la bouche est rempli de sang. Quand je me mets à rêvasser, je songe avec regrets que j'aimerais avoir suffisamment d'argent pour remplir son panier d'osier de bijoux véritables. D'un point de vue pratique, je pourrais sans doute vendre la sculpture plus vite comme ça, si les bijoux étaient comptés dans le prix. Aux Moyen-Orientaux, peut-être. Ruby aurait eu des contacts là-bas. En Chine, c'est sûr, mais Ruby détestait les *fuerdai*.

Le directeur se racle la gorge. À regret, je m'écarte de ma sculpture et vais me laver les mains à mon évier taché de peinture. Alors que je les essuie sur mon tablier, je lui demande comment se passent les préparatifs de l'exposition d'anniversaire qui approche. Cette année, l'université fête ses cinquante ans, et ils ont commencé à aménager le campus pour les festivités. Les travaux n'ont pas été loin de me rendre folle.

— Devinez quoi ! On a reçu des nouvelles fantastiques ! Le député Yang sera là.

Il ne peut contenir sa jubilation. Son corps a un petit spasme de joie. On dirait un personnage de bande dessinée. Ce qui offre des possibilités. Je me mets à imaginer un tableau, un petit homme à tête d'horloge. Pour le torturer, je pourrais le faire se noyer dans une cuve d'eau.

— Vous comprenez ce que ça signifie ?

Il me regarde d'un air blessé en constatant que je ne montre pas la joie et la surprise escomptées.

— Il va faire un discours à la remise des diplômes ? dis-je d'une voix faible, en jetant un regard à mon travail.

Il me dévisage et fait une longue pause avant de s'expliquer.

— Écoutez, mademoiselle Miho, je sais que vous pensez que cette conversation n'a pas d'intérêt pour vous, mais je vous assure que rien ne saurait être plus loin de la vérité.

Je l'ai irrité. Je suis pleine de remords : c'est grâce à lui que j'ai un espace, un statut et de l'argent – si maigre soit la somme. Je vais vers mon joli petit frigo rétro, style années 1950, que Hanbin m'a offert pour me féliciter d'avoir désormais un atelier. J'en sors deux boissons aux fibres parfum orange, et en tends une au directeur. Orange est une couleur si souvent moquée dans le monde. Mais j'aime ces bouteilles en verre emplies d'un liquide couleur de soleil levant dans mon beau frigo italien au logo vintage. Sans doute la plus chère de mes possessions.

— Je suis navrée. J'ai toujours besoin d'un petit temps pour sortir de mon travail. Je suis à vous. Expliquez-moi tout, je vous en prie.

Je m'assieds sur un tabouret et lui fais face, essayant d'imiter l'expression que Kyuri m'a montrée pour faire croire à un homme qu'il a votre entière attention. Tout est question d'ouvrir grand les yeux et de hausser les sourcils, avec seulement l'ombre d'un sourire qui joue au coin de vos lèvres.

Il toussote.

— Si ces politiciens sont importants, c'est parce qu'ils peuvent nous attribuer des fonds, ou inciter les *chaebols* à investir, et ainsi vous pouvez continuer à créer des œuvres qui font la gloire de notre établissement. Vous comprenez ?

J'acquiesce. En effet, c'est important.

— Bref, je travaille dur pour essayer d'organiser ce déjeuner avec de potentiels acheteurs et des personnalités politiques, et je suis venu vous dire que vous y assisterez. J'ai fait une réservation à l'*Hôtel des Artistes* pour lundi prochain à midi. Assurez-vous de...

Il se tait. J'attends, pleine de curiosité.

—Eh bien, vous voyez, quoi. Faites en sorte de bien représenter toute l'école, conclut-il maladroitement.

Il veut me faire saisir quelle énorme responsabilité repose sur mes épaules.

—Est-ce que Mlle Mari sera là ?

C'est l'autre bénéficiaire de la bourse. Elle crée des installations digitales qui montrent des ondes cérébrales, un truc dans ce genre.

—Non, répond le directeur. Mlle Mari n'est pas... Disons que ses œuvres la représentent mieux qu'elle ne pourrait le faire elle-même.

Je lui adresse un sourire doux et lui dis que je suis honorée. Mari, qui a largement dix ans de plus que moi, est un peu un coup de poker. Elle est quadragénaire, en surpoids et divorcée, ce qui la rend invisible aux yeux des hommes coréens, toutes générations confondues. Même si elle m'a beaucoup fait rire les rares fois où j'ai parlé avec elle dans ces événements obligatoires, elle adore tenir des propos choquants, et le directeur rechigne à la placer à proximité d'un potentiel donateur.

—Vous êtes la mascotte du département, ne l'oubliez pas, me dit le directeur, de nouveau tout sourires maintenant que j'ai prononcé les bonnes phrases avec la bonne intonation. Vous allez figurer sur l'affiche de l'exposition ! La photographe va venir la semaine prochaine, par là. Elle vous donnera à l'avance ses instructions pour la tenue, la coiffure et le maquillage.

Je fais une profonde courbette et il repart, apaisé.

C'est facile, de faire plaisir aux aînés. Il suffit de sourire, de dire bonjour, merci et au revoir avec un air très sincère.

C'est quelque chose que bien des gens de ma génération – et de ma profession – ne comprennent pas.

Le soir, je retrouve Hanbin pour le dîner et je lui parle de ce repas où je vais être exhibée devant une farandole de donateurs.

— C'est génial ! s'écrie-t-il, ravi.

Un sourire éclaire son beau visage hâlé. Je sens le bonheur m'envelopper les épaules comme un plaid bien chaud. Nous sommes en train de manger une grillade d'anguille dans la rue des restaurants devant l'école. Il dit que nous avons tous les deux besoin de nous recharger en énergie.

Il est doublement content pour moi : dans l'année écoulée, il m'a plusieurs fois proposé de me présenter à des galeristes qu'il connaît par le biais de sa mère, et j'ai toujours refusé. Ce n'est pas facile pour lui de me proposer ça, je le sais, parce que si j'acceptais une telle faveur, sa famille aurait une dette envers ces personnes. Sa mère l'apprendrait forcément et elle serait folle de rage, voire pire. J'essaie de m'en sortir seule, et je sais que c'est ainsi que je peux le garder. Il pourrait acheter l'ensemble des œuvres des étudiants de fin de cycle de tout mon département pour la moitié du prix de la voiture qu'il s'est payée l'an dernier. Il va sans dire qu'il pourrait acquérir la totalité des œuvres que je vais présenter lors de mon exposition solo en mai à la galerie de l'université.

Il fait griller les morceaux d'anguille d'une main experte, puis les dépose sur mon assiette. Je n'ai pas encore réussi à lui dire que je n'aime pas l'anguille : il pense déjà que je suis trop difficile.

Le *hoe*, par exemple. Quand j'étais enfant, nous n'en mangions jamais, et, chaque fois qu'il m'emmène dans un restaurant de *hoe* hors de prix, son regard s'illumine lorsque le serveur nous apporte une assiette avec des tranches de poisson blanc cru joliment disposées, surmontées de concombre de mer ou d'oursin. Ça me demande un effort singulier de ne pas laisser la nausée se lire sur mon visage.

— Le chef nous a gardé le meilleur maquereau ! J'ai appelé la semaine dernière pour prévenir qu'on venait aujourd'hui, me dit-il en surchargeant mon assiette de tranches translucides. Et devine quoi, il a mis de côté des sashimis d'un poisson-globe de grande qualité. Il va nous les apporter en personne !

Ruby, je crois, s'en doutait. L'une des choses merveilleuses qu'elle a faites – sans jamais le reconnaître – a été de cesser de m'inciter à manger des produits de la mer crus. Ou du foie gras. Ou de l'agneau. Ou du lapin. Ou toute autre sorte de nourriture que je n'ai pas goûtée enfant.

Mais, bizarrement, même après des années à dîner en compagnie de ces palais raffinés, mes dégoûts ne font que s'amplifier. Proposez-moi des *ramens*, du *tteokbokki* ou du *soondae* tant que vous voulez. Ou rien du tout. Rien du tout, ça me va très bien.

En temps normal, Hanbin se fâcherait si je commençais à dire que je n'ai plus faim aussi vite, mais aujourd'hui ça ne semble pas le déranger. Il est soit surexcité, soit nerveux, et je lui demande ce qui se passe.

— Rien du tout, répond-il en secouant la tête. C'est la folie au travail. Je n'ai pas envie d'en parler. C'est carrément déprimant.

Hanbin travaille comme porteur dans l'hôtel de sa famille. C'est une mode récente chez les familles hôtelières de mettre leurs héritiers au travail dans les tranchées de leurs empires. Il a commencé comme voiturier l'été où il a obtenu son diplôme à Columbia, et au bout de quelques mois on l'a mis à la plonge dans la cuisine.

Sa mère fait semblant d'être horrifiée que son mari relègue leur fils à des tâches aussi subalternes, mais d'après Hanbin elle est en réalité aux anges. Cela lui offre une nouvelle possibilité de se vanter de l'hôtel, de son fils, et de la hauteur de vue de son époux capable d'inventer une formation aussi éprouvante pour un futur P.-D.G.

On aurait pu croire que le manager ne lui ferait rien faire du tout, mais les récents scandales *chaebol* ont changé la façon de penser de beaucoup de gens. Il y a toujours les lèche-bottes qui rampent et se pâment, mais de nombreuses personnes se montrent méprisantes et attentives, guettant la moindre erreur d'une famille possédante pour la rapporter à la police ou à la presse. « Les syndicats ! » explose parfois Hanbin sans rime ni raison.

— Au moins, tu ne dois pas ramasser des préservatifs usagés par terre, ni te mettre à genoux pour éponger une cuvette de toilettes sale, lui ai-je rappelé la semaine dernière quand il se plaignait d'avoir eu une journée affreuse.

Je songeais aux histoires que Sujin m'a racontées, de l'époque où elle était femme de chambre dans un hôtel borgne, lors de ses premiers mois à Séoul. L'hôtel, où elle travaillait en parallèle de sa formation à l'école de coiffure, faisait payer à l'heure, et les chambres tournaient tellement vite qu'elle a perdu six kilos en deux semaines parce qu'elle n'avait pas le temps de manger. Et aussi parce qu'elle n'avait pas d'appétit après avoir ramassé des préservatifs et nettoyé des taches de toutes les couleurs à toute heure. Elle le recommandait chaleureusement comme méthode pour perdre du poids.

Quand j'ai dit ça, Hanbin m'a dévisagée en silence, et je sais qu'il était choqué. J'ai ajouté en hâte que je venais de lire un article écrit par une journaliste infiltrée dans un hôtel louche en tant que femme de ménage. Il s'est un peu détendu. Il a ri et m'a dit que son hôtel n'était pas comme ça. Et il le croyait, en plus.

Ruby aimait aussi les hôtels. Elle se faisait envoyer les nouvelles des hôtels par un membre de son personnel : quel établissement avait changé de directeur, de menu pour l'heure du thé, ou de package pour le spa. Elle me prenait, et on partait.

Une fois, elle m'a fait venir dans une suite présidentielle, où elle avait étalé ses papiers sur toute la surface de la table de réunion. Elle avait commandé trois plateaux de mignardises et de confiseries avec son thé, et elle grignotait en tapant sur son ordinateur.

— C'est quoi, ça ? ai-je demandé en entrant.

La taille de la suite suffisait à vous couper le souffle. Chaque surface semblait être recouverte de marbre, et j'avais dû traverser deux salons juste pour la dénicher.

— Oh, c'est une vieillerie, a-t-elle répondu en levant les yeux au ciel avec un geste vers le lustre en cristal. Ça sort tout droit des années 1940, ou un truc dans le genre. Je leur ai dit qu'il fallait fermer l'hôtel plusieurs années pour le rénover. *Au minimum.*

Je suis passée de pièce en pièce, caressant du doigt les canapés sublimes, les cadres dorés, les rideaux de satin, et la cheminée véritable. Il y avait dans le salon un piano à queue Steinway rouge vif devant une baie vitrée avec un époustouflant panorama sur la ville. Dans la salle de bains, les étagères étaient recouvertes de minuscules flacons de parfum en cristal, et des bouquets de pivoines flottaient dans des sphères du même matériau.

— Est-ce que tu vois la *tête de cygne* ? On est où, là ? Chez les tsars ?

Elle faisait allusion au robinet de la profonde baignoire. La tête d'un cygne doré, posée sur son cou mince, crachait de l'eau par le bec. Je trouvais secrètement cela très joli, et je n'ai pu m'empêcher de passer le doigt sur le bec incurvé.

Quand je suis retournée près de Ruby, elle était en train de passer une nouvelle commande au *room service.*

— Tu veux quoi ? a-t-elle demandé, la main sur le combiné.

J'ai haussé les épaules, perdue, et elle a une nouvelle fois levé les yeux au ciel.

— Pouvez-vous m'envoyer des Saint-Jacques grillées… sur un lit de légumes variés. Frais, pas surgelés. Avec une sauce au vinaigre balsamique, à part. Et par ailleurs, pouvez-vous envoyer quelqu'un chercher un sandwich italien à la boutique au coin de la rue… celle qui est connue ? Je ne sais plus comment elle s'appelle.

Elle a raccroché avec force, sourire aux lèvres.

— Coquillages pour moi. Sandwich pour toi. Je vais noter l'heure et la température des plats quand ils arriveront. C'est un vrai travail, tu sais. Les présidents n'attendent pas, quand ils séjournent ici.

— Qu'est-ce qui se passe ?

C'étaient des dépenses inhabituelles, même pour elle. Une suite présidentielle, un après-midi de semaine, sans raison apparente ?

— Oh, notre société vient d'acheter cet hôtel, a répondu Ruby avec un geste de la main autour d'elle. Je l'ai lu dans les journaux, parce que personne ne me dit rien ! Alors j'ai passé un coup de fil en Corée, pour leur demander de me réserver un séjour immédiatement. Et une fois arrivée ici, j'ai demandé cette suite.

Elle a ri.

— Ils vont me tuer quand ils le sauront, mais ils n'oseront jamais le répéter à mon père. Ils vont juste devoir trouver une solution.

Je l'ai dévisagée, les yeux écarquillés.

— Mais, et s'ils lui disent et qu'il est furieux ? Est-ce que ça ne va pas coûter, genre, des dizaines de milliers de dollars, ou par là ? Des centaines de milliers ?

Je n'en avais vraiment aucune idée.

— Quelque part, j'espère qu'ils lui diront. Au moins, il saura que je m'informe des nouvelles de la société.

Et elle a continué à manger sa tartelette aux fraises.

Alors est-ce que vous trouvez étonnant que je ne puisse rien peindre d'autre que Ruby ? Cette scène dans la suite, je la vois aussi clairement que si elle se déroulait devant mes yeux en ce moment. Je l'ai peinte il y a deux mois, sous la forme d'un goûter sur un nénuphar, sur un lac. Un cygne lui verse du thé dans sa tasse, elle a des pivoines et des rubis dans les cheveux. Des centaines de poissons remontent à la surface, tournés vers elle.

Quand elle m'a dit que Hanbin allait venir en sortant de cours, j'ai prétexté que je devais travailler sur mon projet final pour m'excuser. Je n'avais pas envie de le voir impressionné par Ruby, par ce qu'elle pouvait mettre en œuvre d'un simple coup de fil. Je n'avais pas envie de penser qu'ils allaient passer du temps ensemble sur ce lit moelleux comme un nuage.

Mais, à présent, je me dis que c'est peut-être précisément pour ça que je lui plais : je suis un changement bienvenu parce que, avec moi, il peut jouer le rôle de celui qui donne. Il y a une limite jusqu'où les hommes coréens veulent bien accepter l'argent des femmes, surtout quand ils sont riches eux-mêmes.

Après l'anguille, j'imagine que Hanbin va me proposer un film, ou de prendre une chambre d'hôtel, mais il me dit qu'il est fatigué et va me ramener à la maison. Il a vraiment dû passer une très mauvaise journée au travail – peut-être qu'il s'est une nouvelle fois fait crier dessus par un client parce qu'il n'allait pas assez vite avec les bagages.

Il me dépose devant mon office-tel et j'adresse des signes d'au revoir à sa Porsche qui s'éloigne. Je monte vers l'appartement, esseulée. La plupart du temps, c'est moi qui repousse ses avances, disant que je suis trop fatiguée pour faire l'amour aujourd'hui, et que « non, tu ne peux pas voir mon travail ni ma chambre ».

Une fois à l'intérieur, je continue à traîner tristement, touchant le dos des livres que j'ai l'intention de lire depuis une éternité, farfouillant dans les placards de la cuisine pour voir s'il reste des *ramens*, contemplant mon visage blême dans le miroir de la salle de bains.

Pour finir, je me remets au travail dans ma chambre – je commence une esquisse sur une petite feuille de papier. Une mer d'anguilles qui se débattent, et, flottant au-dessus, un lit à baldaquin d'où je regarde vers le bas. Cette fois ce n'est pas Ruby, c'est moi, et je suis nue. J'efface un peu et transforme l'une des anguilles en un arbre élancé. Je commence à ajouter de petites fleurs étoilées sur les branches.

Je ne devrais pas autant entrer dans les détails – ce n'est qu'une petite esquisse idiote –, mais je ne peux pas m'en empêcher. Autrefois, je faisais cela très souvent – esquisser entièrement la première idée avant de la recréer dans un tableau plus grand ou une sculpture –, mais en général je ne le fais plus. Ça m'agace, mais ça me soulage en même temps, de travailler en détail, au crayon, en pensant aux huiles. Les fleurs devraient être vieux rose… à moins que corail convienne mieux ? Faut-il ajouter un papillon, ou deux ? Devraient-ils se transformer en anguilles et s'immiscer dans le lit ?

Je ne sais pas combien de temps est passé lorsque je lève les yeux et découvre que Kyuri est rentrée et qu'elle se tient sur le pas de ma porte, à me regarder. Elle a la tête qui pend de côté, comme chaque fois qu'elle est assez ivre pour dire les choses les plus horribles, mais pas assez pour s'endormir. Je soupire. Cela signifie sans doute que je ne vais plus travailler – pas plus mal.

— Tu sais ce que je pense quand je te regarde ? demande Kyuri en penchant la tête brutalement de l'autre côté.

Pour un peu, je verrais les vapeurs d'alcool s'échapper d'elle.

— Non, quoi ? Et bonjour, au fait.

— J'aimerais avoir un talent qui aurait décidé de ma carrière à ma place, déclare-t-elle d'un ton peiné. Comme ça, je n'aurais pas eu besoin de choisir. De faire autre chose.

Ce qu'elle sous-entend, c'est que j'ai de la chance et elle non.

— L'art, ça ne fait pas bouillir la marmite, réponds-je, indignée. Il y a tellement de gens qui sont un million de fois plus doués que moi et qui n'ont pas de travail, ou n'arrivent pas à vendre leurs toiles. Après cette bourse, qui sait ce que je vais faire ?

Une carrière d'artiste, c'est un fantasme, qui miroite quand on le regarde sous un certain angle, et disparaît sous un autre. À New York, on n'a pas cessé de me répéter que je devais appartenir à une communauté, pas seulement pour être encouragée, inspirée, et toutes ces jolies choses, mais aussi pour avoir des tuyaux pour des jobs. Comme les meilleurs restaurants pour un emploi de serveuse. Ruby m'avait fait remplir le dossier pour ma bourse actuelle quelques mois avant de se tuer.

Je sais déjà que Kyuri m'en veut presque de ma carrière – si naissante soit-elle –, et toutes nos conversations finissent tôt ou tard par porter sur ce sujet. Ça rejoint ce que je disais plus tôt, son obstination à se considérer comme une victime, quand d'autres seraient nés sous une bonne étoile.

— Eh bien, tu es assez maligne pour être arrivée jusqu'ici, dit-elle d'un ton envieux. Tu es tellement rusée, tu sais. Tu t'arranges toujours pour décrocher le meilleur.

Ça m'énerve tellement que je sens le sang me monter aux joues. En général, je balaie les choses qu'elle me dit, bien pires que celle-ci. Peut-être est-ce parce que j'ai faim, ou parce que Hanbin est parti si tôt.

— Pourquoi tu as besoin de présenter les choses comme ça ? Est-ce que tu as envie qu'on se dispute ? Tu ne crois pas que je travaille dur ? Tu penses que je ne suis pas terrifiée à l'idée de tout perdre à n'importe quel instant ?

— Pourquoi tu te mets dans cet état ? demande-t-elle, sincèrement surprise. Je dis juste que je t'envie ! C'est flatteur. Tu devrais te sentir chanceuse !

Elle est tellement prise de court que je me calme.

— Je suis désolée. Je crois que je suis de mauvaise humeur aujourd'hui. Ça n'a rien à voir avec toi.

— Pourquoi, à cause du travail ? Non, c'est Hanbin, n'est-ce pas ? déclare-t-elle avec certitude.

Je secoue la tête et espère qu'elle va s'en aller. Je baisse les yeux vers mon esquisse. Mais quand je regarde de nouveau Kyuri, elle a une expression si inquiète que, malgré moi, je suis touchée. Peu importe ses suppositions erronées, au moins c'est une amie qui se soucie de moi, et je sais à quel point c'est rare. C'est précisément pour cela que je ne peux pas peindre une série sur Kyuri maintenant.

Mais quand je commencerai, ce sera sous la forme d'une série *gisaeng*. Peut-être la peindrai-je en fantôme, avec des yeux rouges. Le dos cambré. Des seringues plantées dans le visage et les poignets. Portant un *gisaeng hanbok*. Il faut que je fasse des recherches là-dessus. Quelles couleurs portaient-elles pour séduire les hommes il y a des siècles ? Une série avec un fantôme *gisaeng*. Je la contemple, voyant cela et davantage. Elle recule.

— Quoi ? Pourquoi tu me regardes comme ça ? Qu'est-ce qui se passe ? C'est vraiment Hanbin ? Qu'est-ce qu'il a fait ?

Je secoue la tête, pour m'éclaircir les idées, bien que mon autre impulsion soit de commencer une esquisse illico pour ne pas oublier. Mais il y a une note dans sa voix qui me pousse à parler.

— J'aimerais bien que tu arrêtes de parler de lui tout le temps comme ça. J'ai l'impression que tu penses qu'il n'a pas de chance de sortir avec moi, que je ne le mérite pas, ou quelque chose dans ce goût-là. Ça me met vraiment mal à l'aise.

Voilà, c'est dit. En vérité, qu'elle parle de Hanbin ne me dérange pas autant que je viens de le prétendre, mais aujourd'hui je suis à vif.

— Tu comprends tout de travers, c'est dingue, répond-elle d'une voix tremblante, glaciale. Tu sais quel dilemme je dois affronter chaque jour ? Chaque fois que je te vois, j'essaie de déterminer ce qui a le plus besoin d'être protégé : ton futur, tes idéaux, ta confiance mal placée ?

— Mais qu'est-ce que tu racontes ?

— Je te parle de Hanbin, crache Kyuri avec venin. Et j'étais tellement partagée sur le fait de te le dire.

Je commence à me demander si j'ai loupé un bout de la conversation. Ça m'arrive souvent quand je dessine dans ma tête.

— Quoi ?

Elle me regarde avec rage, inspire un grand coup et lance : « Laisse tomber ! » d'un ton explosif avant de s'éloigner d'un pas rageur vers sa chambre. Mais je ne vais pas lâcher l'affaire.

— Kyuri. Maintenant, dis-moi. De quoi tu parles ?

Je la suis dans sa chambre et l'attrape par le bras. Si c'est juste une crise de nerfs pleine de méchanceté, je n'ai pas besoin de ça dans ma vie.

Elle me repousse et se change sans me regarder. En tenue de nuit, elle s'assied devant sa coiffeuse en bois peint et commence à enlever son maquillage avec deux pressions de pompe de sa coûteuse huile nettoyante fermentée. Il y a quelque chose dans cette image – d'elle dans sa combinaison bordée de dentelle, devant son miroir ovale, en train d'essuyer lentement les couleurs de son visage, avec colère – qui est captivant. J'éprouve un violent besoin de courir dans ma chambre chercher mon appareil photo, pour capturer l'instant afin de pouvoir travailler avec plus tard.

— Tu es certaine de vouloir savoir ? demande-t-elle en se tournant vers moi, m'arrachant à ma transe.

Toute trace d'eye-liner, de blush et de rouge à lèvres a disparu, et sa peau est luisante d'huile.

Nous nous regardons un long moment.

Cela ne peut être qu'une seule chose, cette vérité est déjà suspendue devant moi, et, d'une certaine façon, je sais déjà. Je réponds à voix basse :

— Dis-moi…

Elle penche la tête d'un côté, puis de l'autre. Enfin elle ouvre la bouche.

— Il couche avec au minimum une autre fille. Je suis désolée. Vraiment désolée…, avoue-t-elle sans oser croiser mon regard. Je veux dire, est-ce que ça ne te soulage pas, d'une certaine façon ? Comme ça tu n'as pas besoin d'attendre qu'il rompe avec toi, et tu peux l'étiqueter salaud typique et trouduc, et tourner la page. C'est mieux que de nourrir l'illusion que tu vas l'épouser, et de perdre encore des années de ta vie, alors que tu ne peux pas te le permettre.

Elle bégaie ces mots à toute vitesse, comme un évangéliste qui parlerait à quelqu'un sur le point de se convertir.

— Oh.

Il y a tellement de choses que j'ai envie de dire : « Comment tu le sais ? », « C'est qui ? », ou le vain « Ça ne peut pas être vrai ». Mais c'est facile de voir sur son visage qu'elle dit la vérité. Il faut que je m'accroche à quelque chose, parce que j'ai l'impression que je vais tomber. Je pivote – et chancelle vers ma chambre comme une vieille dame. J'ai l'impression de flotter au-dessus de mon corps… de me regarder trouver à tâtons mon chemin vers mes tableaux. Dans mon tourment, je ne parviens pas à comprendre ce qui se passe.

Je ne veux pas savoir. Je ne veux pas savoir.

— Miho, souffle Kyuri.

Elle est derrière moi, la voix désormais douce et pleine de compassion. Elle regrette de me l'avoir dit.

Je fais un geste de la main sans regarder derrière moi, pour lui indiquer de s'en aller.

Dans ma chambre, je reprends mon petit dessin. Je prends conscience avec un pincement qu'à partir de maintenant, ce sera toujours douloureux pour moi de le regarder. C'est dommage, car je l'aimais déjà. Cela ne signifie pas que je ne vais pas pouvoir travailler dessus, cependant : je peux l'attaquer avec plus de ferveur, de colère, et il n'en sera sans doute que meilleur.

J'ai l'impression d'être somnambule. J'entre dans la salle de bains et fais couler la douche. L'idée me vient que je vais désormais avoir beaucoup de temps. Dieu merci, je vais pouvoir travailler.

J'enlève mes vêtements et mes bijoux – mon collier en or avec un pendentif en forme de palette était évidemment un cadeau de Hanbin, de même que mon anneau de minuscules diamants noirs.

La vitre et le miroir ne tardent pas à disparaître dans la buée et le brouillard. Je ferme les yeux et supporte l'eau brûlante qui me cingle la tête et le corps.

Que vais-je faire, maintenant ? Cette question me ronge de façon morne. J'ai eu beau penser que je protégeais mon cœur, car je savais que ça arriverait, je ne suis pas préparée.

Je voudrais être morte, pour ne pas avoir à ressentir cette douleur.

Je me souviens que ma tante nous avait raconté quand nous étions petites, Kyunghee et moi, que ma grand-mère était morte de colère. Elle s'était étranglée à mourir avec le *han* – la rage accumulée par toutes les générations pillées avant elle – parce qu'elle avait vu ses parents mourir devant ses yeux, et parce qu'elle avait été l'esclave de sa belle-mère jusqu'à vieillir prématurément. Parce qu'elle avait eu un fils – mon père – qui s'est avéré être un imbécile et un faible, détourné du droit chemin par une belle-fille rusée – ma mère.

Ma tante nous avait dit que nous avions hérité la colère de ma grand-mère, que ce genre de *han* puissant ne peut pas s'éteindre simplement avec la mort d'une vieille femme. Que nous devions faire attention à nous contrôler, à éviter les situations qui pouvaient conduire à des altercations.

« Vous ne savez pas ce dont vous êtes capables », avait-elle dit avec un soupir. Nous avions hoché la tête, apeurées. Elle-même regrettait certains incidents de son existence, disait-elle. Et elle ne voulait pas que nous ressentions la même chose.

L'idée d'extraire la carte SD de la caméra embarquée de Hanbin vient de la dernière série que regarde Kyuri. Puisqu'elle refuse de me révéler comment elle a appris pour Hanbin, et puisque je n'ai rien d'autre à lui dire, la télévision hurle en permanence depuis quelques jours et nous avons entamé une cohabitation glaciale.

La scène qui me donne cette brillante idée se déroule sur l'écran alors que je m'assieds à notre minuscule table avec les *ramens* que j'ai préparés. Dans l'histoire, le fils *chaebol* est amoureux de la fille dont tout le monde croit que c'est sa sœur. Le père, qui pressent cette relation interdite, se glisse dans la voiture de son fils la nuit et retire la carte SD de la caméra. Les vidéos confirment ses soupçons.

La scène de la carte SD attire mon attention, et je tourne la tête vers Kyuri pour voir si elle pense à ce que je pense. Elle ne me prête pas attention. Sa façon de se tenir assise par terre avec le dos et le cou complètement raides me fait soupçonner qu'elle a reçu un nouveau traitement. Sans doute une session de cette thérapie osseuse à laquelle elle est accro, où ils vous malaxent comme des malades pendant deux heures. L'unique fois où j'y suis allée, sur ses conseils, j'ai demandé un massage facial et ils ont commencé à m'écraser la mâchoire si fort que j'ai crié pour qu'ils arrêtent. Quand j'ai demandé à être remboursée, ils ont refusé, alors j'ai offert les sessions restantes à Kyuri. Ça, c'était autorisé.

Mais la caméra... ça pourrait vraiment marcher. Hanbin en a installé une qui enregistre ce qui se passe dans l'habitacle depuis qu'il s'est fait voler un ordinateur par un voiturier.

Le truc est de faire sortir Hanbin de sa voiture suffisamment longtemps pour que je puisse retirer la carte SD. Après avoir étudié des vidéos en ligne, je suis presque sûre de pouvoir le faire assez vite, mais je vais avoir les doigts qui tremblent si j'ai trop peur de me faire pincer.

Je le fais enfin le jour où nous retrouvons ses amis pour un verre à Itaewon. Après être passé me chercher à l'atelier, il trouve par miracle une place de stationnement dans la rue à un pâté de maisons seulement du restaurant. Nous sommes en train de finir le chemin à pied quand j'inspire un grand coup avant de prétendre que je viens de m'apercevoir que j'ai oublié mon téléphone dans sa voiture.

— J'y vais, dis-je.

— Non, non, laisse. J'en ai pour deux secondes.

Il est déjà en train de faire demi-tour quand j'ajoute que je pense que plusieurs de mes « trucs de fille » ont dû tomber de mon sac. Rien ne vaut la mention de produits d'hygiène menstruelle pour qu'un bonhomme parte en courant en sens inverse.

Après ça, obtenir la preuve est la chose la plus facile au monde.

À la maison après ces verres, je parcours les vidéos sur mon ordinateur. Après avoir longtemps scrollé, je la trouve : celle où il couche avec une fille dans sa voiture. Il fait sombre et c'est difficile de voir parce que les images sont floues, mais le rythme et les bruits sont reconnaissables entre tous. Je mets la vidéo en pause et ferme les yeux. Puis je me glisse sous mon bureau et me roule en boule pour voir si les coups de poignard que je ressens vont disparaître.

Ce n'est pas le cas, évidemment, et j'ai les jambes qui tremblent comme celles d'un chien.

Je me demande si je vais survivre à ce moment, si je ne vais pas plutôt me consumer. Mais je veux voir le visage de la fille, voir ce qui en elle l'a attiré. Je remonte sur mon siège et retourne en arrière – il doit y avoir un gros plan d'elle sur le siège passager avant qu'ils s'installent à l'arrière. Et en effet, le voilà. La portière s'ouvre et une fille monte. La fille, c'est Nami. L'amie de Kyuri. L'idiote prépubère avec les nibards géants. Celle dont je suis certaine qu'elle est aussi escort ou quelque chose dans ce goût-là.

Je regarde alors qu'ils roulent en silence, puis Hanbin se gare et ils descendent des sièges avant pour s'installer sur la banquette arrière. Puis la scène que je viens de regarder se déroule à nouveau. Ils n'ont pas échangé un mot, et il est donc clair que tout ça s'est déjà produit – sans doute à de nombreuses reprises. Ça a dû commencer quand je l'ai appelé pour qu'il vienne boire un verre avec nous. J'étais rentrée avec Kyuri et je n'avais pas vu qu'ils étaient restés plus tard.

Je reste allongée sur le lit un long moment, sans rien voir dans l'obscurité, puis je retourne à mon ordinateur pour regarder de nouveau. Ensuite, je dois retourner sur mon lit.

Les jours suivants, j'examine chacun des enregistrements de la carte. Mon cœur se fissure chaque fois que j'entends sa voix. J'apprends d'une conversation téléphonique qu'on est en train d'arranger le *seon* pour lui avec l'héritière du Ilsun Group, et que la date du mariage pourrait aussi bien être déjà fixée.

Le *seon* doit avoir lieu le mois prochain, à son retour d'un programme culinaire à Paris.

D'une certaine façon, je pense que je fais maintenant l'expérience de la véritable liberté pour la première fois de ma vie. C'est ma façon de penser à tout ça : que c'est le karma, et aussi l'absolution.

J'étais lentement en train de me noyer dans ma culpabilité, pour l'avoir désiré quand il était à Ruby, pour être allée vers lui et avoir osé lui montrer mon cœur. J'avais habité un monde qui ne m'était pas destiné.

Il m'offrait toujours des cadeaux. J'hésitais à les accepter, car je pensais que c'était une façon de lui montrer mon amour pour lui, de lui montrer que je l'aimais au-delà des choses matérielles et du monde qu'il représentait, des relations qui pouvaient lancer une carrière en moins de temps qu'il n'en faut pour éternuer.

Je n'avais pas voulu être un fardeau pour lui, d'aucune façon, et je m'étais torturée en me demandant comment mes décisions seraient perçues par sa famille, ou si une bourse semblerait plus respectable qu'une autre.

Je ne l'ai jamais autorisé à voir mon travail parce que les seules œuvres que j'ai été capable de créer étaient au sujet de Ruby.

Je me délecte à l'idée qu'il assiste à mon exposition, et qu'il n'y trouve que Ruby à chaque tournant – son visage, son corps, ses haines et désirs, son apathie et son dédain, ses trésors aimés.

Mais, avant qu'il la voie dans mes œuvres, je vais sucer tout ce que je pourrai de lui. Je vais être féroce, sans entraves. Je prendrai désormais de lui tout ce que je peux. Je n'ai pas entendu les préceptes de Kyuri sur les hommes pendant tout ce temps pour rien.

Je vais lui demander de m'offrir des bijoux.

Je vais lui demander d'acheter toute mon exposition, comme ça je pourrai en décrocher une autre rien que grâce à la presse.

Je vais faire fuiter dans les magazines féminins – ces bibles épaisses remplies de photos de paparazzi de la jet-set – qu'il est en couple avec moi.

Je vais me hisser tellement haut en si peu de temps que, lorsqu'il me quittera, je me transformerai en éclair d'orage, en apocalypse nucléaire.

Je ne ressortirai pas de tout ça les mains vides.

Wonna

Le bébé tape de nouveau. Quand elle fait ça, je sens mon cœur bondir et je m'arrête net dans ce que je fais pour poser les mains sur mon ventre et la sentir.

Je ne sais pas ce que c'est – ça n'a commencé que cette semaine. Je ne sais pas si c'est ce qu'on appelle « donner des coups de pied » ou si elle a le hoquet.

Mais, peu importe, je suis tellement reconnaissante qu'une bouffée d'espoir jaillit au plus profond de moi, et que j'ai bien du mal à ne pas m'effondrer complètement en public. Je veux partager ça avec quelqu'un – n'importe qui. Je veux attraper la dame assise à côté de moi dans le métro et le lui dire. Je veux qu'elle sache qu'un petit monde est en train d'éclore à l'intérieur de moi. Mon bébé essaie de me parler. Elle essaie de vivre.

Pendant les trois derniers mois, j'ai joué à un jeu avec moi-même. Je parle de jeu, mais c'est plutôt une série de négociations. Avec qui, je l'ignore, car je ne crois pas en Dieu.

Le jeu se déroule ainsi : si mon bébé vit encore une semaine, je ferai ceci. Ou j'abandonnerai quelque chose d'autre. La semaine dernière, j'ai promis de ne plus jamais fumer une cigarette même après l'accouchement – même si je n'aime pas penser aussi loin par crainte d'être punie pour ça. Je ne fume même pas tant que ça, mais je commençais à être à court de choses à sacrifier. La semaine d'avant, j'avais promis de ne plus jamais prendre de pilules amincissantes, même si je me sens mal quand je regarde mon reflet. Et la semaine encore avant, j'avais fait le serment de ne plus jamais boire au point d'avoir un trou noir.

J'ai failli parler de ce jeu à mon mari, mais je me suis reprise à temps. Il ne trouverait pas ça exemplaire, ni puissant ni maternel, alors que c'est tout ce que je ressens.

Pendant ma dernière consultation, la gynécologue m'a dit que, maintenant que j'ai franchi le cap du premier trimestre, les risques de fausse couche ne sont plus que de deux, peut-être trois pour cent, et que je ne devrais plus m'inquiéter autant. Je lui ai répondu que les deux pour cent ressentaient l'expérience à cent pour cent, et que je sais toujours que quelque chose va mal se passer avec cette grossesse, j'ignore juste quand. Elle m'a regardée bizarrement, et j'ai regretté d'avoir parlé. Elle a un visage semblable à une tour de pierre.

Mon mari est à nouveau en Chine cette semaine pour le travail. Ça signifie que, la nuit, je peux étirer mon corps dans le lit entier et que les draps sont deux fois plus délicieux sur ma peau. Je peux rouler des deux côtés du lit, me tourner et me retourner autant que je veux.

S'il existait un manuel du mariage, le premier chapitre devrait s'intituler « Achetez un lit king-size ».

Avec notre petit lit, mon mari s'endort toujours le premier et je me retrouve à le regarder d'un air malveillant alors qu'il franchit la ligne de démarcation de sa moitié. Son bras ou sa jambe me tombe dessus, et je ne peux pas m'endormir, alors je contemple le plafond avec haine. Puis je lui flanque un coup dans le dos et il roule jusqu'à son côté, mais ce n'est qu'une question de temps avant qu'il atterrisse de nouveau sur moi. Et maintenant que je suis enceinte, je ne peux plus prendre de somnifères, et après la première série de négociations au sujet de mon bébé avec les divinités sans identité, j'ai aussi renoncé à la mélatonine. J'aurais dû faire durer le marchandage, diminuer le dosage d'un milligramme par semaine peut-être. Comme je partais de dix milligrammes par soir, ça m'aurait donné dix semaines de plus d'aide pour dormir. Mais j'ai abandonné complètement vers la deuxième semaine de grossesse, par là, et maintenant, si j'arrive à m'endormir vers 3 ou 4 heures du matin, je considère que la nuit est sauvée.

Au début de la grossesse, ça me mettait en rage de ne pas pouvoir m'endormir à cause de lui. Je le secouais brutalement par les épaules en lui disant : « Tu m'empêches de dormir. » Il s'excusait et se couchait bien droit de son côté, manquant de tomber tellement il était au bord, mais inévitablement il se rendormait et roulait de nouveau de mon côté, et cela déclenchait un nouveau cycle de frictions.

Ce qui a changé, c'est que j'ai commencé à lire des blogs qui affirment que l'insomnie est inévitable et incurable : une fois que tu es enceinte, tu ne dormiras de toute façon plus jamais. Même quand le bébé dormira, tu n'arriveras toujours pas à dormir et tu perdras la tête.

C'est alors que j'ai décidé d'essayer de penser que ce n'était pas la faute de mon mari. C'était ma faute, pour avoir apporté ce petit lit dans le ménage pour commencer. Mon père était tellement stupéfait que je parvienne à me marier, et plus encore avec un homme normal doté d'un travail, qu'il a sans doute vendu quelque chose pour pouvoir nous l'acheter. Puisqu'il dépensait de l'argent qu'il n'avait pas de toute façon, j'aurais dû le pousser à payer un king-size. Mais le vendeur de matelas n'a même pas tenté de nous pousser à prendre plus grand, et il a dit que c'était le meilleur investissement que pouvaient faire de jeunes mariés. On devrait pendre les vendeurs qui profèrent de tels mensonges.

Avant que mon mari parte pour ce voyage, nous nous sommes disputés. « Il y a un salon du bébé à SETEC ce week-end », a-t-il dit. J'étais en train de cuisiner un *kalguksu* pour le dîner après le travail pendant qu'il débarrassait et dressait la table. « Tu ne veux pas qu'on aille voir des vêtements, des biberons, des poussettes, ce genre de choses ? Je sais qu'il va nous falloir pas mal de virées shopping pour essayer des trucs et savoir de quoi on a besoin. Mon père a dit qu'il nous donnerait de l'argent. Il va toucher sa prime de retraite le mois prochain. »

Je me suis retournée comme une furie.

— Tu vas nous porter la poisse ! Ne parle pas d'elle ! Ne *pense* même pas à elle !

Il a froncé un peu les sourcils.

— Wonna, c'est ridicule. On est déjà à la moitié de la grossesse. Il faut vraiment que tu l'annonces bientôt à ton patron. Et, au passage, c'est toi qui fais des suppositions. Tu ne devrais pas tenir pour acquis que c'est une fille. Je commence à m'inquiéter de ta déception s'il s'avère que c'est un garçon. J'espère que tu l'aimeras tout autant si c'est le cas.

— Oh, la ferme ! Je parie que tu *espères* un garçon ! me suis-je écriée, cinglante.

C'était la première fois que je lui parlais sur ce ton. Empreint de venin, comme celui de ma grand-mère. J'ai su que je l'avais blessé parce qu'il a fait quelque chose de rare : il ne m'a pas adressé la parole de toute la soirée, ni même le lendemain matin. Je crois qu'il s'attendait à ce que je lui présente des excuses, car je l'ai surpris à me jeter des regards dolents toute la soirée, mais il m'a sous-estimée. Je l'ai ignoré, et il a emporté son bol de *kalguksu* dans la chambre pour le manger assis à ma coiffeuse, les yeux rivés sur son téléphone. J'ai dû essuyer les gouttes de bouillon plus tard ce soir-là, une fois qu'il était endormi.

Ces jours-ci, le seul moment où je retrouve un vestige de tendresse à son égard se passe au travail, chaque fois que l'inévitable médisance sur les maris se met en branle. Autrefois, ça n'arrivait que quand nous étions entre collègues féminines – au déjeuner, à la pause-café, ou en attendant le début d'une réunion –, mais maintenant ça commence à s'infiltrer dans les conversations normales au bureau, même lorsque les hommes sont présents.

— C'est vraiment la goutte d'eau, dirait par exemple Bora *sunbae*. Il est rentré à 3 heures du matin cette nuit, a réveillé Seung-yeon, et ce matin, il m'a demandé de lui faire de la soupe pour la gueule de bois. Et quand je lui ai répondu que je devais, eh ben, *aller au travail*, il m'a sorti qu'il allait demander à sa mère de lui en préparer la prochaine fois, comme ça il la mettra au congélateur pour l'avoir sous la main. Vous y croyez ? Alors que ma belle-mère me considère déjà comme une épouse et une mère si négligente !

Et alors Joo-eun *sunbae* viendrait renchérir :

— Ça, ce n'est rien. Vous savez combien de fois ma belle-mère est entrée chez moi cette année quand nous n'y étions pas ? Simplement parce qu'ils nous ont acheté l'appartement, ma belle-mère se croit chez elle ! Chaque fois qu'elle sait qu'on n'est pas là, elle « fait un saut » et dépose les plats préférés de son fils dans le frigo, et bien entendu elle fouine partout : l'autre jour elle m'a demandé d'un air de reproche si je prenais la pilule, parce qu'elle a dû la voir dans la salle de bains attenante à ma *chambre à coucher*. Je ne peux même pas changer les serrures parce que ça causerait une histoire pas possible, et que je finirais sûrement à la rue !

Et je resterais là à hocher la tête de consternation et de compassion, en pensant un peu plus chaleureusement à mon époux avec sa mère décédée bien commode.

Mais si je m'étais doutée de ce que nos perspectives de logement seraient à long terme, j'aurais peut-être échangé une mère morte contre une vivante avec du pognon. Avant qu'on se marie, je me sentais vaguement rassurée en me disant : « Oh, cet homme a un emploi stable dans l'une des dix plus grandes entreprises du pays, donc notre revenu est assuré. » On allait économiser et acheter un appartement d'ici quelques années – comme tout le monde, quoi.

Je n'étais pas consciente du fait que son salaire n'était que de trois millions de wons. Ou, pour être exacte, je ne savais pas que trois millions de wons, ça valait si peu. Et depuis qu'on est mariés, notre livret d'épargne semble se ratatiner davantage chaque fois que je le sors du tiroir.

Je sais qu'acheter un appartement est un rêve inaccessible. Mais, chaque mois, j'ai économisé le plus petit centime, cherchant des occasions de nous faire inviter à manger. En plus du papier toilette, j'ai commencé à embarquer les éponges et le savon de la cuisine du boulot. Je regrette de ne pas avoir de moyen de revendre des fournitures de bureau. Notre placard contient un stock de très jolis stylos.

Il a raison sur un point, cependant, même si ça me coûte de le reconnaître. Je dois l'annoncer rapidement au travail si je veux pouvoir demander un congé maternité. J'espère obtenir plus d'un an, bien que j'aie entendu que, lorsqu'on dépasse un an, ça devient sans solde. Mais ce sont seulement des rumeurs que je dois vérifier. Notre service des ressources humaines est connu pour ses fuites, cependant, et si ma supérieure directe apprend que j'en ai parlé à la RH avant de l'informer elle... J'ai les jambes qui flageolent rien que d'y penser.

La pensée de le lui annoncer m'angoisse depuis que j'ai commencé à croire qu'il y avait une chance que ce bébé s'en sorte. Comment aborder un tel sujet avec une patronne accro au travail, aigrie et célibataire ? J'ai peur qu'elle me dise que prendre un congé maternité rémunéré est ridicule, surtout qu'on peut tous imaginer qu'elle n'en aura jamais. « Non. Non. Non. Pourquoi seriez-vous payée à ne rien faire alors que les autres travaillent deux fois plus dur que vous ? Tout ça pour pouvoir jouer avec un bébé à la maison ? C'est à cause des personnes comme vous si les entreprises ne veulent pas embaucher de femmes. Et ça tire vers le bas toutes les femmes dans le monde. Si vous étiez un homme, combien de journées prendriez-vous après la naissance d'un bébé ? Exactement. Aucune. » Ensuite elle fera son possible pour me rétrograder lorsque je reviendrai, et elle arrivera à faire passer ça, bizarrement, pour du féminisme. Si j'essaie un jour de partir à un horaire décent – disons, avant le dîner –, elle concentrera sa fureur pour la diriger vers moi comme un lance-flammes. Je connais ses tactiques. Je connais son esprit caustique et plein d'amertume. Si elle n'était une telle salope enragée, j'aurais pitié d'elle. Au lieu de ça, la haine me pèse comme une lourde pierre au milieu de la poitrine. Chaque jour, elle descend un peu plus vers mon ventre.

Ma seule solution est de soutirer des informations à Bora *sunbae*. Elle n'est arrivée que récemment dans notre service, donc je ne sais pas grand-chose d'elle, mais elle a un fils qui doit avoir environ trois ou quatre ans. Je me demande si sa supérieure dans son précédent service était plus gentille que Mlle Chun, et si elle avait la même peur d'aborder le sujet du congé maternité. Je me résous à lui poser la question au déjeuner, moment où l'on peut glaner ces affriolants potins sur la vie privée des collègues.

À 11 h 55, tout le monde se lève en même temps dans tout l'étage pour se diriger vers l'ascenseur, où nous appuyons sur le bouton pour descendre. On doit en laisser passer quatre pleins avant de pouvoir enfin atteindre le rez-de-chaussée, vingt minutes plus tard. C'est la même chose chaque jour, et chaque jour je me demande pourquoi je n'y vais pas vingt minutes avant tout le monde en promettant de revenir également vingt minutes plus tôt. Je suis sûre que tout le monde se dit la même chose que moi. Mais personne n'en fait rien, sauf M. Lee, le chef du service.

Quand nous arrivons dans le hall, je prends conscience de mon erreur. Notre équipe déjeune aujourd'hui à *Sun Tuna*. Non seulement c'est un restaurant de sashimi, mais c'est du thon, le pire côté grossesse. J'aurais mieux fait de rester au bureau et de manger mon bol de *ramens* instantanés. Je me gifle mentalement, puis je me souviens que j'ai fait le serment d'arrêter la nourriture de supermarché il y a six semaines. Je pourrais feindre un coup de fil urgent et m'extirper de là, mais M. Cho, le patron, nous offre le déjeuner pour nous remercier d'avoir assisté à son mariage. Il a fallu trois mois pour trouver une date qui arrange tout le monde. Ça ferait très mauvaise impression que je parte maintenant. Ça allégerait l'addition d'un couvert, donc il s'en réjouirait sans doute secrètement, mais il ferait quand même semblant d'être furieux pendant des semaines. Ça ne vaut pas le coup.

Grâce à des manœuvres stratégiques, je suis assise tout au bout de la table, en face de Bora *sunbae*. Je croise les doigts pour que personne ne se rende compte que je ne mange pas de thon. Je mange ostensiblement le *banchan* avec grand appétit et en redemande au serveur.

— Alors, est-ce que c'est le bonheur ? La vie d'homme marié ? demande quelqu'un par politesse.

M. Cho se rengorge.

— Bien sûr, c'est agréable de trouver chaque soir un repas fait maison tout chaud en rentrant. Jusqu'ici, je n'ai pas à m'en plaindre !

— Si vous voulez des enfants, vous feriez mieux de vous y mettre tout de suite, claironne M. Geum. C'est tellement difficile de faire le fou avec eux quand on est plus âgé. On a mal au dos.

Alors quelqu'un à l'autre bout de la table se met à se plaindre de l'âge et se lance dans une description de tous les maux qu'il ressent. La conversation menace de s'éloigner du sujet des enfants. Je me dépêche de poser ma question :

— Et vous, Bora *sunbae*, vous prévoyez d'avoir d'autres enfants ?

La bouche pleine de thon, elle s'étrangle presque en secouant la tête avec véhémence.

— Vous plaisantez ? s'écrie-t-elle si fort que tout le monde se tourne vers elle. Je ne veux plus jamais en entendre parler ! Un, ça suffit.

M. Cho, qui a bien trois ans de plus que Bora, fait un petit bruit de réprobation.

— Eh bien, vous savez ce qu'on dit. C'est dur quand ils sont petits, mais quand vous vieillissez, ils deviennent votre meilleur atout. Personnellement, j'en veux trois, rayonne-t-il. Et vous autres, les jeunes, vous feriez mieux de vous y mettre. Ne faites pas comme moi. Je regrette déjà d'avoir attendu.

J'aperçois Mlle Chun à l'autre bout de la table, en train de poignarder son thon avec ses baguettes.

— Un enfant, ça transforme votre budget en tonneau percé. Plus vous y lancez d'argent, plus le trou s'agrandit.

Tout le monde rit. C'est évident, au ton ironique de Bora, qu'elle plaisante. Si elle peut parler d'argent ainsi, c'est justement parce qu'elle en a beaucoup. Son mari est avocat, et son beau-père est un célèbre docteur en médecine coréenne à Sinchon.

Je tente d'afficher dans ma voix une légère curiosité.

— Pourquoi ? Qu'est-ce qui coûte si cher avec un enfant ?

Je sais que les poussettes sont plus onéreuses que ce qu'on pourrait penser, et que, lorsque les enfants entrent à l'école primaire, il faut payer toutes sortes de cours particuliers après la classe. Le budget grimpe alors de façon exponentielle, et puis ensuite il y a bien sûr les frais d'université. Mais pourquoi un enfant de trois ans demanderait beaucoup d'argent, ça dépasse mon imagination. Peut-être se projette-t-elle dans ces futures dépenses ? Ou bien elle achète à son bébé des extraits de gingembre et des couverts en argent ? C'est l'État qui paie la crèche, et j'ai entendu dire qu'ils vous versent carrément de l'argent chaque mois simplement parce que vous êtes parents, tellement ils ont besoin que la population augmente.

Bora *sunbae* me regarde et rit.

— Vous savez, ce n'est pas étonnant que les gens ne veuillent plus avoir d'enfants de nos jours. Ce n'est pas moi qui le leur reprocherais. Je vous fais juste le bilan du mois dernier, d'accord ? Alors, voyons… Il va à l'école. J'ai postulé pour l'école publique gratuite, mais évidemment il n'a pas été pris, donc on a choisi une maternelle anglophone, ce qui coûte un million deux cent mille wons par mois.

Sans entendre mon halètement, elle poursuit.

— L'école, c'est de 9 heures à 15 heures, ce qui signifie que mon *ajumma* doit venir le matin à 8 heures, et qu'elle reste jusqu'à ce que je rentre à la maison le soir. Donc je dois la payer deux millions de wons par mois. Ensuite, les vêtements. Je ne sais pas pourquoi, mais les enfants ont besoin d'une tonne de vêtements. J'ai l'impression d'être obligée d'en racheter chaque semaine. Et chaque fois que je l'amène au supermarché, il faut qu'on achète un jouet sinon il se met à hurler dans le magasin et j'ai l'impression que je vais mourir de honte. Et les livres ! Vous savez combien ça coûte, les livres ? Les livres pour enfants, ça se vend par packs de trente ou cinquante. Et j'ai dû lui acheter un robot en forme de renard qui sait lire des livres, parce que tout le monde l'avait dans sa classe.

Elle continue sa liste. J'ai l'impression de l'écouter dans un rêve boueux.

Je sais que la plupart des articles qu'elle cite sont des frivolités. Il n'y aura pas de jouets en plus, de robot lecteur ni de coffrets de cinquante livres pour mon enfant. Mais je ne suis pas naïve au point de croire que je n'en aurai pas envie le temps venu. Ça me tordra le cœur de ne pas pouvoir offrir ça à ma fille.

La conversation passe au sujet des vacances, parce que Bora *sunbae* explique qu'elle a été « obligée » de réserver la suite enfants et le pack d'activités dans un hôtel à Jeju. Je renonce à la questionner sur le congé maternité : de toute évidence, on ne vit pas sur la même planète. Sur la sienne, ça n'a pas d'importance. Elle n'a sans doute même pas demandé de congé rémunéré.

Nous sommes de retour au bureau, vers 15 heures, lorsque Mlle Chun me convoque dans la salle de réunion. Elle ne m'indique pas quel rapport lui présenter, ni quel bilan d'étape, alors je prends tous mes travaux en cours pour avoir ce dont elle a besoin.

Elle est assise à l'extrémité de la table, plongée d'un air sévère dans une liasse de papiers. Elle aime faire venir les gens ici, car elle peut feindre que c'est son bureau, et que sa table n'a pas la même taille que toutes les autres de l'étage. Je m'incline et m'assieds à deux sièges d'elle, empêtrée dans mes rapports.

— Un instant, dit-elle sans m'accorder un regard.

Elle parcourt le reste de ses documents pendant cinq bonnes minutes, et tout ce que je peux faire, c'est scruter les premières pages de mes rapports en me demandant quand je les ai rédigés, parce que je n'ai aucun souvenir d'avoir écrit ces mots.

— Alors, dit-elle. Mademoiselle Wonna.

— Oui ?

— Je ne vais pas tourner autour du pot. Êtes-vous enceinte ?

Ça me prend tellement par surprise que je ne peux réprimer un halètement. Je pose les mains sur mon ventre, affolée.

— Comment l'avez-vous su ?

— J'ai des yeux ! réplique-t-elle d'un ton cinglant. Et un cerveau. Et vos rapports sont les pires que j'aie vus, et ça n'est pas rien, car ils n'étaient déjà pas bons avant.

Je baisse les yeux vers les papiers incriminés et hoche la tête.

— Je suis désolée, réponds-je dans un murmure.

Je ne sais pas si je m'excuse pour la grossesse ou pour les rapports.

— C'est pour quand ?

Sa voix est brusque. Je sens ses yeux me transpercer le crâne comme des vrilles.

— Le 9 septembre.

— Et avez-vous prévenu les RH ?

— Non...

— Parfait.

Je lève les yeux, terrifiée. Elle s'adosse dans son fauteuil et soupire.

— Je vais vous dire cela maintenant de façon très claire, déclare-t-elle d'une voix lasse. Je ne peux pas me passer de vous, parce que les embauches sont gelées au niveau de l'entreprise dans son entier, et qu'une énorme vague de licenciements nous attend. En toute honnêteté, si les embauches n'étaient pas gelées, ça fait longtemps que je vous aurais virée, mais maintenant je dois me débrouiller avec vous parce que si je perds même quelqu'un comme vous, je ne peux pas vous remplacer, et ça fait plus de travail pour le reste d'entre nous. Est-ce que vous comprenez ?

Je hoche la tête en silence.

— Nous avons quatre nouveaux projets qui arrivent au deuxième trimestre de l'année prochaine. Si on n'est pas performants là-dessus, l'ensemble du service va disparaître. Mon supérieur m'a dit que ce projet-ci est un test pour déterminer si on nous garde ou pas. Maintenant, si le département disparaît, je resterai grâce à ma position. Tous ceux qui sont en dessous de moi, en revanche, seront licenciés. Alors je ne pense pas que ce serait très juste que vous preniez un long congé maternité alors que vos collègues seront en train de travailler pour sauver leur gagne-pain. Et vous ? Surtout quand on n'a pas les moyens d'ajouter une nouvelle personne ?

Elle parvient à me regarder tout en ayant l'air de ne pas me voir. Je me demande pourquoi elle ne m'a pas demandé de fermer la porte. Mon premier instinct, toujours, est d'être secrète. Le fait qu'elle parle d'événements cosmiques de ma vie d'un ton aussi détaché me donne à nouveau l'impression d'étouffer. Mais elle attend une réponse.

— Oui.

— Oui, quoi ?

Je la supplie du regard. *Dites-moi ce que vous voulez que je dise.*

Elle cligne des yeux et pousse un nouveau soupir.

— Je pense que le maximum qu'on puisse vous accorder est de trois mois. Laissez-moi le dire autrement. Nous ne pouvons vraiment pas nous passer de vous, mais, si vous devez absolument prendre un congé maternité… je vous laisse juge, en votre âme et conscience. À la lumière de cette information, j'ai confiance en vous pour ne pas demander davantage. Ou bien, pour être plus claire : si nous faisons une mauvaise performance et que le service entier ferme, alors vous aurez un congé maternité aussi long que vous le souhaitez.

Son sarcasme tranche l'air comme une lame.

— Vous savez, en Amérique, ils ont trois semaines de congé maternité. Ou quelque chose dans le genre. Bref, je suis désolée que la situation soit ce qu'elle est.

Elle fronce les sourcils d'un air sombre et, comme je ne réponds pas, elle agite la main pour me chasser. Je me lève et m'incline lentement.

Assise à mon bureau le reste de l'après-midi, je n'arrive à rien d'autre qu'à fixer mon écran en faisant des calculs mentaux. Si je dois reprendre le travail après trois mois, alors je vais devoir embaucher une *ajumma* jusqu'à ce que ma fille puisse entrer dans une crèche publique, à l'âge d'un an. Peut-être que je pourrai en trouver une bon marché, à un million et demi de wons. Ce serait seulement pour neuf mois, me dis-je. Bora paie sans doute plus cher que la moyenne pour avoir la perle rare. Peut-être même que son *ajumma* parle anglais.

Si je perds ce travail, je n'en trouverai pas d'autre. Ça, c'est un fait. Personne ne m'embauchera, parce que même ce poste, je l'ai eu grâce aux relations du père de mon mari quand il était encore actif. Ça ne servira à rien que je cherche un nouvel emploi. Et si je n'ai pas de travail, nous ne pourrons pas payer le loyer et la nourriture, encore moins pour un bébé et un appartement, avec les trois millions de wons que gagne mon mari. Je commence à hyperventiler.

— Ça va ?

Mlle Jung est dans les toilettes, en train de se remettre du rouge à lèvres, lorsque j'entre et me penche au-dessus du lavabo.

— Je crois qu'il faut que je rentre chez moi. Je ne me sens pas très bien.

Je renonce à neuf mois de congé maternité. J'espère bien que Mlle Chun ne dira rien parce que je pars quelques heures plus tôt aujourd'hui. Je ramasse mes affaires et rentre à la maison sans même appeler les RH pour demander une demi-journée.

Bébé a dû sentir un choc, parce qu'elle est de nouveau en train de tapoter. Je souris et la tapote en réponse alors que je marche lentement vers mon appartement. Quand j'ouvre la porte, mon mari est debout dans l'entrée, dans son costume bleu marine. Il a l'air tellement effrayé que je ravale mon cri de surprise.

— Je croyais que tu rentrais samedi ! dis-je, la respiration saccadée. Tu m'as fait peur !

Il ne répond pas, mais reste planté là, tellement nerveux que je commence à être perplexe.

— Euh, tu fais quoi ? reprends-je.

— Je ne me sentais pas bien alors je suis rentré tôt, répond-il, les mains dans les poches.

— Oh. Tu es malade ?

Je lui fais signe de se pousser pour me laisser entrer.

— Le ventre. Un peu barbouillé.

Je vais poser mon sac à main dans la chambre et m'aperçois que sa valise n'est pas là. Normalement, quand il rentre de voyage, la maison semble avoir subi le passage d'un ouragan, avec des chaussettes sales et des sous-vêtements étalés partout. Je ressors et m'aperçois qu'elle n'est pas non plus dans le salon, et qu'il est toujours figé là où il était il y a quelques secondes.

— Où est ta valise ?

Il est à la table de la cuisine, en train de débarrasser un bol à moitié mangé de *jjambong*. Il vide le reste du bouillon orange vif dans l'évier.

— Tu as mal au ventre et tu manges une soupe épicée ? reprends-je alors qu'il me tourne toujours le dos, debout devant l'évier. Pourquoi tu ne m'as pas dit que tu rentrais plus tôt ?

Ce n'est pas que ça m'intéresse. C'est juste que je suis désorientée parce que, en général, il a tendance à hyper-communiquer sur ce genre de sujets.

Il pivote lentement en s'essuyant les mains sur le torchon pendant que je commence à nettoyer la table éclaboussée de bouillon.

— Et tu sais que tu avais laissé tes chaussures habillées ici ? Est-ce que tu as dû en racheter pour les réunions ? Tu ne m'avais pas dit qu'ils étaient très à cheval sur la présentation, là-bas ?

Je rince le torchon dans l'évier, tout près de lui.

— Oui, j'ai besoin de cette paire de chaussures, répond-il en se raclant bruyamment la gorge. C'est pour ça que je suis là, en fait. J'en ai besoin pour un entretien cet après-midi. Tu es là tôt.

Il se tait.

— Un entretien ? Quel genre d'entretien ?

Pour une promotion ? ai-je envie de demander, pleine d'espoir. Mais je m'interdis de le faire.

— C'est pour un boulot dans le groupe BPN.

— Mais pourquoi tu voudrais passer un entretien chez eux ?

BPN est une entreprise de troisième zone.

Il me regarde encore, puis inspire profondément.

— Je ne peux pas continuer comme ça, déclare-t-il.

— Continuer comme ça quoi ?

— Écoute, Wonna, j'aimerais que tu t'asseyes.

Il m'emmène vers la table et me sert de l'eau fraîche du réfrigérateur. Il verse un verre pour lui également et commence à m'expliquer.

Qu'il n'était pas en voyage d'affaires les deux dernières fois qu'il l'a prétendu. Qu'il a en réalité perdu son emploi deux mois plus tôt. Que lorsqu'il me racontait qu'il partait, il allait chez son père pour préparer des candidatures et se rendre à des entretiens. Qu'il ne voulait pas m'inquiéter dans mon état, mais que c'était peut-être mieux que j'aie découvert le pot aux roses parce qu'il se sentait très mal de me cacher la vérité comme ça. Qu'il cherchait un poste qui offre une crèche d'entreprise gratuite comme dans son ancien travail.

— Mais… mais tu mets un costume tous les matins et tu pars au travail ? dis-je, stupéfaite.

Il me raconte alors qu'il s'habillait comme pour aller au travail puis rentrait passer la journée à la maison.

C'est vrai, il était rentré avant moi presque tous les soirs. Je n'avais pas fait attention – je l'avais cru lorsqu'il m'avait dit que son entreprise essayait de valoriser la vie de famille.

— Je ne voulais pas t'inquiéter.

Il a les yeux et la voix plaintifs, mais il a reculé d'un pas. Il a toujours eu peur de moi ; nous nous en rendons compte tous deux maintenant avec surprise.

Il me dévisage. Je lui rends son regard. Nous écoutons tous deux nos respirations haletantes. À l'extérieur de notre porte, on entend des pas gravir l'escalier.

— Ne te mets pas dans tous tes états, implore-t-il, dans l'attente de ma réaction. Ce n'est pas bon pour le bébé.

Je dois reconnaître que j'ignore à quoi ressembleront tes premières années, mis à part quelques images très nettes de moi en train de tenir dans mes bras une minuscule toi parée de rubans. Dans ces rêveries, les rideaux sont fermés, mais de la lumière passe au travers – ça doit être l'heure de ta sieste, et je dois être en train d'essayer de t'endormir en te berçant. Tu te tortilles, perturbée, mais tu ne me lâches pas des yeux et je sais exactement comment t'apaiser. Dans mes fantasmes, le concept de temps est brumeux, et bientôt, ou peut-être est-ce des heures plus tard, tu es calme, silencieuse, endormie.

Tu auras des choses que je n'avais pas enfant – comme des photos aimées, des gâteaux d'anniversaire et des journées à la plage.

Le sujet le plus fréquent de mes rêveries est une version de toi plus âgée. Tu es une jeune femme, peut-être de l'âge de ces filles qui vivent au-dessus de moi – pas tellement plus jeune que moi aujourd'hui. Mais, contrairement à elles et à moi, *toi*, tu as un sourire perpétuel qui joue aux coins de tes lèvres, parce que tu as eu une enfance heureuse.

Dans ma rêverie, tu me rends visite – tu voles quasiment vers moi, parce que tu as de bonnes nouvelles que tu veux m'annoncer de vive voix, car on est tellement proches, toi et moi, et tu veux voir mon visage étinceler de joie. Tu sonnes à la porte, tapotant du pied avec impatience, et, quand j'ouvre, tu es là, avec ton assurance de reine, portant ton bonheur comme un sceptre. Et tu me révèles ta nouvelle en un torrent de mots qui se bousculent, parce que tu as travaillé dur et que tu es tellement fière de m'annoncer que tu as réussi.

Et je t'attire à l'intérieur, je te dis d'entrer, de t'asseoir et de me raconter plus lentement et en détail, et je pleure parce que t'élever m'a rendue sensible, et je te prends dans mes bras et m'émerveille de te voir si belle, si grande, forte et éclatante. Tous mes souvenirs de toi dansent devant mes yeux pendant que j'écoute avidement ce que tu me racontes en riant et en me tenant les mains, appuyée sur mon épaule, ou peut-être la tête posée sur mes genoux comme tu le faisais enfant.

Puis c'est l'heure que tu me quittes à nouveau, pour retourner à ta vie à toi, bourdonnante d'aspirations. Tu n'as pas besoin de t'en faire pour moi – je suis plus heureuse que jamais, même lorsque mon cœur se brise un peu quand je te laisse partir.

Et puis, je sais que tu reviendras toujours vers moi. Et c'est le seul vœu que j'aie jamais connu.

Ara

Ce n'est qu'au moment où je me réveille en sursaut que je prends conscience de m'être une fois de plus endormie à mon bureau, devant de vieilles vidéos de Taein lors de sa dernière téléréalité, *Slow Life, Happy Life*. Il fait profil bas depuis que le scandale de sa relation avec Candy a éclaté, et je n'ai pas pu profiter de mon rituel favori, faire un marathon de ses apparitions télé les plus récentes à la fin de la semaine. Au lieu de ça, je dois me contenter de regarder des rediffusions pour la quatre-vingtième fois. Tout ça à cause de Candy. Généralement, je m'endors en fantasmant qu'elle se fait blacklister de tous les médias du pays.

J'ai mal au cou et au bas du dos à cause de la position inconfortable dans laquelle j'ai dormi. J'ai froid – le printemps est enfin là, mais la température reste fraîche la nuit. Je me lève et, alors que je m'étire, j'entends un son étrange qui semble venir de très loin. J'arrête de m'étirer pour écouter.

Et ça recommence. C'est un cri étouffé, mêlé de sanglots terrifiés. J'ouvre la porte et entre dans le salon, en me demandant si c'est Sujin.

Les lumières sont allumées dans la cuisine et la porte de Sujin est ouverte, mais sa chambre est sombre, ce qui signifie qu'elle a dû rentrer à la maison puis ressortir. L'horloge au-dessus de la télé indique 3 h 22 du matin.

Je l'entends de nouveau. Ce bruit. C'est une femme qui crie, aucun doute. J'appuie l'oreille contre la porte d'entrée et l'entends à travers le battant. Ça vient de dehors. À présent tout est de nouveau calme. Quand je regarde par l'œilleton, je ne vois rien.

J'envoie un message dans la conversation de groupe des filles de notre étage : Kyuri, Sujin, et Miho.

L'une de vous est debout / à la maison ? Vous aussi, vous avez entendu crier ? Je ne crois pas que ce soit à notre étage, mais ça m'a réveillée.

J'attends, les yeux rivés sur mon téléphone. Elles doivent être endormies, ou sorties. Kyuri est peut-être avec Sujin. Miho est sans doute à l'atelier. Est-ce que je devrais appeler la police ? Mais comment leur donner l'information ? Est-ce que la police reçoit les textos ? Je ne sais pas. Je suis en train de taper dans ma barre de recherche « Comment envoyer un texto à la police » lorsque mon téléphone vibre.

J'arrive.

C'est Miho, dans la conversation de groupe.

Est-ce que tu veux que j'appelle la police ?

Peut-être que c'est le couple marié du dessous qui se dispute ? écris-je.

Non, j'ai vu le mari partir aujourd'hui, répond Miho. *Il a pris un taxi avec d'énormes valises.*

Tu arrives dans combien de temps, Miho ?

Dans vingt minutes, je pense. Je suis dans le métro.

Vingt minutes, c'est trop long. Quelqu'un est peut-être en train de mourir.

Tu peux appeler la police, dans ce cas ? Je vais aller voir ce qui se passe.

Aussitôt, Miho se met à taper comme une furie.

Attends la police. Ne quitte pas. Je les appelle en ce moment. Si tu dois y aller, au moins attends que je sois là !

Ça va, ne t'inquiète pas, réponds-je. *Je prends une arme.*

NON!!!!

C'est gentil de sa part, de s'en faire pour moi. Je suis surprise, car elle est au courant de toutes les bagarres dans lesquelles je me suis fourrée quand j'étais ado. Le problème, c'est que nous n'avons pas d'arme correcte dans la maison. Pas pour une situation comme celle-ci. Je regrette le long gourdin en bois de mon grand-père, exposé dans la Grande Maison où il ne sert à rien. Pendant une seconde, je manigance des façons de le voler la prochaine fois que j'irai à Cheongju. Je ne saurais pas du tout m'en servir, mais je fais le vœu d'apprendre.

Je ne suis pas certaine qu'un couteau de cuisine soit une bonne idée, car je n'en ai encore jamais utilisé, et ça pourrait me déconcentrer au pire moment. Je mets la bouilloire électrique en route et fais une fois encore le tour de la maison. Cette situation est inacceptable. Je note mentalement de commander des armes. J'attrape une paire de ciseaux et la glisse dans ma poche de pantalon – ils sont sans doute plus faciles à manier que le couteau – et, une fois que le voyant de la bouilloire s'éteint, je la prends, lourde et fumante, et ouvre doucement ma porte d'entrée.

L'idée me vient, alors que je suis dans le couloir à attendre de percevoir un nouveau cri, que je ne me suis jamais battue avec un homme jusqu'ici. J'en ai déjà vu – les bandes de garçons avaient des bagarres violentes très régulièrement quand j'étais au collège et au lycée, et les filles les regardaient parfois de loin. Leur rapidité, leur force… le bruit d'une batte de baseball s'abattant sur une tête… le son explosif que fait un poing en cognant une mâchoire… tout ça ne manquait jamais de me choquer. La première fois, la plupart des filles ont pleuré, même Noh Hyun-jin, pourtant célèbre pour avoir un jour reçu six claques monumentales de la part de notre professeur de sport sans se démonter. Je me dis que, s'il y a un homme en bas et qu'il essaie de violer ou tuer quelqu'un, mon seul avantage est l'élément de surprise.

Je sais avoir l'air frêle et vulnérable. C'est ce que Sujin dit toujours.

Maintenant que je suis dans le couloir, il devient évident que les cris – ils sont intermittents – viennent de l'étage inférieur. Le couple marié est juste en dessous de nous, et je crois qu'il y a une fille qui vit seule dans l'autre appartement. Je descends l'escalier sans bruit et écoute à la porte de l'appartement 302.

C'est ici. Et j'entends des gémissements, maintenant. Des marmonnements. Quelque chose à propos d'un bébé ? Je presse mon oreille plus près, et j'entends seulement une voix de femme. J'ai d'abord l'impression qu'elle s'adresse à quelqu'un, puis je comprends qu'elle se parle à elle-même. D'un coup, elle se met à hurler de douleur si fort que je sursaute de peur et manque de laisser tomber la bouilloire.

— Qui est là ? appelle soudain la femme, sa voix pleine de peur.

Je toque à la porte, en espérant que mes petits coups sonnent doux et pas menaçants.

— C'est qui ? demande-t-elle à nouveau juste avant de se remettre à gémir.

J'entends bouger et geindre, puis un frottement sur la porte juste devant moi. Elle est sans doute en train de regarder par l'œilleton. Je recule pour qu'elle me voie mieux, souris et fais un signe de ma main libre.

J'entends le verrou, puis le battant s'écarte lentement et elle passe la tête dans l'entrebâillement.

— C'est qui ? dit-elle une fois encore.

C'est la dame mariée. Elle est effrayante : les yeux injectés de sang, son visage blême tordu de douleur et barbouillé de larmes. Elle ouvre la porte un peu plus grand et constate que je tiens une bouilloire pleine d'eau.

— Qu'est-ce que c'est ? Vous n'habitez pas au-dessus ?

Je hoche la tête, puis je pointe ma gorge et secoue la tête.

— Hein ?

Elle a l'air encore plus perplexe. Tout à coup, elle se plie en deux et laisse échapper un gémissement torturé.

Je pose la bouilloire par terre à l'extérieur de l'appartement, la prends par les épaules, et nous entrons chez elle.

Elle souffre tellement qu'elle a du mal à arriver jusqu'au salon, où elle s'écroule sur un canapé.

Je lui tapote le bras, puis ressors en courant, rouvre la porte et reviens avec l'eau chaude. J'entre dans sa cuisine et cherche un mug que je lui remplis.

Elle se tord sur le canapé, les mains agrippées à son ventre. Des larmes lui coulent sur les joues. Je m'agenouille devant elle, et lui masse les bras. Puis je sors mon téléphone de ma poche.

J'ai entendu des bruits bizarres et je suis venue voir si tout allait bien. Est-ce que vous voulez que j'appelle une ambulance ?

Je lui montre ce que je viens de taper.

Elle essuie ses larmes, prend le téléphone et lit.

— Vous ne pouvez pas parler ? demande-t-elle, les sourcils froncés de surprise.

Elle articule exagérément, comme le font la plupart des gens quand ils comprennent.

Je hoche la tête.

À ma grande surprise, elle se redresse et m'attrape par le poignet.

— Est-ce que vous êtes née comme ça ? s'enquiert-elle avec un désespoir étrange.

Les gens me posent souvent cette question, mais on dirait que pour elle l'interrogation a bien plus de sens qu'une simple curiosité passagère. Je cligne des yeux et, après un moment, je secoue la tête.

Elle soupire et se rallonge sur le canapé. J'attends la question suivante sur la façon dont ça m'est arrivé, mais elle ne vient pas.

Est-ce que vous avez besoin d'aller aux urgences? écris-je à nouveau.

Elle lit et ferme les yeux de douleur.

—Je ne sais pas, répond-elle en se balançant d'avant en arrière. Je suppose que je devrais, mais je ne sais pas, avoue-t-elle en se remettant à pleurer. Ça n'a aucun sens, mais je préfère attendre un peu. C'est encore tellement tôt que si quelque chose ne va pas, je suis sûre qu'ils vont juste la tuer pour la faire sortir de moi.

Je comprends qu'elle est enceinte et qu'elle parle de son bébé.

—J'ai entendu dire que quand quelque chose ne va pas, ils préfèrent sauver la mère que l'enfant, et je ne veux pas que ça m'arrive. Si mon bébé doit mourir, alors je veux mourir avec elle.

Je la regarde, et je comprends. Je hoche la tête et lui apporte des mouchoirs que je prends dans une boîte dans la cuisine. Elle se mouche. Je m'agenouille à côté d'elle pour lui caresser les cheveux. Ils sont trempés de sueur. Même les plus crispées de mes clients se détendent quand je fais ça, alors j'espère que ça va l'aider, même un tout petit peu.

Curieuse, j'observe l'appartement. Il n'est qu'un peu plus grand que le nôtre, et ne ressemble pas du tout au logement d'un couple marié. Non que je sois déjà allée chez de jeunes époux, maintenant que j'y pense, mais ceux que j'ai vus à la télé ont des rideaux en dentelle aux fenêtres et des agrandissements de leurs photos de mariage et des paires de mugs bleus et roses assortis, des chaussons et des tas de trucs.

Mais dans cet appartement, il n'y a ni photos, ni tableaux, ni dentelles – il est aussi austère, neutre et anonyme qu'une salle d'attente d'hôpital. Pas de plantes ni de livres non plus. La seule chose personnelle de toute la pièce est une petite étagère de CD dans le coin. Quelle drôle de femme elle doit être, pour n'avoir aucune décoration chez elle ! Même au salon de coiffure, où nous avons toutes la minuscule surface d'un fauteuil devant un miroir, chacune fait son possible pour embellir ses trente centimètres d'étagère. Et elle va avoir un bébé ! Pas une seule affaire d'enfant où que ce soit, même si j'ai déjà entendu parler de gens qui n'achètent rien en avance par crainte d'attirer un malheur… de tenter les dieux avec la certitude d'une félicité à venir.

Mon téléphone se met à vibrer. Nous sursautons toutes les deux. C'est Miho qui m'appelle. Elle doit être dans tous ses états, pour me téléphoner.

—Ara, c'est moi ! Regarde tes textos !! Réponds-moi !! dit-elle quand je décroche, avant de couper aussitôt la communication.

J'ouvre les textos et vois qu'elle m'en a envoyé un paquet.

Où es-tu ??? Est-ce que ça va ???? J'ai toqué à ta porte et tu n'es pas là !!

Je réponds.

En bas au 302. Dame souffre beaucoup. Je vais bien !

Peut-être dix secondes plus tard, j'entends toquer à la porte.

—Qui est-ce ? demande la femme d'une voix faible, alors que je cours ouvrir la porte.

Miho semble soulagée de me voir. Elle a noué ses longs cheveux en deux tresses, et, comme d'habitude, elle a les mains et les bras couverts de peinture.

— Tu m'as fait peur ! me dit-elle d'une voix grondeuse. Tu ne peux pas faire ça ! Envoyer des textos et puis plus rien !

Je plisse le visage en manière d'excuses.

— J'ai appelé la police, annonce-t-elle.

Je secoue la tête.

— Je les rappelle ? Je leur dis de ne pas venir ?

J'acquiesce.

— C'est qui ? demande la femme depuis le salon.

Miho entre avec moi.

— Bonsoir, est-ce que ça va ? demande Miho doucement en voyant la dame allongée. Mon amie, que voici, m'a dit par texto qu'elle avait entendu crier, et comme elle ne me répondait plus, je me suis affolée.

La femme s'assied lentement, et se touche le ventre avec précaution.

— J'ai eu très mal, explique-t-elle. Mon mari… n'est pas là, ajoute-t-elle en hésitant avant de se masser le ventre en gestes circulaires. Je crois que ça va mieux. J'ai encore mal, mais moins. Je suis enceinte.

Elle a prononcé la dernière phrase avec un léger ton de défi.

— Est-ce que vous avez besoin d'appeler votre médecin ? demande Miho.

La femme secoue la tête et me regarde. Je touche Miho sur le bras et secoue la tête à mon tour.

— Eh bien, au moins, vous vous sentez mieux ! conclut Miho. C'est bien ! Je m'appelle Miho, au fait. Et c'est Ara. Nous habitons au-dessus.

— Oui, je suis désolée, soupire la femme. Il est très tard et je vous ai dérangées. Je suis surprise que tout l'office-tel ne soit pas en train de taper à ma porte.

— Oh, ne vous en faites pas, la rassure Miho. C'est Ara, elle est spéciale. Elle a l'ouïe beaucoup plus fine que la plupart des gens. Je suis certaine que tout le monde dort à poings fermés.

Quand revient votre mari ? écris-je.

Elle regarde mon message et secoue la tête une fois.

Soudain, Miho me donne un petit coup dans le dos pour m'indiquer d'arrêter de poser la question.

Je vais vers la table de la cuisine pour vérifier la température de l'eau que j'ai versée dans le mug. On peut la boire, maintenant. Je l'apporte à la dame, qui prend une gorgée.

— Merci beaucoup d'avoir apporté de l'eau chaude. C'est très attentionné.

Elle tient le mug à deux mains, puis le pose sur son ventre.

Je lui adresse un sourire chancelant. Heureusement qu'elle ignore que j'ai cru qu'on la violait, et que j'avais l'intention de jeter l'eau bouillante à la figure de son agresseur.

— Il est tellement tard. J'ai vraiment honte de vous garder debout. Je vous en prie, rentrez dormir. Je me sens beaucoup mieux, vraiment.

Pour illustrer son propos, elle se lève et sourit d'un air tremblotant.

Miho et moi regardons l'horloge, qui indique maintenant 4 h 05. Nous haussons toutes deux les épaules. Miho a des horaires bien à elle et peut dormir aussi tard qu'elle veut.

Je dois être au travail à 9 h 30. Je n'ai plus d'assistante dédiée depuis que Cherry n'est jamais revenue après ce fameux soir. Je fais profil bas et n'ai pas encore demandé de remplaçante.

Je prends les mains de la femme dans les miennes et les serre. Elles sont osseuses et douces à la fois.

— Merci, murmure-t-elle, les yeux baissés de gêne.

Miho lui souhaite bonne nuit à voix basse et nous partons ensemble, refermant la porte doucement derrière nous.

Le lendemain, au travail, je pense à la dame. Je n'arrive pas à arrêter de songer à ses yeux pleins de désespoir – comment, malgré la douleur, elle refusait d'aller aux urgences parce qu'il se pouvait qu'on lui enlève son bébé.

Je ne peux pas imaginer ressentir ça. Je ne peux pas m'imaginer avoir un enfant et devoir veiller sur lui ou elle, et lui consacrer chaque instant de chaque jour sans plus avoir de vie à moi. Je me demande comment se passe la transition, et ce qu'on ressent quand cet instinct se manifeste.

L'un de mes clients m'a dit un jour que le problème avec beaucoup de gens de ma génération, c'est qu'ils ne vivent pas pour demain. C'était un professeur de sociologie et il venait d'interroger les assistantes sur leurs choix de vie, ce qui de toute évidence les mettait mal à l'aise. *Elles ne travailleraient pas dans un salon de coiffure si elles pouvaient répondre avec certitude à ce genre de questions,* avais-je envie de dire. Mais, évidemment, il le savait déjà, et les autres aussi. Ce n'était que par cruauté qu'il mettait cela en lumière. « Il faut vivre avec des parents dont la vie s'améliore au fil du temps, comme ça on apprend qu'il faut faire des efforts si l'on veut que la vie soit meilleure. Mais si on grandit entouré de personnes dont la situation se détériore avec le temps, dans ce cas on s'imagine qu'il faut vivre au jour le jour. Et quand je demande aux jeunes gens "Et l'avenir ? Que ferez-vous quand viendra demain et que vous aurez déjà tout dépensé ?" ils disent qu'ils mourront, c'est tout. Et c'est pour ça que la Corée a le taux de suicide le plus élevé du monde. »

Il a dit ça d'un ton sentencieux, comme pour réprimander toutes les personnes qui travaillaient au salon.

Vers l'heure du dîner, Kyuri m'envoie un message.

*Notre manager dit qu'il se pourrait que Taein vienne à l'*Ajax *ce soir ! Madame ne sera pas là parce qu'elle a son bilan de santé annuel demain. Elle ne doit ni manger ni boire à partir de 17 heures aujourd'hui. C'est parfait. Tu crois que tu pourrais quitter le travail et venir ici vers 21 heures environ ? Son manager vient avec quelqu'un de la compagnie de Taein, et je parierais que c'est vraiment lui. Et, même si ce n'est pas lui, tu aurais enfin l'occasion de rencontrer son manager.*

Je regarde le message sans pouvoir en détacher les yeux. Je suis obligée de m'asseoir, incapable de respirer, et les assistantes se dispersent comme des cafards lorsqu'elles voient ma tête. Peut-être que Cherry leur a dit des choses sur moi, finalement.

Il est enfin arrivé. Le moment où je vais pouvoir rencontrer Taein. J'ai fantasmé dessus des milliers de fois, et chaque fois, il était séduit par moi, voulait me parler seul à seule, et m'emmenait dans son appartement où on écoutait de la musique toute la nuit étendus sur le sol de sa chambre, comme dans cette émission de téléréalité, *Ma chambre solitaire*. Je me lève d'un bond et me regarde dans le miroir. Je dois y aller. Je sais que Kyuri ne m'aurait jamais envoyé de message si l'opportunité n'était pas réelle.

Je dois me transformer, c'est absolument évident. Je vais devoir emprunter une tenue à l'une des filles. J'examine chacune de leurs robes dans ma tête. J'ai une fois vu Miho vêtue d'une sorte de robe vert sombre que j'ai adorée. Je vais devoir lui en parler tout de suite.

Je me précipite à l'accueil pour demander combien de clients il me reste pour aujourd'hui, et par chance on me dit qu'il n'en reste que deux. Mme Park Mi-soon et M. Lim Myung-sang. J'écris sur mon téléphone que j'ai une urgence et dois rentrer à la maison, et demande à Mlle Kim si elle peut les appeler pour demander s'ils préfèrent prendre un nouveau rendez-vous ou être coiffés par une autre personne. Mme Park a rendez-vous pour sa permanente, qu'elle ne refait que tous les trois mois, mais on n'y peut rien. Et M. Lim est juste là pour sa coupe mensuelle. Mlle Kim acquiesce et me demande ce qui ne va pas, mais je secoue la tête et m'enfuis vers les vestiaires, où j'enfile mes vêtements de ville. En partant, je cherche le regard de Mlle Kim et lui fais signe de m'envoyer un message. Elle hoche la tête et me chasse d'un geste.

Quand j'arrive à l'office-tel, il n'y a personne à la maison et Miho ne répond pas à mon texto sur la robe. Je tape le code pour entrer dans l'appartement de Miho et Kyuri, et, une fois dedans, me mets à fouiller leurs placards.

Je trouve la robe verte non pas chez Miho, mais chez Kyuri, et j'écris dans la conversation de groupe : *J'emprunte robe vert foncé dans placard Kyuri, ne sais pas à qui elle est !! Merci !! Maquillage et chaussures aussi !!*

L'habit ne fait pas le moine, toutefois, et je ressors de la chambre de Kyuri avec un air un peu trop pâle et des yeux trop grands à mon goût. L'eye-liner n'a jamais été mon point fort. Au moins, mes cheveux seront parfaits. Après avoir enfilé la robe, qui est un peu serrée pour moi, je me fais des ondulations. Malheureusement, toutes les chaussures de Kyuri sont trop grandes pour moi, et je dois me contenter des miennes. Tout ce que j'ai d'à peu près présentable, c'est une paire de sandales à talon que j'ai achetée il y a quelques étés et qui me fait mal aux orteils. La météo annonce un risque d'averse dans la soirée, et je prends un parapluie pour ne pas risquer d'abîmer la robe.

Le temps que j'attrape un taxi, il est déjà 21 heures passées, et je suis à deux doigts de pleurer d'anxiété alors que nous restons bloqués dans un bouchon pendant presque dix minutes. Kyuri m'envoie un message pour me dire que Taein vient d'arriver. Elle dit qu'elle montera me chercher quand je serai là.

J'ai le cœur qui éclate quand enfin le taxi se gare et que je vois Kyuri me faire signe depuis l'entrée, où traînent plusieurs hommes en costume.

— Tu es venue ! crie-t-elle.

Je sens son haleine alcoolisée. Elle est déjà ivre et glousse en me pressant la main. Nous descendons ensemble l'escalier en titubant.

— Alors, il est là avec ses deux amis et son manager. Le P.-D.G. de son agence arrive tout à l'heure. Et Sujin ! Sujin est dans une autre pièce en ce moment, mais elle va venir bientôt !

Nous empruntons un couloir sombre. Filles et serveurs entrent et sortent de différentes pièces. Alors que les portes s'ouvrent brièvement, on entend des bribes de rires, des conversations à voix basse, des chants. Finalement, Kyuri s'arrête, ouvre une porte et me pousse doucement dans la pièce.

À l'intérieur, il fait sombre. Il y a une longue table en marbre rectangulaire au milieu de la pièce et des sanitaires dans un coin. Quatre hommes sont assis autour de la table, en train de boire, et tout au bout à droite, c'est vraiment Taein.

Ça paraît étrange qu'il n'y ait pas plus de monde, que les gens ne soient pas en train de le contempler avec adoration. Je n'ai *pas* d'hallucinations – il a une peau éclatante, le visage plus petit que ce que j'imaginais –, son visage parfait, que je contemple chaque soir sur mon écran, est si près du mien que je pourrais tendre les bras pour le prendre dans mes mains.

— Allez, Ara, me dit Kyuri en me poussant jusqu'à ce qu'on arrive à la table.

Elle me pose comme un paquet à côté de Taein.

Je m'incline et deviens rouge vif jusqu'à la racine des cheveux.

— Tu es partie si vite que j'ai failli être vexé, Kyuri, grommelle l'un des gars, qui porte un tee-shirt rayé et semble du même âge que Taein.

Un type de l'autre côté renchérit :

— Ouais, je n'avais pas compris que tu étais populaire *à ce point*, que tu ne puisses pas rester assise dix minutes d'affilée.

Il a un visage rond, la peau abîmée et une expression mauvaise.

— Ça devient prétentieux, ici, conclut-il.

— J'étais partie chercher mon amie, qui est une grande fan de Taein ! répond Kyuri d'un ton gai. Je n'étais pas dans un autre salon, nigaud !

— Beurk, sérieusement, une fan ? Il déteste les fans, réagit l'homme au tee-shirt rayé.

— C'est faux, réagit Taein très vite, en faisant semblant de lui donner un coup de poing sur l'épaule.

Il se tourne pour m'adresser un grand sourire, mais je vois bien qu'il est désormais sur ses gardes.

— Alors, comment tu t'appelles ? demande son gigantesque manager en se tournant vers moi.

Il a le visage marqué par une acné virulente, et je le reconnais, lui aussi, pour l'avoir vu dans les téléréalités. Il s'occupe de Crown depuis avant leur *debut*. Tout ce qu'on a toujours raconté sur lui – plutôt à la radio qu'à la télévision – me vient aussitôt à l'esprit. Il amassait des provisions dans sa chambre et prétendait ne rien avoir quand les jeunes avaient faim après toute une journée de répétitions et avaient épuisé leur budget nourriture de dix mille wons par jour. Et, une fois, il avait oublié d'aller les chercher à l'aéroport parce qu'il était trop soûl, et ils avaient dû se payer eux-mêmes un taxi pour rentrer chez eux (à l'époque où ils ne gagnaient pas encore d'argent).

Je me demande comment ils supportent de l'avoir encore auprès d'eux, après toutes les souffrances qu'il leur a fait endurer lorsqu'ils étaient encore pauvres, à essayer de percer.

— Elle s'appelle Ara. Elle est muette, explique Kyuri.

— Quoi ?

Des exclamations s'élèvent autour de la table et je rougis de plus belle.

— Je n'avais jamais rencontré de muette ! s'écrie l'un des amis. Wouah, ce bar à hôtesses devient plus intéressant chaque fois que j'y mets les pieds. Comment est-elle censée me faire la conversation si elle est *muette* ?

— Par le langage corporel, idiot ! rétorque le grand, hilare. Elle doit parler couramment plusieurs dialectes.

Malgré toutes les fois où j'ai imaginé rencontrer Taein, pourquoi ne me suis-je pas davantage préparée à ça ? Je m'étonne moi-même. Je sens des larmes brûlantes me monter aux yeux, quand la porte s'ouvre et que Sujin apparaît.

— On m'a dit que tu étais là ! lance-t-elle, toute joyeuse, à Kyuri. Salut tout le monde !

Les hommes lui jettent un coup d'œil et font semblant de ne pas la voir. Soudain, elle m'aperçoit à côté de Taein.

— Ara ? balbutie-t-elle.

Elle comprend aussitôt la situation, et se précipite pour s'asseoir près de moi. Elle me pince avec des cris surexcités.

— C'est quoi ce bordel ? grommelle le grand type.

Il presse la sonnette sur la table, et un serveur apparaît.

— Allez chercher la tenancière, ordonne-t-il.

Tout le monde se tait d'un coup, et Kyuri paraît agitée.

Il ne faut qu'une minute au manager, tout de noir vêtu, pour ouvrir la porte et se glisser discrètement dans la pièce.

— Bonsoir, dit-il avec une profonde courbette. Y a-t-il un problème ? Comment puis-je y remédier ?

Le grand type fait un geste dans sa direction.

— J'ai dit : « Allez chercher la tenancière ». Pas vous. Je ne vous connais pas.

— Elle n'est malheureusement pas là aujourd'hui, mais je peux certainement vous aider. Voulez-vous que je vide la pièce ?

Le manager regarde Kyuri, et je vois qu'il fait tout ce qu'il peut pour la protéger et, par extension, nous aussi. Elle lui plaît, c'est évident. Nous retenons tous notre souffle.

— Combien de fois je dois te dire d'appeler la tenancière, putain ? Elle a un téléphone, non ?! En fait, j'ai son numéro ! Je vais l'appeler tout de suite.

À notre grande horreur, il sort son téléphone de sa poche, fait défiler les contacts et appelle.

— Merde, souffle Kyuri à voix basse.

Sujin se lève et m'attrape par le poignet. Nous nous dirigeons lentement vers la porte.

Ça y est. Taein ne m'a même pas parlé. Je n'ai pas pu lui écrire la moindre phrase. Je lui lance un regard désespéré en marchant vers la porte. Il est en train de plaisanter avec ses amis, sans même s'apercevoir que je m'en vais.

Alors que la porte se referme, j'entends l'ami hurler dans le téléphone :

— Où il est le contrôle qualité, bordel ? Je pensais que c'était un dix pour cent ! Par une maison d'amatrices et de monstres de foire ! Avec tout le pognon que je lâche ici depuis des années, être traité comme ça !

Malgré mes talons, je marche vite, essayant de ne pas me laisser distancer par Sujin et Kyuri.

— Vous feriez mieux de filer, toutes les deux, souffle Kyuri en s'arrêtant brusquement devant une autre porte. On se retrouve à la maison.

Elle ouvre la porte et s'y faufile. Sujin me prend par la main et nous recommençons à marcher le plus vite possible. Je sais ce qu'elle ressent et elle sait ce que je ressens. Il ne nous faut pas longtemps pour nous mettre à courir.

Le jour où j'ai perdu la voix, c'était comme ça aussi. Je courais avec Sujin et elle me tenait la main pour me sortir de là. C'était elle qui m'avait amenée à cet endroit au départ – sous l'Arche à côté du chemin de terre, à la nuit tombée. Elle m'avait dit qu'on allait être initiée dans la bande la plus sauvage, et que comme ça on serait les cheffes au lycée l'année suivante. Je ne voulais pas y aller parce que je n'étais pas certaine de vouloir être étiquetée mauvaise élève. Car alors tous les enseignants allaient nous détester, nous pointer du doigt et nous battre comme plâtre à la moindre règle enfreinte. Un garçon *iljin* de l'année au-dessus de la nôtre avait eu le tympan déchiré lors d'une correction par le principal adjoint.

Nous ne savions pas que les autres écoles étaient au courant de notre soirée d'initiation et qu'elles étaient venues se venger de tous les combats perdus au cours des années précédentes. Les filles avaient apporté des planches de bois, et certaines avaient des bouteilles de bière qu'elles avaient fracassées sur le trottoir pour en faire des armes. Elles nous ont encerclées, et nous ne nous doutions pas qu'elles avaient vraiment l'intention d'utiliser ces tessons contre nous jusqu'à ce que l'une des *sunbae* crie « Fuyez ! » et que le monde bascule d'un coup dans le chaos. Je n'ai jamais vu le visage de la fille qui m'a frappée, mais Sujin m'a révélé plus tard qu'elle avait une batte.

Quand nous sommes arrivées dans la propriété de la Grande Maison, Sujin a réveillé mes parents avant d'appeler une ambulance. Je n'ai pas beaucoup de souvenirs de cette nuit, mais je me rappelle les ongles de Sujin, pleins de sang et de peau après avoir griffé le visage de la fille qui m'avait attaquée. Quand les cris « Police ! » avaient retenti, la fille avait été distraite, et c'était là que Sujin l'avait lacérée avant de m'attraper avec frénésie pour m'emmener. J'avais la vue brouillée par la douleur qui explosait dans ma tête.

— Je suis désolée, je suis désolée, hurlait-elle.

De tous les souvenirs de cette nuit, c'est le plus difficile à supporter. Le bruit de Sujin s'étranglant de détresse pour moi.

Kyuri

C'était la première fois depuis trois longues semaines bien mornes que je me sentais d'attaque pour sortir après le travail. Alors, quand Sujin m'a écrit plus tôt qu'elle finissait à la même heure que moi aujourd'hui, je lui ai dit de venir me rejoindre dans mon restaurant de *samgyeopsal* préféré. Ça fait maintenant vingt minutes qu'elle est dans les toilettes, et je suis en train de faire griller la viande et de boire toute seule. Je sens que les gens des autres tables ont pitié de moi.

Il est 1 heure du matin, un jeudi soir, et bien sûr l'endroit est bondé, le personnel court partout d'un air affolé, mais je m'en fiche : je hèle un jeune serveur et lui demande de s'occuper de ma grillade pendant que je vais chercher Sujin. Dans les toilettes, elle est occupée à se palper le visage avec un doigt couvert de cristaux devant le miroir.

— Qu'est-ce que tu fiches ?!

— Oh, désolée, désolée, répond-elle, gênée. J'avais plein de nourriture coincée dans la bouche et j'étais en train de l'extirper. Et j'ai eu l'impression que la sensibilité était revenue sur le côté droit du menton, mais je crois qu'en fait non. J'arrive !

À la table, elle reprend les piques au serveur en nage et commence à retourner l'estomac de porc, déposant les morceaux cuits sur mon assiette. En la regardant prendre les ciseaux pour découper sa part en tranches minuscules, je me radoucis. Bien sûr, je me souviens de ce que c'est, combien chaque repas est une épreuve, entre les aliments qui se coincent, la lente mastication, les craquements de la mâchoire, l'engourdissement et l'inconfort.

— On s'habitue, lui dis-je une nouvelle fois.

Après mes opérations, j'ai dû lutter pour me retenir d'étirer en permanence le cou comme une grue et de me tripoter le menton parce qu'il n'avait plus aucune sensation. La sensibilité n'est jamais revenue, mais c'est à ça que servent les miroirs de poche et le mode selfie : à vérifier que je n'ai pas de miettes ou de boisson qui me coule sur le menton. Sans un mot, je cherche dans mon sac et lui tends mon miroir préféré, petit, rond et bordé de dentelle.

— Oh, t'inquiète, répond-elle.

Elle penche la tête de côté et me sourit. Maintenant que l'œdème est presque entièrement résorbé, la beauté est apparue sur son visage de façon spectaculaire au cours de la semaine écoulée. Je suis éblouie, comme toujours, de la soudaineté de cette éclosion quand elle arrive enfin.

Je vois que les hommes des tables adjacentes lui lancent des regards furtifs, puis à moi. Elle a suivi mon conseil et s'est rendue dans le salon où je fais mes cils. Ils ont opéré sur ses yeux désormais symétriques une magie décadente. Même son nez paraît plus mignon – un bénéfice courant de la chirurgie de la mâchoire. Une fois le visage plus petit, les traits qu'on n'a pas modifiés, comme le front et le nez, tendent à être plus jolis, en harmonie l'un avec l'autre.

Quel dommage que Sujin n'ait pas été jolie comme ça il y a trois semaines, le soir de l'incident avec Taein… Peut-être qu'elle aurait été embauchée à l'*Ajax* et qu'on ferait maintenant la fête avec Crown, dans un salon secret d'un nouveau club qui ferait fureur. Au lieu de cela, elle travaille actuellement en free-lance, elle est l'une de ces filles que l'on dépose en bus dans les établissements qui manquent d'hôtesses pour un soir. Et même ça, c'est une faveur que j'ai demandée à une vieille amie de mon époque à Gangseo.

—Est-ce que tu es complètement folle ? m'a demandé Madame lorsque je suis allée lui présenter mes excuses quelques jours après cette soirée désastreuse.

C'était le début de l'après-midi, et elle était assise à table dans l'un des salons de l'établissement, occupée à noter des chiffres dans un petit cahier noir, son téléphone en guise de calculatrice.

Miho n'avait pas démordu du fait que je devais m'excuser en personne, absolument.

—Vas-y. Fais-moi confiance, ça va tout changer. Les vieux, c'est tout ce qu'ils demandent : que les autres disent qu'ils sont désolés, et fassent le premier pas.

J'avais eu pour projet de rester pour toujours à la maison, et tant pis pour mes dettes.

— Le pire qui puisse arriver, c'est que la situation ne bouge pas, avait insisté Miho.

Elle avait cessé de se morfondre au sujet de ce fameux petit ami, et son air satisfait de martyre proactif était en train de devenir intolérable. Malgré sa certitude véhémente, j'avais encore attendu plusieurs jours avant de me présenter. Puis le manager *oppa* m'avait envoyé un message pour m'annoncer que Madame n'avait rien dit lorsqu'il avait mentionné mon nom devant elle. *Si tu peux venir maintenant, ce sera comme s'il ne s'était rien passé*, avait-il écrit.

— Je suis sincèrement désolée, vraiment, ai-je répété en boucle, avec la plus profonde courbette dont j'étais capable. Je n'ai pas de mots pour dire à quel point.

Les yeux rivés sur son téléphone, Madame ne m'a accordé aucune attention. Elle m'a fait attendre là une bonne demi-heure pendant qu'elle faisait ses comptes et passait des coups de fil, mais je n'ai pas bougé. Je me représentais son cerveau en train de vrombir dans son gros crâne alors qu'elle calculait la façon optimale de m'humilier pour me pousser juste en deçà du point de rupture.

Quand elle s'est enfin adressée à moi, elle semblait exaspérée, mais aussi résignée.

— Écoute, a-t-elle dit en refermant son petit cahier avec un bruit sec qui m'a fait sursauter. Ce n'est pas un secret que ce secteur n'est plus ce qu'il était, et que tout est devenu difficile. Tout le monde souffre. Je souffre, et tu peux être sûre que tu vas souffrir aussi, même si aucune de vous autres dindes n'est capable de se projeter aussi loin, je le sais bien.

Son visage laid et pitoyable semblait vieux à ce moment-là, et tiré. J'ai pensé à tout l'argent qu'elle économisait en restant aussi laide. Elle n'avait pas le regard chaleureux, mais de toute façon ce n'a jamais été le cas, même quand j'étais parmi les préférées.

— Maintenant, file et va faire entrer de l'argent comme une pro, a-t-elle dit en me congédiant d'un geste fatigué.

Et je me suis trouvée relâchée, à l'air.

Sujin recrache discrètement un peu de viande dans une serviette avant de reprendre la conversation.

— Je crois que tu devrais chercher un autre genre de travail.

Je ris en buvant mon shot.

— Tu as consacré tout ce temps, tout cet argent et cette souffrance à essayer d'entrer dans un bar à hôtesses, et maintenant tu viens me dire *à moi* que je devrais quitter un dix pour cent ? Et qu'est-ce que je ferais, ensuite ? J'irais récurer des toilettes ? réponds-je d'un air taquin.

Je n'ai jamais réfléchi sérieusement à cette question. Où que je regarde, je ne vois que des emplois que je ne pourrai jamais décrocher. Je le sais, parce que même si j'essaie d'éviter les informations, les titres sur le chômage clignotent dans toute la ville. Encore hier, j'étais dans un bouchon et j'ai dû contempler l'écran géant au carrefour de Sinsa Station. Le présentateur expliquait avec d'énormes sous-titres qu'on avait atteint un record depuis dix ans, et que les gens allaient commencer à s'entretuer tellement ils s'ennuyaient. Est-ce que ces taux de chômage incluent tous ces gens qui possèdent des immeubles et n'ont pas besoin de travailler ? Chacun des gratte-ciel et des centres commerciaux de cette ville appartient à des personnes qui ne vivent que dans les salles de sport des hôtels et dans les grands magasins, et n'ont jamais travaillé un seul jour de leur vie.

— Mais je crois que ta tenancière ne te traite pas bien, insiste Sujin, ce qui me fait rire encore plus fort.

Elle secoue la tête, exaspérée.

— OK, je sais, je sais, mais ce que je veux dire, c'est que tu as vraiment l'air stressée ces derniers temps. Je ne t'ai jamais vue dans cet état.

Le serveur apporte une nouvelle bouteille, et Sujin remplit mon verre.

— Et toi, alors ? réponds-je. Est-ce que ça te fait réfléchir aussi ?

— Non, mais pour moi ça n'est pas pareil. Pour l'instant, je suis trop occupée à me réjouir d'être jolie.

Elle lance un regard bref autour de nous, pour voir si on l'a entendue, et rougit en découvrant qu'un homme la reluque avec effronterie.

— Et puis, il en faut beaucoup pour me faire stresser. Et quand c'est le cas, je suis très capable de ne pas y penser. Ara te le dira. Dans un orphelinat, on apprend vite, ou alors on sombre complètement. Si j'ai tenu jusqu'ici, je ne crains rien. Et ça, tout de suite, c'est vraiment le tournant de mon existence.

Elle me regarde intensément. Je vois qu'elle n'est pas très loin de pleurer.

— Je ne sais pas, réponds-je avec précipitation. Miho n'a pas l'air de très bien gérer le stress.

Ma diversion fonctionne.

— Miho ? Elle va s'en sortir. Tu as tort de t'inquiéter. Elle est simplement en train de planifier sa vengeance avec soin, c'est tout. On est des filles pragmatiques.

Je regarde Sujin, amusée.

— Sa vengeance pour quoi ?

Je me demande si Miho lui a tout raconté. Sujin est vraiment drôle aujourd'hui, avec sa prétendue profonde sagesse. En réalité, ma situation actuelle n'est pas stressante. Elle aurait dû me voir quand je travaillais à Miari.

— Elle m'a juste dit qu'elle s'était aperçue qu'il la trompait, dit-elle en attrapant un morceau d'estomac de porc carbonisé. Mais elle aurait dû s'y attendre. Je le lui avais prédit, dès que j'ai su qu'ils étaient ensemble.

— Tu l'as déjà rencontré ? dis-je, surprise.

— Non, mais pas la peine. Personne ne peut être aussi gentil en étant si beau et si riche.

— Tu as sûrement raison…

Je soupire. Je me sens soudain fatiguée à l'excès, et je pense à Nami. Je ne lui ai pas reparlé depuis le jour où elle est venue. Elle m'a envoyé quelques textos, mais, en l'absence de réponse, elle a fini par arrêter. Toute lumière s'échappait de moi chaque fois que je pensais à elle.

— J'ai compilé quelques idées pour Miho, déclare Sujin d'un ton dégagé. Je dois d'abord vérifier quelques trucs, genre quels journalistes vont vraiment me croire, et lesquels vont peut-être payer, lesquels acceptent des témoignages anonymes. Il faut que Miho soit patiente, parce que c'est son destin de devenir célèbre. À l'orphelinat, on le disait toutes.

Nous trinquons une nouvelle fois et buvons. Je lui fais signe qu'elle a de la sauce sur le menton. Elle s'essuie. Puis elle sort son téléphone et se met à explorer sa galerie.

— On lui a toutes demandé un dessin à garder parce qu'on savait qu'elle serait connue un jour. Regarde, ça c'est ce qu'elle dessinait au lycée.

Elle fait glisser son téléphone vers moi. L'écran montre un dessin au crayon, très détaillé, d'une famille qui marche en file indienne dans un champ de fleurs. Le père est devant, suivi de la mère, puis de la fille aînée qui serre des livres sur sa poitrine. Plus loin derrière, on voit une petite silhouette en tenue *hanbok* de fille, mais surmontée d'une tête de grenouille géante aux yeux bulbeux et fous, qui darde la langue.

— Euh, je n'en voudrais pas chez moi, dis-je en lui rendant son appareil. Et tu as *demandé* qu'elle te le donne ? Quelle horreur !

— C'était sa série crapauds. Elle dessinait des tas de personnages à tête de crapaud dans des puits, mais ce dessin-là est joyeux, avec toutes ces fleurs. Pas de gens morts ! s'extasie-t-elle en souriant à la photo.

J'ai toujours su qu'elles étaient fêlées, toutes les deux.

— Je pensais que ça serait bien pour elle d'aller à New York, et c'est pour ça que j'ai tellement harcelé le Loring Center, mais finalement c'est là qu'elle a rencontré Hanbin, et maintenant elle est malheureuse…

Sujin se tait. Je lui demande ce qu'elle veut dire.

— Quand je suis arrivée à Séoul, j'étais assistante dans un salon de coiffure et un jour j'ai entendu une cliente se vanter auprès des coiffeuses que sa fille présentait sa candidature pour cette bourse d'art à New York. J'ai tendu l'oreille du mieux que j'ai pu, et ensuite je me suis renseignée, et j'ai appelé le Loring Center pour qu'ils fassent un dossier pour Miho.

Elle secoue la tête avant de reprendre.

— Les adultes là-bas ne pensaient jamais très loin à notre avenir – pour être juste, ils étaient occupés à gérer l'urgence, avec les filles comme moi –, mais c'est pour ça que celles d'entre nous qui sont adultes sont toujours en quête d'informations pour les plus jeunes. C'est aussi comme ça que j'ai eu le poste au salon, une *unni* du Centre m'a appelée. Certes, le travail était horrible, mais au moins ça m'a amenée ici !

Sujin me sourit, comme si elle venait de me révéler la chute avec un grand retournement de situation.

— Bref, j'étais à la Cinderella Clinic ce matin pour mon bilan et j'ai entendu que Mme Koo était partie, déclare Sujin sur le chemin du retour.

— Quoi ?

Je suis surprise. Mme Koo, l'une des managers, était là depuis que le docteur Shim avait ouvert la clinique. Je n'imagine pas ce qu'il aurait fait sans elle, car c'est elle qui a toujours amené de nouvelles patientes et convaincu les anciennes de faire les dernières opérations. Sa tactique habituelle était de montrer son visage et son corps d'un geste un peu théâtral et de chuchoter : « Je me suis fait faire *la totale*, alors vous pouvez tout me demander... tout ce qui vous passe par la tête, et je serai complètement honnête avec vous. »

Elle était merveilleusement persuasive, c'est le moins qu'on puisse dire.

— Oui, il paraît qu'elle est partie au NVme, le nouvel hôpital énorme juste à côté de Sinsa Station. C'est le choc à la Cinderella Clinic, tout le monde courait partout quand j'y suis allée. Je pense qu'elle n'a même pas trouvé de remplaçante, ou ne l'a pas formée, parce que j'ai vu la plus jeune des assistantes faire une consultation !

NVme, c'est logique : c'est un nouveau lieu immense. Tout le monde se renseigne dessus parce qu'ils ont récemment fait une grande offensive de publicité. J'ai lu quelque part que c'était le plus grand hôpital de chirurgie plastique au monde. Sur les photos, on voyait un immeuble en marbre de vingt étages avec un spa au sous-sol et de luxueuses chambres d'hôtel dans les niveaux supérieurs pour les étrangers qui viennent se faire opérer en Corée.

— Bref, j'ai dit au docteur Shim que tu serais parfaite pour le poste de manager, et il a eu l'air d'accord.

— Hein ?!

Je m'arrête net pour la dévisager.

— Du moins il m'a *semblé* qu'il avait l'air d'accord.

Elle semble perplexe un instant, puis son visage s'éclaire de nouveau.

— OK, tu dois me répéter mot pour mot ce que tu as dit et ce qu'il a répondu. Sujin ! Tu es folle, ou quoi ? Maintenant je ne pourrai jamais y remettre les pieds !

Une image du visage impassible et intelligent du docteur Shim flotte dans mon esprit embrumé par l'alcool, et je suis consternée.

À l'office-tel, je tire Sujin dans mon appartement. Miho n'est pas encore rentrée – elle s'est remise à aller à l'atelier la nuit, du feu dans les yeux. Tout ce que je demande, c'est qu'elle ne rapporte pas ses toiles flippantes à la maison. Je n'ai pas envie de voir des représentations de la tête de Nami pendant d'un bâton ou toute autre expression perturbée sur laquelle elle travaille actuellement.

—Allez ! dis-je à Sujin d'une voix cinglante.

Elle entre dans la cuisine et commence à remplir un verre d'eau.

—OK, OK, je suis désolée d'avoir dit ça au docteur Shim, mais je pensais à toi, et à combien tu serais douée pour ce travail, et que ta tenancière est tellement méchante, et que ça te changerait, tu sais ? Le pire qui puisse arriver, c'est qu'ils disent non. Tout ce que j'ai dit, c'est que tu envisageais de changer d'emploi et que tu serais excellente pour ce poste... Après tout, tu m'as présentée, moi, et d'autres filles aussi, n'est-ce pas ? Et le docteur Shim a hoché la tête, comme ça...

Elle l'imite plutôt pas mal, avec son air savant, et son hochement de tête impassible.

Je sens la couleur me monter aux joues alors que je réfléchis à ce que me dit Sujin. Moi dans un blaser rose, un badge en métal sur le revers, souriant à des femmes inquiètes qui ont besoin d'être accueillies avec chaleur. Je ne peux m'empêcher de me dire que je ne sais pas gérer les femmes. D'un autre côté, je ne sais pas très bien gérer les hommes non plus. Je pense à toutes mes dettes qui s'accumulent.

—Va voir le docteur Shim, et écoute ce qu'il a à dire, suggère Sujin.

Elle se met à bâiller et se lève pour partir.

— Je suis sûre qu'ils ont reçu un millier de CV, réponds-je d'un ton léger. Sans doute plusieurs milliers. Je n'ai même pas de CV.

— Ouais, mais tu es une pub vivante pour leur clinique. Combien d'opérations et de traitements as-tu faits là-bas ? Combien de patientes postuleraient pour ce job ? Je parie que tu es la seule. Réfléchis-y.

Alors que Sujin est sur le point de partir, nous entendons le son du digicode de Miho, puis celui de la porte qui s'ouvre.

— Coucou, dit Miho en penchant la tête lorsqu'elle nous voit.

Sujin et moi réprimons un cri. Les longs cheveux lâches de Miho ont été coupés aux épaules, et elle a l'air d'une tout autre personne. Elle paraît plus jeune. Non, plus vieille. Non, plus jeune. Chic. Radieuse. Surprenante.

— Je sais, je sais, je suis un cliché sur pattes, rit Miho en voyant notre expression. En vérité, j'ai pleuré quand Ara les a coupés. Ara a failli pleurer aussi. C'est moi qui ai dû passer une bonne vingtaine de minutes à la convaincre que j'étais réellement décidée à les couper. Alors qu'elle n'arrêtait pas de me dire de le faire !

Elle secoue ses cheveux plus courts. Ara les lui a complètement lissés, et elle a des airs de mannequin sur une gigantesque affiche à l'extérieur d'une galerie commerciale.

— Mon chef de département risque de me tuer, ajoute-t-elle. Oh, tant pis.

— C'est magnifique ! s'écrie Sujin.

Elle s'approche pour caresser les mèches.

— Est-ce que tu te sens libérée ? demande-t-elle.

Miho hoche la tête, mais elle a les lèvres qui tremblent.

— J'ai vraiment regretté pendant une heure ou deux, et puis ça m'est complètement sorti de la tête pendant que je travaillais, jusqu'à ce que je me voie dans un miroir. Et alors j'ai encore pleuré. Mais je crois que ça va, maintenant. Et Ara a donné mes cheveux à une association, et ça me console un peu.

— Ara est tellement douée, dis-je. Rien qu'à te regarder, je me sens plus légère, moi aussi.

— La semaine prochaine, j'ai une séance photo pour un article de presse sur les artistes qui montent, reprend Miho en se tripotant les cheveux, intimidée. J'ai dit à Ara que je les teindrais peut-être en bleu demain. Bleu électrique. J'ai toujours voulu avoir les cheveux bleu pétant, comme du Powerade.

— Ouh là, une chose à la fois ! dis-je. Donne-toi au moins une semaine pour y réfléchir. Je ne te conseille pas de faire autant de changements drastiques d'un coup, tu risques de le regretter.

Sujin me donne un petit coup par-derrière.

— Tu vois ? Tu serais tellement parfaite pour ce poste ! C'est exactement ce que m'a dit Mme Koo lors de ma première consultation. Ensuite elle m'a discrètement recommandé une dizaine de choses à faire en plus !

Il y a des années, quand j'étais encore partagée à l'idée de me faire opérer, je suis allée chez une voyante réputée. Elle m'a dit que me raboter la mâchoire me ferait perdre la chance inscrite dans mon grand âge. Mais quand elle a pris mon nom, mes date et heure de naissance et qu'elle a calculé mon *saju* et mon avenir, elle a changé de tête. Elle m'a dit que mon grand âge ne contenait que la pire malchance, et que je devais faire tout mon possible pour altérer mon destin.

Avec une grimace de pitié, elle m'a dit qu'à cause de la forme de mon nez, tout l'argent qui entrerait dans ma vie en ressortirait. Et elle m'a dit que j'avais la chance la plus faible possible en amour – que ce serait mieux de me marier tard, voire pas du tout. Elle a dit que j'avais le même *saju* qu'un certain commandant célèbre de l'histoire, qui était parti à la guerre en sachant qu'il n'avait rien à perdre, car il connaissait la fortune de son grand âge. Il était mort avec honneur et gloire.

C'est facile de sauter quand on n'a pas le choix.

Le samedi matin, je me retrouve assise dans la salle d'attente de la Cinderella Clinic, nerveuse au point de gigoter pour la première fois depuis tout le temps que je m'y rends. Je pose une main sur mon genou droit pour l'empêcher de trembler, mais il semble possédé par une vie propre.

D'habitude, quand je suis ici, je passe le temps en jugeant les autres patientes, avec leurs énormes lunettes de soleil et leur nez trop botoxé, occupées à taper comme des dingues sur leur téléphone, avec les deux pouces. *Fais attention à ce que Yo-han ne soit pas en retard à son cours de Lego. Tu es au courant que Daesu a eu une place à l'école X?* Ou quelque chose de cinglant à leurs maris, j'en suis sûre, même si je n'ai aucune idée de ce que c'est d'envoyer des textos à un époux. *Chéri, je t'ai préparé ta soupe* doenjang *préférée, alors s'il te plaît, rentre dîner à la maison une fois dans ta vie.* Ou bien : *Ces marques de rouge à lèvres sur le col de ta chemise ne partaient pas, alors je l'ai réduite en charpie pendant que tu ronflais. Bonne journée !*

Aujourd'hui, cependant, je me concentre sur le personnel derrière les comptoirs. Trois des quatre assistantes en blaser rose me sont bien connues, mais la quatrième doit être nouvelle. Elle semble jeune et prudente, et ne cesse de lancer des regards furtifs aux autres assistantes qui tapent de part et d'autre de son bureau. Je l'examine farouchement. Pourquoi l'ont-ils choisie ? Elle semble timide jusqu'à la stupidité, et n'est pas jolie du tout – elle n'a pas fait beaucoup d'opérations. Juste les yeux et peut-être un peu de *filler*, à ce que je vois. Elle a les cheveux tirés en une queue-de-cheval serrée et j'ai honte pour elle de la naissance de ses cheveux, où des petites touffes désordonnées partent dans tous les sens. Par habitude, je touche les miens. Même si ça fait deux semaines que je ne suis pas allée au salon de coiffure, les masques que j'applique la nuit m'assurent des pointes aussi soyeuses que des algues.

Les autres assistantes sont là depuis des années, depuis que j'ai commencé à venir. Elles sont assez agréables, avec des voix sirupeuses et une efficacité brutale pour vous faire payer rubis sur l'ongle. Elles ont une façon bien particulière de vous faire sentir chanceuse d'être cliente ici, tout en vous donnant l'impression de vous mépriser en secret. Du coup, vous vous retrouvez à dépenser beaucoup d'argent pour forcer leur respect.

Espérant qu'elles lèveront les yeux de leurs écrans, je tente de prendre un air admiratif. J'en ai mal aux joues à force de sourire.

Mon téléphone vibre. Je consulte l'écran. C'est le manager *oppa. Bonjour! J'espère que tu passes une bonne journée jusqu'ici. Que fais-tu de beau?* Il a envoyé un bon pour du café et un émoji lapin qui cligne de l'œil.

Je ne peux m'empêcher de sourire. Au début, je n'avais même pas remarqué ses attentions – une kyrielle de petites choses qu'il faisait pour moi de temps à autre. Mais maintenant, je ne peux pas ignorer que je lui plais. C'est mignon, et ça ne m'agace pas encore.

Juste une session de maquillage, réponds-je, parce que même s'il est gentil, c'est un homme et il est payé par Madame. En plus, il ne sortira probablement rien de tout ça de toute façon.

La réceptionniste appelle un nom et la femme assise à ma gauche ramasse ses affaires et se lève. Alors qu'elle entre dans la salle de consultation, je l'entends demander ce qui est en promotion ce mois-ci. Je viens ici depuis suffisamment longtemps pour savoir que les promotions ne veulent pas dire grand-chose, car on peut toujours tout négocier, mais ça ne m'empêche pas de me pencher sur le présentoir de brochures et de prendre le dernier prospectus.

« Soyez prête pour l'été! » Une fille en bikini écarlate pose à côté d'une piscine, et les tarifs en promotion sont listés en dessous. Seules les « menues » procédures – celles qui ne sont pas invasives – figurent sur le document. Je suis terriblement tentée par le « package épaules nues », qui inclut du Botox pour l'arrière des épaules, des injections de brûle-graisse pour le dessous des bras et, au choix, un traitement Healite II LED ou de la cryothérapie. J'ai essayé la Healite plusieurs fois l'été dernier et j'ai aimé les résultats. En parcourant la liste entière, je me souviens que je dois refaire des séances de blanchissement des aisselles et des injections à la commissure des lèvres, car elles commencent à tomber légèrement. Je cligne des yeux et me force à sortir de cette rêverie. Aujourd'hui, je dois me concentrer. Je sors de mon sac le mince cahier que la dame mariée m'a donné de son travail, et regarde les notes que j'ai prises avec les filles hier soir au sujet de l'entretien. J'ai écrit la liste des filles que j'ai recommandées ici. Elle inclut Miho et Ara, parce qu'elles ont pris des rendez-vous en début de semaine juste pour pouvoir citer mon nom et ainsi augmenter mes chances. Ara en particulier était très intriguée après sa consultation par toutes les possibilités qui s'offraient à elle, mais elle a dit qu'elle commencerait peut-être avec quelque chose de ténu, sans doute juste un peu de *filler* au niveau du nez.

Mon téléphone vibre. C'est encore le manager *oppa*.

J'ai un ami qui ouvre un bar à sieste à Gangnam Station. Tu veux qu'on aille y faire un tour quand tu auras fini ?

Nouvelle notification quelques secondes plus tard :

Je viens de m'apercevoir qu'on peut croire à un sous-entendu ! Je veux juste aller dire bonjour à mon ami, pas dormir ! Et ils n'ont que des lits jumeaux, je pense ! Interdit de dormir à deux !

Je ris, parce qu'il est encore tellement innocent... Mais j'entends alors une des assistantes m'appeler. Les mains tremblantes sur mon téléphone, je me lève rapidement et la suis dans la salle de consultation – où je suis déjà passée si souvent. Je mets mon téléphone en silencieux et envoie rapidement un pouce levé au manager *oppa*, puis je vérifie mon reflet avec le mode selfie, avant de me redresser.

— Le docteur Shim ne va pas tarder, annonce-t-elle d'une voix chantante.

Elle sort et referme la porte derrière elle.

Je sais que je n'obtiendrai pas ce travail – rien n'est aussi facile dans la vie. Mais, du moment que j'essaie, est-ce que ça ne signifie pas quelque chose ? Je pense à la voyante, aux filles et aux notes prises sur les conseils qu'elles ont cherchés sur Internet en vue d'un entretien. Je pense à ma mère, au fait que je pourrais lui montrer où je travaille, parce que c'est un vrai endroit, et combien ça la rendrait heureuse. Et, sans que je sache pourquoi, le visage du manager *oppa* passe aussi dans mon esprit avant que je me hâte de le chasser. Je survole mes notes une fois encore. J'ai les jambes qui tremblent plus fort que jamais.

Quelques longues minutes plus tard, j'entends la voix du docteur Shim et un pas lourd dans le couloir. La poignée de porte semble tourner au ralenti alors qu'il entre.

En face de lui, je souris autant que mon cœur affolé me le permet.

En chemin vers la maison ce soir-là, je passe chercher Ara et Sujin à SeverLand, le nouveau parc de jeux vidéo de Berserk Games, le groupe de jeux en ligne de Bruce. Pour être honnête, la seule raison pour laquelle je prends la peine de m'arrêter là est qu'ils vendent une boisson au rhum dans le café à thème fantasy. Bruce avait pris l'habitude de m'en apporter quand il s'était aperçu que j'aimais le rhum. Ils vendent ça dans des bouteilles en forme d'œuf de dragon. Dans le café, je contemple les rangées d'œufs luminescents et décide finalement de ne pas en acheter.

Je les trouve toutes les deux plongées dans un jeu dans un coin du *PC bang*. Sujin me fait signe qu'elles seront prêtes à partir dans dix minutes. Ara ne détourne même pas les yeux de l'écran. J'observe la mer de visages intenses, concentrés, tous en train de jeter de l'argent dans les poches de Bruce à chaque minute passée sur un siège devant un jeu, puis je me mets à errer dans l'espace labyrinthique en les attendant, perplexe. C'est un endroit étrange qui parvient à être à la fois enfantin et violent, avec des portes qui ressemblent à celles d'une crypte, des fresques murales de batailles, des vitraux qui montrent des lutins et des dragons, et des guerrières aux seins grotesques. Je pense au coût de chacun de ces innombrables détails. Je me souviens que Bruce avait invité un artiste à l'*Ajax* une fois pour discuter des scènes qu'il voulait voir représentées dans le parc. L'artiste n'avait pas dit grand-chose. Il s'était contenté de boire comme un trou et de grogner en signe d'assentiment à tout ce que disait Bruce, les yeux mi-clos.

Le manager *oppa* m'a dit aujourd'hui que Bruce est revenu quelques fois à l'*Ajax*. Tout le monde a ordre strict de faire en sorte qu'il ne me voie jamais.

Sujin et moi devons aider à porter les posters de la salle de jeux, parce que Ara est devenue maboule dans la boutique.

Elle a entrepris de redécorer sa chambre. « Elle a arraché toutes les photos de Taein », m'a chuchoté Sujin quand je m'étranglais devant les prix du merchandising. J'ai dû dissuader Ara d'acheter un cosplay complet d'un esprit de l'eau, tiré du jeu.

L'air est lourd ce soir, et je me demande si on annonce de la pluie. Les filles veulent entendre tous les détails de l'entretien, mais il n'y a pas grand-chose à raconter. Le visage du docteur Shim était aussi impassible que d'habitude, et je leur ai dit que c'était juste un entraînement pour moi, et qu'ils m'avaient dit qu'ils me tiendraient informée. Je ne veux pas qu'elles sachent à quel point j'y tiens.

Quand nous arrivons à l'office-tel, Wonna, la dame mariée, est assise sur les marches, les mains sur le ventre.

Je ne sais pas si je dois lui dire à quel point elle est terrifiante, assise là sur les marches dans l'ombre, comme une apparition surnaturelle, à contempler la rue de son regard vide. Mais je ne devrais pas m'en faire : les gens passent, perdus dans leur gaieté, sans la remarquer. Notre rue est toujours animée, le samedi soir – tous les bars flamboient de lumière, et les gens, rendus euphoriques par l'alcool, se disputent sur le programme de la suite de leur soirée.

— Je me demandais quand vous alliez rentrer : j'ai vu que vos lumières étaient éteintes, et je n'arrivais pas à dormir, s'écrie-t-elle quand elle nous voit, le visage soudain illuminé de chaleur.

Ara court s'asseoir à côté d'elle et commence à lui montrer les posters qu'elle vient d'acheter. La dame mariée est gentille, elle fait semblant de s'intéresser, et Sujin se joint à elles pour expliquer chaque personnage.

Je m'assieds sur les marches fraîches à côté de Sujin, m'incline et dis bonsoir. La dame fait de même. Ara nous a tenues informées de tous les derniers événements concernant la dame mariée et son bébé, bien que ça ne m'intéresse pas tant que ça, pour être honnête. Apparemment, la dame était à fond dans la décoration de son appartement. *De nos jours, les bébés ont des trucs dingues*, nous a écrit Ara depuis un salon du bébé le week-end dernier. La dame mariée lui avait demandé de l'accompagner. Ara nous a envoyé des photos de lits Montessori couleur pastel avec une canopée, de purificateurs d'air pour poussette, de stérilisateurs à UV en forme de four de poupée.

—J'oubliais, Miho a dit que vos parents lui avaient demandé de prendre des paquets pour vous. Ils sont passés tout à l'heure et, comme vous n'étiez pas là, ils ont toqué à sa porte, explique Sujin. Elle n'avait pas votre numéro, alors elle nous a demandé de vous le dire.

La dame se tait. Puis elle soupire et avoue qu'elle était bien à la maison, mais qu'elle ne voulait pas leur parler et a préféré se cacher dans la salle de bains.

—Ils font déjà de leur mieux pour cet enfant-là, vu comment ils ont foiré avec moi, conclut-elle sèchement.

Je réponds qu'elle a l'air d'avoir plutôt bien tourné : n'a-t-elle pas un vrai travail, et n'est-elle pas mariée officiellement et tout ça ? Elle se contente de sourire et de me demander des conseils pour les repas en livraison.

—Le bébé a toujours envie de poulet frit à 1 heure du matin, dit-elle, la main sur le ventre.

—Vous savez quoi, du poulet frit, ça me semble une excellente idée tout de suite ! réponds-je.

Ara bat des mains comme une petite fille.

— Ça vous dirait de venir chez moi et qu'on commande, alors ? demande la dame, un peu nerveuse. Ça fait un moment que j'ai envie de vous inviter, toutes les quatre. Vous pourrez boire tout le whisky de mon mari, qu'il a laissé ici. Il n'en aura plus besoin.

Elle a dit la dernière phrase avec un petit mouvement de tête. Ara acquiesce, moi également, et Sujin annonce qu'elle va commander et envoyer un texto à Miho pour qu'elle nous rejoigne.

— Oh, dit soudain la dame avec un petit halètement.

Elle pose les deux mains sur son ventre.

— Ça va ? s'écrie Sujin, inquiète.

Elle reste immobile, comme si elle écoutait quelque chose, puis elle respire profondément.

— Ça va. J'ai cru que c'était une douleur, mais je pense qu'elle est partie.

Depuis ma place sur les marches, je la regarde. Elle paraît seule, mais pas au désespoir, et elle est d'un calme étonnant.

Ara se déplace pour s'asseoir derrière elle et lui prendre les cheveux dans ses mains. Elle commence à y passer les doigts de façon experte.

La dame laisse échapper un soupir – le relâchement tremblant d'une longue journée – qui me fait me sentir plus légère, moi aussi.

— Vous voulez… vous voulez voir une photo de mon bébé ? demande-t-elle d'une voix timide.

Sujin clame que oui et même moi, je hoche la tête. La dame cherche dans la poche de sa veste et en sort une fine feuille de papier qui s'enroule un peu. C'est une impression d'une échographie en 3D qui montre un minuscule visage opalescent aux yeux clos, un petit poing serré près de la bouche.

— Wouah, souffle Sujin avec révérence.

Et nous contemplons toutes le visage.

— Je ne l'ai montrée à personne, confie la dame. Je n'ai encore parlé du bébé à personne, en fait. Alors il faut que je m'exerce.

Elle penche la tête de côté pour réfléchir à cette idée.

Pendant un moment très bref, comme Sujin me passe la photo et que je tiens cette image frêle et recourbée dans mes mains, je comprends ce que ce serait de ne penser qu'à demain, et non juste à aujourd'hui.

Nous restons assises en silence un certain temps, les yeux toujours rivés sur cette photographie d'une nouvelle vie, et puis, au loin, nous voyons Miho remonter la rue vers nous. Elle chancelle un peu, avec une robe et des talons, contrairement à son habitude. Ses cheveux coupés resplendissent dans la lumière des lampadaires, et je vois les hommes se retourner sur elle. Elle n'est absolument pas consciente de leurs réactions. Au contraire, elle regarde dans notre direction, pensive, rêvant sans doute à des grenouilles qui flottent ou à un lit de serpents ou quelque chose de grotesque dans ce goût-là, j'en suis sûre.

Quand elle arrive au bas de nos marches, elle lève la tête et sourit d'un air de regret. Elle ne paraît pas surprise que nous soyons assises dans l'escalier comme des personnages de comédie musicale sur Daehakro.

— Coucou, dit Sujin. Je t'ai envoyé un message. Où étais-tu, dans cette tenue ?!

Sujin fait un geste vers la robe de Miho, un vêtement aérien couleur crème avec des manches évasées et brodées. Shin Yeonhee portait la même à la première de son film la semaine dernière.

— Je suis une femme pleine de mystères, répond Miho avec un sourire diabolique.

Je me souviens de ce que Sujin m'a dit : qu'il ne fallait pas m'en faire pour elle. Miho monte lentement, adresse un signe de tête familier à Wonna, et s'assied à côté de moi. Elle soupire et me passe un bras autour des épaules.

— J'ai faim, avoue-t-elle.

Je lève les yeux au ciel, comme d'habitude.

Je reçois une grosse goutte de pluie. Catastrophée, je place une main au-dessus de la photo avant de la tendre précipitamment à la dame. Le téléphone de Sujin se met à sonner, et quand elle décroche, c'est le livreur qui ne trouve pas notre office-tel et demande des indications. Les gouttes continuent à tomber, plus rapprochées maintenant. Aussi nous nous levons toutes pour monter ensemble, alors que le ciel se met à craquer, visant chacune de nous et les hommes ivres qui passent en titubant.

Remerciements

Ma merveilleuse agente, Theresa Park, et sa redoutable équipe chez Park & Fine – Alex Greene, Abigail Koons, Ema Barnes, Marie Michels, Andrea Mai, et Emily Sweet – méritent ma reconnaissance éternelle. C'est une chance pour moi de profiter de leurs conseils et de tous leurs efforts. Theresa, je te le dis chaque fois que nous nous voyons, merci d'avoir changé ma vie.

Je dois une grande gratitude à mon éditrice, Jennifer Hershey, pour sa patience, ses conseils, et sa vision. À chaque relecture, elle a amélioré mon livre, et a réussi à transformer les corrections en un moment agréable et apaisant. À Kara Welsh, Kim Hovey, Quinne Rogers, Taylor Noel, Jennifer Garza, Melissa Sanford, Maya Franson, Erin Kane et toutes les personnes qui ont travaillé sur ce livre chez Ballantine et Penguin Random House, et à mon éditrice pour le Royaume-Uni, Isabel Wall chez Viking, merci d'avoir fait de la parution de mon premier roman un rêve au-delà de tous mes espoirs.

Toute cette aventure a commencé sous la forme d'une histoire créée dans l'atelier de Binnie Kirshenbaum, dans le département d'écriture créative de l'université de Columbia. Sa lecture attentionnée et ses encouragements ont été l'étincelle qui m'a donné envie de poursuivre pour en faire un roman. À tous les enseignants que j'ai rencontrés en cours de route, merci pour les livres que vous m'avez conseillés, et merci de m'avoir fait réfléchir à la temporalité et à l'intrigue. Je pense ici à Catherine Tudish, Cleopatra Mathis, Heidi Julavits, Rebecca Curtis, Julie Orringer, et Jonathan Dee. Des remerciements tout particuliers à Ed Park pour sa sagesse, ses présentations, et ses discussions animées sur tout ce qui concerne – ou non – la culture coréenne ou américano-coréenne.

Pendant que j'écrivais sur ces jeunes femmes, je n'ai cessé de puiser dans les sujets sur lesquels j'avais travaillé en tant que rédactrice chez CNNGo puis CNN Travel. Mes supérieurs, Andrew Demaria et Chuck Thompson, m'ont offert un poste de rêve et m'ont aiguillonnée chaque jour pour que j'affine mes facultés d'écriture et de correction. Merci pour cette formation précieuse.

Min Jung Lee m'a entraînée dans les légendaires couloirs de Random House bien avant que mon livre soit prêt et, après avoir lu un premier jet, m'a dit qu'elle était certaine que je serais bientôt publiée. Sans elle, je n'aurais jamais eu le courage d'envoyer mon manuscrit.

Il y a dix ans, j'ai, dans la salle d'attente d'un médecin en Corée, lu pour la première fois une interview de Janice Lee dans *Elle*. J'étais loin de me douter qu'elle deviendrait une figure si centrale de ma carrière d'autrice. Merci, Janice, pour tes encouragements et ta générosité.

Après être revenue à New York, j'ai pu réveiller mes talents d'écriture endormis grâce à la Columbia Fiction Foundry et aux ateliers hebdomadaires au Center for Fiction avec Vanessa Cox Nishikubo et Cindy Jones. Je suis aussi reconnaissante à

Soo Kong et à ma famille coréenne de Dartmouth pour son soutien infaillible, grâce au docteur Michael Kim de Yonsei University, Henry Kim, Jaysen Park, au docteur Euysung Kim, et à Kevin Woo. Mon talentueux oncle journaliste, Chun Kyoung Woo, ne manque jamais de répondre aux questions les plus diverses avec ses théories approfondies, et il me présente des personnes super cool en Corée.

Chaque fois que je me rends dans la maison de mon oncle et ma tante à Daejeon et que je passe du temps à écouter les envoûtantes légendes familiales, il me vient une nouvelle intrigue de roman. Il faudrait vraiment que j'enregistre ces soirées de récits.

Pour leurs précieux avis dans les moments difficiles, mille mercis à mes chères amies Jean Pak et Violet Kim, qui ont lu de nombreuses versions du manuscrit.

Christie Roche, amie-maman, source éternelle de bons conseils et psy du quotidien… que ferais-je sans toi ? Je te dois ma santé mentale, ou ce qui en reste. Puisse notre bulle de messages et de coups de fil impromptus ne jamais éclater.

Pour leurs belles âmes et leurs actes de générosité qui m'ont souvent laissée sans voix quand ma famille traversait des heures sombres, et pour tous les fous rires et l'abondance de nourriture dans les bons moments, Annie Kim et Jeff Lin.

Les amis de mes parents qui ont été là pour nous lors du décès de mon père – merci pour tous les récits, le soutien, les repas et l'amour. Je voudrais être capable de mieux exprimer ma gratitude en personne.

Mes beaux-parents, Jun-jong Lee et Haesook Lim, ont souvent gardé nos enfants dans des moments clés pendant que j'écrivais ce livre. Merci, 아버님 and 어머님, de toujours les aimer et les choyer comme vous le faites, et pour tout ce que vous donnez à notre famille. Mille mercis aussi pour le chaleureux soutien de la famille Lim élargie à Marlton.

Soon Hyouk Lee et Michelle Lee, avec votre incomparable amour, vos conseils et votre soutien, vous êtes le pilier de notre famille. Mes nièces Maia et Aster creusent le chemin pour nos filles et nous montrent comment on doit faire.

Mon frère, Chris, n'a jamais manqué de manifester un enthousiasme fervent pour mes écrits, aussi loin que ma mémoire remonte. Je t'aime et tu me manques tellement – j'espère qu'un jour nous habiterons de nouveau sur le même continent. Ma belle-sœur, Jenny Jeeun, tu es une force si douce et si positive dans nos vies – c'est une bénédiction que tu sois passée du statut d'amie à celui de membre de la famille.

Pour m'avoir lu des bibliothèques entières quand j'étais enfant, pour être restée debout avec moi toute la nuit à réviser treize matières différentes pendant mes années d'école en Corée, pour m'avoir transmis ses exigences élevées alors même que je n'arrive pas à m'y tenir, et pour tous les sacrifices qu'elle a faits pour ses enfants, je serai toujours reconnaissante à mon incroyable mère, Minkyung Shon. Ayant grandi en écoutant ses captivantes histoires et ses commentaires sur la vie, j'étais bien obligée de devenir écrivaine. Mon père, qui me manque chaque jour. Je regrette qu'il ne soit pas là pour m'accompagner dans ce chapitre de ma vie.

Mes filles, Cora et Avie – causes de mon désespoir le plus profond et de ma joie la plus entière –, vous êtes d'intarissables sources d'inspiration. Ce matin, Cora m'a dit : « Je t'aime plus que tout au monde » et Avie a répété « Ze t'ame » pour la première fois. Et ça résume précisément ce que je ressens pour elles.

Pour finir, mon mari, Soon Ho Lee, toujours prêt à laisser tomber son activité en cours pour lire des corrections jusque tard dans la nuit et le matin pendant son trajet, qui passe des heures à discuter avec moi des personnages ou du choix d'un mot ou d'une nuance culturelle, qui m'a soutenue dans tous les aspects de l'écriture de ce livre avec une foi aussi inébranlable qu'inexplicable. Tu ne cesseras jamais de m'émerveiller. Mes remerciements éternels.

Aubin
IMPRIMEUR

Achevé d'imprimer en décembre 2022
par Aubin Imprimeur à Ligugé
N° d'impression 2209.0117
Dépôt légal, janvier 2023
Imprimé en France
38122420-1